LE PARCHEMIN DU FOURREAU

LANCEDRAGON

Entre parenthèses, après chaque titre, figure son numéro dans la collection ou (pour les ouvrages grand format) la mention GF.

I. La séquence fondatrice

Les Chroniques de Lancedragon

Dragons d'un crépuscule d'automne,
   par Margaret Weis et Tracy Hickman (1)
Dragons d'une nuit d'hiver,
   par Margaret Weis et Tracy Hickman (2)
Dragons d'une aube de printemps,
   par Margaret Weis et Tracy Hickman (3)
Dragons d'une flamme d'été,
   par Margaret Weis et Tracy Hickman (GF)
Deuxième Génération, par Margaret Weis et Tracy Hickman (GF)

Les Légendes de Lancedragon

Le temps des jumeaux, par Margaret Weis et Tracy Hickman (4)
La guerre des jumeaux, par Margaret Weis et Tracy Hickman (5)
L'épreuve des jumeaux, par Margaret Weis et Tracy Hickman (6)

L'extraordinaire récit de la Guerre de la Lance (puis de la Guerre du Chaos) où les sept Compagnons « historiques » affrontent l'assaut le plus violent jamais lancé par la Reine des Ténèbres. Ces huit romans incontournables ont donné naissance à une des sagas les plus riches et foisonnantes de notre temps.

II. La séquence des Préludes

L'Ombre et la Lumière, par Paul B. Thompson (7)
Kendermore, par Mary Kirchoff (8)
Les frères Majere, par Kevin Stein (9)
Rivebise, l'Homme des Plaines,
   par Paul B. Thompson et Tonya R. Carter (10)
Sa Majesté Forgefeu, par Mary Kirchoff et Douglas Niles (11)
Tanis, les années secrètes, par Barbara et Scott Siegel (12)

La biographie des Compagnons avant leur grand rendez-vous à l'*Auberge du Dernier Refuge*. Ou comment des êtres hors du commun se sont préparés et armés (même sans le savoir) à combattre pour la survie de Krynn…

III. La séquence des Rencontres

Les âmes sœurs, par Mark Anthony et Ellen Porath (13)
L'éternel voyageur, par Mary Kirchoff et Steve Winter (14)
Cœur sombre, par Tina Daniell (15)
La règle et la mesure, par Michael Williams (16)

La pierre et l'acier, par Ellen Porath (17)
Les compagnons, par Tina Daniell (18)

Bien avant l'*Auberge du Dernier Refuge*, certains Compagnons se connaissaient et avaient vécu ensemble de tumultueuses aventures. Si tout le monde sait que l'amitié entre Tanis Demi-Elfe et Flint Forgefeu remontait à longtemps, cette séquence réservera bien des surprises aux plus fins connaisseurs...

IV. La séquence de Raistlin

Une âme bien trempée, par Margaret Weis et Tracy Hickman (GF)
Les Frères d'armes, par Margaret Weis et Don Perrin (GF)

L'histoire « officielle » de la jeunesse du mage Raistlin et de son jumeau Caramon. Un récit initiatique qui revient sur la séquence fondatrice et lui donne un nouvel éclairage.

V. La séquence des Agresseurs

Devant le Masque, par Michael et Teri Williams (19)
L'Aile Noire, par Mary Kirchoff (20)
L'Empereur d'Ansalonie, par Douglas Niles (21)
Hederick le Théocrate, par Ellen Dodge-Severson (24)
Le Seigneur Toede, par Jeff Grubb (25)
La Reine des Ténèbres, par Michael et Teri Williams (26)

La Reine elle-même... et une série de séides plus maléfiques les uns que les autres. Cette galerie de portraits fera frissonner plus d'un lecteur !

VI. La séquence des Héros

La Légende de Huma, par Richard A. Knaak (32)
L'Epée des Tempêtes, par Nancy Varian Berberick (33)
Le Nid du Scorpion, par Michael Williams (34)
Kaz le Minotaure, par Richard A. Knaak (35)
Les Portes de Thorbardin, par Dan Parkinson (36)
La Tanière du mal, par Michael Williams (37)

Un grand retour sur les géants qui repoussèrent la première attaque de la Reine des Ténèbres et assurèrent à Krynn une longue période de paix. A noter un superbe portrait de Huma, le premier d'entre tous.

VII. La séquence des Elfes

Le Premier Fils, par Paul B. Thompson et Tonya R. Carter (29)
Les Guerres fratricides, par Douglas Niles (30)
La Terre de nos pères, par Paul B. Thompson et Tonya R. Carter (31)

L'histoire de la création des deux royaumes elfiques, le Qualinesti et le Silvanesti, qui joueront un rôle capital dans l'équilibre des forces sur Krynn au moment de la Guerre de la Lance.

VIII. La séquence des Nains

Le Pacte de la Forge, par Dan Parkinson (38)
La Hache et le Marteau, par Dan Parkinson (39)
Le Parchemin du Fourreau, par Dan Parkinson (40)

Têtus, bougons et bagarreurs... Les nains étaient déjà tout cela avant de fonder Thorbardin, le royaume unifié qui leur permit de traverser les siècles dans une relative sécurité.

IX. La séquence des Contes

Les sortilèges de Krynn,
   par Margaret Weis et Tracy Hickman (22)
Les petits peuples de Krynn,
   par Margaret Weis et Tracy Hickman (23)
Guerre et amour sur Krynn,
   par Margaret Weis et Tracy Hickman (27)

Un florilège d'histoires et de légendes sur le monde de Krynn. Cette séquence « transversale » explore tout le cycle et résout une multitude d'énigmes...

X. La séquence de la Guerre des Ames

Dragons d'un coucher de soleil,
   par Margaret Weis et Tracy Hickman (GF)

Une deuxième naissance pour Lancedragon ? Et comment ! Dans ce premier volume, signé par les deux maîtres d'œuvre du cycle, le célèbre Tass vient faire un petit tour dans l'avenir... et découvre qu'il est sens dessus dessous !

Perspectives...

L'Aube d'un nouvel âge, par Jean Rabe (28)

Une première incursion dans le Cinquième Age, mais sûrement pas la dernière...

DAN PARKINSON

LE PARCHEMIN
DU FOURREAU

Couverture de
TIM HILDEBRAND

FLEUVE NOIR

Titre original :
The Swordsheath Scroll

Traduit de l'américain par
Anne-Virginie Tarall

Collection dirigée par
Patrice Duvic et Jacques Goimard

Représentation en Europe :
Wizards of the Coast, Belgique, P.B. 34,
2300 Turnhout, Belgique. Tél : 32-14-44-30-44.
Bureau français :
Wizards of the Coast, France, BP 103,
94222 Charenton Cedex, France. Tél : 33-(0)1-43-96-35-65.
Internet : www.tsrinc.com.
America Online : Mot de passe : TSR
Email US : ConSvc@aol.com.

© 1993 TSR, Inc. Tous droits réservés. Première publication aux U.S.A. TSR Stock n° 8351.
TSR, Inc est une filiale de Wizards of the Coast, Inc.
ISBN 2-265-07104-8

kal-thax

forêt des Elfes

Route de l'Empereur   Crevasse de Rocrouge

Pics mur du Ciel   KLANATH

Mines de klanath

Mur de derkin   Col de tharkas

Mines de Tharkas

Monts kharolis de kal-thax

Pic fin du Ciel

Montagnes Sauvages

forgepierre

Porte Nord

Plateau de haute falaise

haute falaise

Thorbardin

Porte Sud

Dédié au capitaine et à sa dame,
Rob et Marianne Little.

Et dédié – comme toujours –
à la femme qui vit
dans tous mes souvenirs.

PROLOGUE

L'ESCLAVE

Pendant les siècles qui suivirent la Guerre des Sorciers, Thorbardin connut un âge d'or. Mais cette ère de paix et de prospérité ne fut pas éternelle. Aucune menace extérieure ne se profilant à l'horizon, les vieilles rivalités refirent surface.

Il était convenu que Thorbardin n'aurait jamais de roi. Pendant un temps, tout en suivant chacun sa voie, les clans œuvrèrent pour atteindre un objectif commun sous la bienveillante direction du Conseil des Chefs. Mais cinquante ans après la fin des travaux, celui-ci finit par perdre son ascendant. Certains dirent que le départ de Willen Ereintefer, le chef des chefs, y fut pour beaucoup. Ecœuré par la division des Theiwars, incapables d'élire un chef après la mort de Glissade Tolec, l'ancien régent décida de démissionner.

Olim Boucle d'Or était mort quelques années plus tôt et son successeur se préoccupait davantage de Daebardin que du royaume souterrain. Privés de la sagesse du vieux Vog Face-de-Fer, les Daergars s'étaient retirés dans leurs mines et n'étaient plus représentés au Conseil. Trois ans après la mort de Glissade Tolec, Thorbardin était devenu un endroit dangereux, où les bandes rivales de Theiwars croisaient quotidiennement le fer. Les chefs daewars et daergars ne payaient plus l'impôt au Conseil, sous prétexte de devoir entretenir leurs milices. Quant aux Klars – les derniers à rester loyaux aux Hylars et au concept d'unité –, ils s'étaient détournés des problèmes communs pour empêcher que leurs terriers deviennent des champs de bataille.

Après la démission de Willen Ereintefer, le Conseil des Chefs cessa d'exister. La supervision des divers systèmes de Thorbardin échut aux maîtres – dont la seule autorité consista à continuer à faire ce qu'ils avaient toujours fait.

Thorbardin connut alors un âge sombre, la forteresse devenant un ensemble de cités rivales.

Pendant la guerre civile theiwar, les Daergars travaillèrent dans leurs mines et fondirent les minerais. Les Daewars continuèrent à commercer avec les Neidars, les humains et les elfes. Les Klars s'occupèrent de leurs champs. Et les maîtres s'assurèrent que les routes étaient dégagées, que l'eau circulait et que les monte-charge fonctionnaient.

A Hybardin, la cité hylar creusée dans l'Arbre de Vie, on garda une trace des événements.

Sur les quatre enfants du mythique chef hylar, Colin Danpierre, qui réussit à unifier les clans, un seul s'installa à Thorbardin. Cale Œilvert préféra vivre au grand air et devenir un Neidar. Son frère aîné, Handil, était enterré sous les ruines de l'ancienne cité des Calnars, dans les Monts Khalkist, et le second, Tolon le Prévoyant était resté pour gouverner leur peuple. Seule la fille du vieux chef, Tera Sharn, mariée à Willen Ereintefer, habita dans la forteresse.

Leur unique enfant, Damon, épousa une jeune Neidar peu après la fin de la Guerre des Sorciers. Leur premier fils, Dalam Mêlefeu, devint le maître gardien de Tharkas, au nord de Thorbardin. Cort, son cadet, succéda à Willen Ereintefer comme chef des Hylars, puis passa le flambeau à son fils, Harl Lancepoids.

Celui-ci fut bientôt connu à Thorbardin sous le nom de « Main de fer ». Il fit intervenir sa garde et mit un terme au conflit theiwar, rétablissant un semblant d'ordre dans la forteresse. Puis il reforma le Conseil des Chefs et rouvrit les Halls de justice.

Pour les étrangers – qui n'avaient aucune chance de

mettre un jour les pieds à Thorbardin – il devint « Hal-Thwait ». De nombreux humains et elfes crurent que Thorbardin avait désormais un roi. Certains villages neidars pensèrent la même chose. Ceux qui savaient la vérité ne prirent pas la peine de détromper les marchands. Après tout, les humains et les elfes étaient des étrangers et ils pouvaient croire ce qu'ils voulaient : les affaires des nains ne les regardaient pas.

A Thorbardin et dans tout le royaume nain, la « Paix Hylar » établie par Harl Lancepoids dura plus d'un siècle – autrement dit, quarante de plus que son « règne ». Au cours de l'Année du Fer, Décennie du Saule, Siècle de la Pluie, le grand chef hylar et sept de ses Dix furent tués par une chute de pierres à l'entrée de Theibardin.

Un chef daewar, Jeron Cuirrouge, et un soldat hylar, Dunbarth Poucedefer, reprirent le flambeau. Seule leur détermination permit au Conseil des Chefs de continuer à fonctionner.

Malheureusement, l'enfant unique de Harl Lancepoids, un fils appelé Derkin Graindhiver, disparut pendant une expédition au col de Tharkas.

Les fers qu'on lui avait refermés autour des chevilles étaient soudés. Au début, il avait souffert le martyr. Les rivets chauffés à blanc qu'on avait glissés dans les charnières l'avaient brûlé. Puis le frottement constant du métal lui avait entamé la peau. Pendant tout ce temps, il avait eu mal au dos et aux jambes à force de traîner huit pieds de grosse chaîne.

Mais le plus terrible, c'était la colère qui le consumait.

Il avait supporté la douleur en silence, comme il encaissait les coups de fouet des surveillants, et les plaies avaient fini par se refermer. Aujourd'hui, ses chevilles étaient protégées par une couche de corne. Quant à son dos et à ses jambes, ils s'étaient accoutumés au poids de la chaîne et à celui de la hotte qui lui servait à transporter le minerai.

Beaucoup le connaissaient à cause de la colère sourde qui couvait en lui et de son silence têtu. Pour tous, gardes et esclaves, il n'était qu'un jeune nain robuste, à la barbe noire nommé Derkin.

Il s'était fait fouetter jusqu'au sang trois fois en deux ans. Deux fois pour avoir tenté de s'évader, la troisième après la mort d'un surveillant humain tombé dans un puits. Les esclavagistes avaient puni tous les prisonniers qui se trouvaient à portée de voix du lieu de l'accident. Parce qu'ils ne croyaient pas, justement, que c'en était un et qu'ils voulaient mater toute rébellion et délier les langues.

Presque tous les esclaves étaient des nains ; ils supportèrent stoïquement la punition et ne révélèrent rien. Quant aux humains, ils étaient trop loin pour avoir vu quoi que ce soit.

Comme les autres nains, qu'il ignorait depuis son arrivée, Derkin ne desserra pas les dents. Il pouvait subir en silence les cris furieux des humains, les claquements et le feu de leurs fouets.

Plus tard, quand les esclaves furent enfermés dans leur cellule, après leur travail, un autre nain se glissa furtivement près de Derkin. L'obscurité l'empêcha de distinguer les traits de son « visiteur », mais il le reconnut quand même. C'était Tap, un jeune Neidar. Il avait les épaules larges et les longs bras de ses ancêtres theiwars. Comme celui de Derkin, son dos était tout ensanglanté.

Un moment, le nain des collines se contenta de rester assis près de lui sans rien dire. Puis il murmura :

— J'ai vu ce que tu as fait.

Derkin l'ignora, feignant de n'avoir rien entendu.

— Je comprends, continua Tap. Je ne te pose aucune question. Je veux juste que tu saches que je t'ai vu tuer ce surveillant avec ta chaîne. Si seulement j'avais le courage de faire pareil !

Toujours pas de réponse.

Tap haussa les épaules.

— Tu es un Hylar de Thorbardin, n'est-ce pas ?

— Oui, admit Derkin, sans le regarder.

— Je le savais ! Tu as l'air d'un Hylar. Et ton nom aussi sonne hylar. C'est quoi, la suite ?

Le Hylar ne répondit pas.

— Tu n'as pas d'autre nom ? insista Tap.

— On m'appelle Derkin. C'est suffisant.

— Enchanté de te rencontrer, Derkin. (Le Neidar hocha la tête.) Je m'appelle Tap. Je les ai entendus parler de toi. Ils disent que tu as essayé de t'évader deux fois.

— Visiblement, je n'ai pas réussi, grogna Derkin.

— Seul, tu ne le pourras jamais. Tu as besoin d'amis.

— Non. Et d'ailleurs je n'en ai aucun.

— Tu pourrais, tu sais. Je ne suis pas le seul à avoir vu ce que tu as fait. Penses-y.

Quand le Neidar se fut éloigné, Derkin resta immobile un long moment dans son coin de la grande cellule au plafond bas. Cela l'ennuyait qu'on l'ait vu tuer le surveillant. Il pensait qu'il n'avait pas eu de témoin.

Il avait attendu longtemps avant que le moment idéal ne se présente – quand l'heure du changement de poste approchait, que les surveillants étaient fatigués et que l'un d'eux se tenait non loin de lui, au bord du puits par lequel descendaient les hottes pleines d'outils.

Il lui avait semblé attendre une éternité…

Profitant de l'obscurité, Derkin sortit de la file de porteurs de hottes qui se dirigeait vers le puits, puis il y retourna, fermant la marche. Une demi-douzaine de nains marchait devant lui. Les voyant arriver, le garde recula, forçant les esclaves à avancer le long du gouffre. Derkin se baissa discrètement pour ramasser une pierre, puis il continua son chemin.

L'homme regardait les esclaves passer sans vraiment les voir. Derkin avait presque atteint sa hauteur quand le surveillant tourna un peu la tête. C'était le moment qu'il attendait. Il jeta sa pierre… mais sur la hotte que transportait un de ses congénères. Déséquilibrée, celle-ci se renversa, répandant son contenu sur le sol.

Le garde s'écarta du mur pour voir ce qui se passait… Alors, Derkin posa sa hotte, lui flanqua sa chaîne dans les jambes et tira un coup sec.

Tout se passa très vite. L'homme tomba dans le puits. Derkin reprit sa hotte, dépassa plusieurs nains qui s'étaient retournés en entendant un cri, et approcha de son compagnon qui ramassait ses outils.

Ça ne lui avait pas pris plus de quelques secondes. Le temps que les humains réagissent à la mort de leur camarade, le jeune Hylar avait déjà réintégré les rangs des esclaves.

Mais Tap l'avait vu. Et d'autres, aussi. Parleraient-ils ? Jusque-là, ils n'avaient rien dit…

— Des amis ? marmonna-t-il à voix basse. Pour quoi faire ?

Quand le silence tomba sur la grande cellule, il sortit le burin dissimulé dans un repli de son kilt et se mit au travail. C'était pour cet outil que l'humain était mort et que ses compagnons de servitude et lui avaient été fouettés. Ça en valait la peine. Il avait déjà essayé de voler un burin, mais les outils étaient comptés et toute disparition était suspecte.

Cette fois, il était peu probable que quiconque s'avise de la disparition d'un burin dans la pagaille qui avait suivi l'« accident ».

Dans le fond de la cellule, deux nains l'observaient. L'un d'eux avait le regard contemplatif et les traits caractéristiques des Daergars. Il sourit.

— Alors, c'était pour ça…, murmura-t-il.

A côté de lui, Tap plissa les yeux.

— De quoi parles-tu, Vin ? demanda-t-il.

— Le Hylar a un burin. Et il s'en sert sur ses fers.

— Ah…, dit Tap. Il doit venir de la hotte renversée. Quel veinard !

— La chance n'a rien à voir là-dedans, voyons ! Il a tout planifié et exécuté avec une grande maîtrise. Je crois que nous devrions apprendre à le connaître. J'aime sa façon de penser.

Tap jeta un coup d'œil autour de lui en voyant une ombre bouger.

— Chut ! souffla-t-il.

Puis il haussa les épaules. C'était seulement le vieux manchot qui distribuait la soupe.

— Ce ne sera pas facile, dit le Neidar à son compagnon. Personne n'a réussi à l'approcher. Je l'ai invité à se joindre à nous, mais j'aurais tout aussi bien pu m'adresser à un mur.

— A se joindre à nous ? Pour quoi faire ? Nous n'avons pas de plan !

— Mais il en a peut-être un. C'est un Hylar. De Thorbardin. J'ai entendu dire qu'ils ont toujours un plan.

Pensif, Vin se gratta la barbe.

— Alors peut-être devrions-nous *nous* joindre à *lui*, qu'il le veuille ou non. Il a un burin, mais pas de marteau.

— Nous non plus, lui rappela Tap.

Le Daergar posa sur lui un regard ironique.

— Non, mais s'il a pu se procurer un burin, je peux trouver un marteau. Ou un autre outil. Faisons passer le mot, Tap. Le Hylar projette de sortir de ce trou.

— Comment en être sûrs ? demanda le Neidar, fronçant les sourcils. Il veut peut-être desserrer un peu ses anneaux…

Le Daergar le regarda d'un air songeur, ses grands yeux semblant – comme c'était toujours le cas avec les Daergars – voir à travers lui.

— Appelle ça une intuition, dit-il. Je sais, beaucoup de nains ont tenté de fuir au moins une fois. Mais ce Hylar est le seul d'entre nous qui a une chance de réussir. C'est pour ça qu'il porte une chaîne aussi lourde.

Si Derkin se savait observé, il n'en laissa rien paraître. Entre ses mains expertes, le burin ne faisait pratiquement pas de bruit tandis qu'il s'attaquait aux rivets, utilisant la face tranchante de l'outil pour couper le métal plus tendre de ses chaînes. Il se servait de son poing libre comme d'un marteau.

Cela prendrait du temps, mais il n'était pas pressé. Ses deux premières tentatives d'évasion lui avaient fourni une assez bonne connaissance de la mine et des alentours. Et il avait écouté les ragots. Dans quelques semaines, la prochaine tournée d'inspection commencerait.

Il travailla pendant toute la période de sommeil, ne s'arrêtant que pour avaler un bol de soupe. Quand les trompettes sonnèrent, il cacha son burin dans un trou et noircit le métal fraîchement entaillé de ses fers avec de la suie.

A chacun de ses pas, la lourde chaîne qu'il traînait faisait un boucan d'enfer. Elle mesurait huit pieds de long et ses maillons faisaient un pouce et demi de diamètre. Elle devait peser quarante livres. La plupart des esclaves – les jeunes, surtout, et ceux qui étaient assez forts pour représenter une menace pour les humains – portaient aux chevilles des anneaux reliés par une chaîne. Mais tous n'étaient pas aussi lourds que ceux de Derkin. Il devait cette faveur à sa seconde tentative d'évasion.

La majorité des esclaves rêvaient de s'échapper. Quelques-uns, en particulier parmi les plus entêtés et les plus taciturnes, avaient même essayé. Mais aucun n'avait jamais réussi et personne ne s'y risquait une deuxième fois. La punition était chaque fois plus douloureuse. Derkin avait été châtié avec un fouet dont les lanières étaient garnies de boules de plomb. Un tel traitement aurait pulvérisé les côtes d'un humain ou d'un elfe. Après ça, on lui avait posé sa lourde chaîne.

A la fin de la journée, après un bol de soupe, il se remit au

travail. Aujourd'hui et tous les jours suivants, il se prépare-
rait à regagner sa liberté.

Il savait comment et quand agir. Il avait vu les fortifica-
tions au nord du col de Tharkas. Le meilleur moment pour
s'évader, c'était pendant la visite de la délégation humaine,
qui devait venir du Daltigoth. Alors, les surveillants et les
gardes seraient trop occupés à accueillir leurs visiteurs pour
s'apercevoir de sa disparition.

PREMIÈRE PARTIE

LE MAÎTRE DES PUITS

KLANATH
SIÈCLE DE LA PLUIE
DÉCENNIE DE LA CERISE
ETÉ, ANNÉE DU CUIVRE

CHAPITRE PREMIER

LES MINES D'ERGOTH

Sous la férule successive de trois empereurs de l'Ergoth de l'Ouest, les mines de Klanath étaient devenues un immense complexe à flancs de montagnes qui s'élevait au-dessus des forêts, au nord et à l'ouest. Appelée Klanath en l'honneur du premier véritable empereur humain d'Ergoth, Klanath le Conquérant, la région était devenue un avant-poste de l'empire au Daltigoth. Même avant la découverte de nouveaux filons au sud du col de Tharkas, les mines de Klanath produisaient plus de la moitié du fer, du nickel, du charbon, du cuivre et de l'étain d'Ergoth. Depuis, le complexe avait doublé de taille.

Sakar Kane avait conduit les forces humaines qui s'étaient rendues maîtresses du village de Tharkas. Il avait conquis pour l'empire les terres situées au sud du col. Aujourd'hui, les nains qui avaient survécu étaient ses esclaves.

Tous les esclaves n'étaient pas des nains. Il y avait des humains, des gobelins, des ogres et même quelques elfes. Mais dans une mine, un nain valait cinq travailleurs d'une autre race. Entêtés et hostiles, ils étaient aussi prompts à se quereller entre eux qu'avec autrui. Une source intarissable de problèmes pour les surveillants ! Mais c'étaient des mineurs-nés.

Les montagnes, au sud de Tharkas, étaient peuplées par des nains. Selon la légende, une puissante nation de nains avait vécu là, protégée par une forteresse souterraine, Thorbardin. Aujourd'hui, Thorbardin n'avait plus aucun pouvoir dans les montagnes. Vallée après vallée, les pillards avaient conquis les villages nains. Leurs habitants étaient morts, ou ils avaient disparu.

Plus les mines grandissaient, plus la population humaine devenait importante. Au fil du temps, un village de baraquements était devenu une ville de belle taille.

Il n'était pas étonnant que des personnages importants de la cour de l'empereur accompagnent le Grand Maître des Mines lors de sa visite annuelle. Ils ne revenaient généralement pas. La région était riche, mais il manquait tout le confort du Daltigoth aux tunnels sombres et puants.

Les choses avaient changé depuis les visites répétées de Sakar Kane, l'homme connu sous le nom de seigneur Kane – et qu'on disait cousin de l'empereur. En route pour de nouvelles conquêtes, il était passé à Klanath trois fois en autant d'années.

Après sa deuxième visite, des hordes d'artisans et d'esclaves avaient travaillé à l'édification d'un fort. On murmurait à Klanath – et ce même parmi les esclaves – que le seigneur Kane allait venir s'installer définitivement dans la région parce qu'on lui en avait confié le commandement. La rumeur voulait aussi qu'il soit le supérieur hiérarchique du Grand Maître des Mines.

Tout cela ne pouvait signifier qu'une chose : l'empereur rêvait d'agrandir son territoire vers l'est, jusqu'au Silvanesti. On disait que la nomination du seigneur Kane faisait partie d'un plan plus vaste et que sa forteresse serait davantage, un jour, que le quartier général des mines de Klanath.

On pensait que Klanath deviendrait le point de départ des assauts vers l'est, un des maillons de la chaîne de conquête qui couvrirait toute l'Ansalonie du Sud.

Shalit Mileen avait entendu toutes les rumeurs. Chef de puits, il était l'un des douze adjoints de Rénus Sabad, le

Maître des Mines. Mais il était différent de ses pairs, qui se satisfaisaient de leur sort et étaient toujours prêts à cirer les bottes du vieux Rénus, pour s'attirer ses faveurs.

La plupart des opérations minières reposaient sur les épaules des douze chefs de puits. Ils commandaient, gardaient leurs registres à jour et poussaient les surveillants à augmenter le rendement. Pourtant, chaque année, quand les visiteurs officiels arrivaient, ils devaient continuer à s'échiner pendant que le vieux Rénus récoltait tous les lauriers de leur travail.

S'il échouait, un adjoint se retrouvait devant les nobles. Quand tout allait bien, le Maître des Mines aimait en recevoir tout le crédit. Mais si quelqu'un devait être blâmé, cela ne pouvait pas être lui. Shalit Mileen avait vu quatre de ses confrères être « rétrogradés ». Trois étaient devenus des esclaves – mais aucun dans la mine qu'il avait dirigée, sinon il n'y aurait pas fait long feu. Responsable d'un éboulement, le quatrième avait été exécuté sur place.

Les adjoints ne se réunissaient jamais, cependant Shalit avait parlé avec tous. Ce qu'il avait découvert l'avait éberlué. Comme lui, ils étaient forts et brutaux. Contrairement à lui, ils ne valaient pas mieux que des moutons. Ils n'avaient aucune ambition et encore moins le courage d'imaginer des plans.

Tout cela l'arrangeait. Ayant entendu dire que Klanath aurait bientôt un nouveau maître, il avait l'intention de s'attirer ses faveurs. Et, d'une façon ou d'une autre, de faire passer Rénus pour le vieil imbécile qu'il était.

S'il réussissait, Shalit Mileen deviendrait Maître des Mines et aurait ses propres adjoints.

Méfiant, il ne parla de ses plans à personne. Alors que la visite annuelle approchait, il dirigea son puits d'une main de maître. Il entreposa le meilleur minerai dans des galeries désaffectées, en attendant de pouvoir « découvrir » ce trésor. Il veilla à la forme physique de ses esclaves et donna à ses surveillants la meilleure nourriture et le meilleur vin disponibles. Il acheta les capitaines des gardes et fit une réserve d'outils. Quand les inspecteurs arriveraient, le rapport de Rénus prétendrait que le puits de Shalit produisait à peine le quota exigé. Mais leurs yeux leur montreraient le contraire. Car ils verraient des richesses en sortir.

Rénus serait soupçonné d'avoir détourné le minerai à son profit. Alors, Shalit passerait à l'action. Il ferait son propre rapport au nouveau maître, le seigneur Kane.

Les jours passèrent et Shalit s'activa de plus belle. Il y avait quatre puits au-dessous de Tharkas. Au début, les esclaves les exploitaient avec des pics, des carrioles et des traîneaux. Mais depuis quelques mois, ils s'étaient agrandis. Pour suivre les filons, de longues et profondes galeries avaient été creusées au cœur de la montagne, et les « puits » n'indiquaient plus que l'emplacement d'opérations minières de grande envergure.

Les tunnels étaient parfaits pour garder les esclaves. Chaque puits avait son contingent de deux mille « mineurs », qui pouvaient tenir tous dans une seule immense cellule et ne voyaient jamais le ciel. Le seul moyen d'entrer et de sortir d'un puits, c'était par un étroit conduit bien gardé. Les esclaves n'en partaient que les pieds devant.

Shalit Mileen inspecta ses puits, vérifiant tout dans les moindres détails. Il ne s'adressa qu'aux surveillants, mais les esclaves se communiquèrent les nouvelles de bouche à oreille.

— Le chef détourne du minerai, dit un nain aux larges épaules à un autre. Il le fait entreposer dans le septième et le neuvième puits. Les sapeurs disent que c'est le meilleur que nous avons extrait depuis des mois.

— Il ne sait peut-être pas qu'il est là, répondit son interlocuteur. Ou les sapeurs ont menti. Ils veulent peut-être semer le trouble…

— Non, ce sont des Daergars. Ils peuvent mentir au sujet de n'importe quoi, mais pour eux, le minerai, c'est sacré.

— On dirait que le chef a une idée derrière la tête, murmura un autre nain. Il veut peut-être le garder pour lui.

Le nain aux larges épaules fronça les sourcils et poursuivit son chemin. Mais la rumeur alla bon train. A midi, Vin rejoignit Tap.

— Tu as entendu la nouvelle ? murmura-t-il.

— Oui, dit le Neidar. Qu'est-ce que ça peut signifier ?

— L'inspection aura bientôt lieu. Je crois que les humains complotent les uns contre les autres.

— Alors, ça ne nous concerne pas. Ce que fait le Hylar m'intéresse davantage. Je l'ai eu à l'œil. Il n'a pas touché à son burin depuis deux jours. Il doit être prêt à essayer de s'évader.

— Ah… Il veut donc filer pendant la visite. Il pourrait y arriver… Les humains seront distraits.

— Oui. Un nain seul peut réussir. Mais qu'en est-il de nous ?

Vin resta silencieux un moment, l'air pensif.

— Avec une bonne diversion, nous pourrions y arriver aussi. Mais peut-être pas sans ficher par terre les plans du Hylar…

— Au diable ses plans ! grogna le Neidar. Je lui ai laissé une chance de nous y inclure. Il a refusé. S'il fait diversion pour nous, que ça lui serve de leçon !

Non loin d'eux, un nain à la barbe grise posa son seau de soupe et s'essuya le front de son unique main. Vieux, mutilé et lent, Calan Orteildargent ne portait plus de chaîne. Il était esclave depuis si longtemps qu'il se fondait dans le paysage. Personne ne faisait attention à lui. De son bras gauche, il ne restait qu'un moignon. Son visage était si ridé et tanné qu'on aurait dit du vieux cuir.

Seuls ses yeux bleus, qui gardaient une trace de jovialité et de ruse, et quelques fils dorés dans sa barbe témoignaient de ce qu'il était autrefois : un Daewar pure souche. Une oreille experte pouvait également entendre, à son léger accent, qu'il n'était pas un nain des collines, mais du royaume de Thorbardin.

En fait, quasiment personne n'avait remarqué ces détails. A Klanath, nul ne remarquait plus Calan Orteildargent. Il parlait peu et s'arrangeait pour ne déranger personne. Etant esclave depuis longtemps, il savait comment paraître toujours occupé sans en faire trop et sans attirer l'attention. Mais cela ne l'empêchait pas d'observer et d'écouter. Et d'attendre.

Or, il se disait que son attente était peut-être enfin terminée.

Discrètement, il se dirigea vers une des parois sombres du puits. Il accrocha son seau à un crochet, puis jeta un coup d'œil alentour. Personne ne prenait garde à lui. Alors, il se baissa vivement, entra dans l'ombre dense et se faufila derrière une avancée rocheuse. L'ouverture était virtuellement invisible. Si quelqu'un avait regardé, il aurait pu penser que le vieux nain avait disparu dans le mur.

Derrière, il remarqua une niche peu profonde et sombre, rien de plus qu'un creux aménagé dans la roche par l'érosion. Mais il avança et il lui sembla qu'un étroit tunnel s'ouvrait devant lui. Quand il eut fait plusieurs pas, le passage s'élargit et il vit de la lumière ; elle venait d'une crevasse dans le plafond.

Une personne était assise en tailleur sur le sol. Elle regardait dans un bol en pierre noire rempli d'un liquide trouble. Il faisait si sombre qu'il était difficile de reconnaître l'homme. Seuls les contours de son ample manteau étaient visibles. Il pouvait s'agir d'un humain, d'un elfe ou du représentant d'une douzaine d'autres races qui peuplaient l'Ansalonie. Il était clair, cependant – vu sa taille et la minceur de ses bras – que ce n'était pas un nain.

— As-tu vu et entendu ? demanda Calan à la silhouette sombre.

— Oui, répondit une voix calme.

— Crois-tu qu'il est celui que nous attendons ? Le Hylar, je veux dire ? Est-il l'élu ?

Son interlocuteur ne leva pas les yeux.

— Oui, il est l'élu. Zéphyr l'a observé, comme je le lui avais demandé. Le Hylar a l'esprit d'un chef. Je crois que c'est le fils de Harl Lancepoids.

— Le temps est-il venu ?

— Il compte attendre l'inspection, répondit la silhouette encapuchonnée. Mais s'il fait ça, les autres vont le suivre... ou essayer de le suivre.

— Et ils ruineront ses plans...

— C'est possible. Le Hylar doit agir dès maintenant. Tu dois l'aider.

— Dois-je lui parler des autres ?

— Dis-lui uniquement ce qu'il doit savoir. Fais-lui comprendre la situation. Puis sors-le de ces mines. Comme nous en avons parlé.

— Dois-je lui faire part de sa destinée, Despaxas ?

La tête dissimulée sous le capuchon pivota. Despaxas regarda Calan.

— Non, personne ne veut croire au destin qu'on lui prédit. Il doit apprendre seul. Mais il faut lui faire comprendre ce que mijotent les autres esclaves. Ils pourraient le mettre en danger.

Calan jeta un coup d'œil par-dessus son épaule. Il avait cru entendre du bruit. Derrière lui, une ombre semblait remuer dans le tunnel. Elle poussa un soupir surnaturel. Le vieux nain en eut la chair de poule. Une créature sans substance semblait onduler dans l'air, comme si elle nageait. Elle s'arrêta à la lisière de la grotte et parut rapetisser quand elle s'enroula dans ses drôles d'ailes transparentes.

Calan ne s'était jamais fait à l'« ombre » que Despaxas nommait Zéphyr. La créature n'avait aucune substance. On eût dit qu'elle était composée d'ombres. Elle était pratiquement invisible et selon Calan, s'il avait essayé de la toucher – ce qui ne risquait pas d'arriver – sa main n'aurait rien rencontré. Pourtant, il émanait d'elle une aura très forte et le vieux nain avait eu plusieurs fois l'impression d'apercevoir des dents aussi pointues que des aiguilles et des fentes censées être des yeux.

— J'aimerais que tu laisses cette créature dehors quand nous nous rencontrons, grommela Calan. La dernière fois, elle m'a donné des cauchemars pendant une semaine.

Il secoua la tête et grimaça, se tournant de nouveau vers Despaxas. Mais il n'y avait plus personne. Faisant volte-face, il s'avisa que la créature aussi avait disparu. Il était seul.

— Despaxas ? murmura-t-il.

Puis il frissonna. Peu de nains étaient à l'aise en présence de la magie. Le vieux Daewar n'était pas de ceux-là.

— J'aimerais qu'il arrête de faire ça, grogna-t-il dans sa barbe. Je ne sais pas ce qui est pire : sa créature familière ou ses disparitions.

De retour dans le puits, le vieux Calan récupéra son seau et alla le remplir au grand chaudron. Des esclaves humains y préparaient la pitance de leurs compagnons avec les restes laissés par les gardes.

Calan se dirigea vers les cellules et passa au milieu des esclaves de retour des galeries, distribuant la nourriture. Il servit le jeune Hylar en dernier. Posant son seau par terre, le vieux nain feignit de souffler un peu.

Il leva sa louche et murmura :

— Tes fers sont-ils détachés, jeune Derkin ? Si tu comptes t'évader, c'est le bon moment.

Le Hylar leva les yeux.

— Quoi ?

— Si tu ne pars pas dès cette nuit, d'autres essaieront de te suivre. Ils savent ce que tu comptes faire. Ils ont décidé que tu serais leur guide. Mais là où un seul peut réussir, plusieurs rateront leur coup.

— Tu parles par énigmes, vieillard, grogna Derkin. Que veux-tu ?

— T'accompagner. Moi seul. Personne d'autre.

— *Si* j'ai un plan pour sortir d'ici, il n'inclut pas d'emmener qui que ce soit.

— Oh, mais il le faudra, sinon tu échoueras. Tu as besoin de moi, Derkin. Je peux t'aider.

— M'aider ? Comment ?

Le vieux nain s'accroupit devant lui, inclinant son seau comme s'il raclait le fond avec sa louche.

— Je peux t'aider à t'évader. As-tu jamais été au-delà de ces puits ? Tu n'arriveras à rien si tu comptes emprunter la rampe !

— Je n'ai pas besoin de ton aide.

— Tu es entêté. (Calan sourit.) Préfères-tu réussir ton évasion avec l'aide de quelqu'un ou échouer en devenant guide malgré toi ? Car tu seras suivi, que tu le veuilles ou non.

— Balivernes !

— J'ai entendu dire que la sagesse était de laisser les autres te venir en aide, continua le vieux nain. Fais-toi des amis et ils te serviront. Rejette-les et ils se serviront de toi.

— J'ai déjà entendu ces paroles. Qui es-tu ?

— Un vieux nain… (Calan haussa les épaules.) Mais tu as raison. J'ai emprunté ses paroles à ton père. Je l'ai entendu les prononcer plus d'une fois. Toi aussi, je crois.

— Tu as connu mon père ?

— Oui. Et je te connais aussi. Veux-tu bien m'écouter, Derkin Graindhiver ?

— Comment sais-tu comment je m'appelle ?

— Je sais bien des choses. Alors, vas-tu m'écouter ?

— Oui, répondit Derkin de mauvaise grâce.

— Ce soir, je viendrai te chercher. Tiens-toi prêt. Je connais un chemin.

— Si tu connais un chemin, pourquoi es-tu encore ici ?

— Je t'attendais.

— Pourquoi ? Que veux-tu ?

— Tu poses trop de questions pour quelqu'un à qui on ne laisse pas le choix, Derkin Graindhiver. Tiens-toi prêt.

CHAPITRE II

L'ÉVASION

Dans l'obscurité de sa cellule, Derkin se leva et regarda autour de lui, tendant l'oreille. Voilà plus d'une heure qu'il n'avait rien entendu. Pas d'autres bruits que les ronflements de centaines de nains endormis.

Le vieux manchot n'était pas réapparu. Derkin se demandait s'il n'avait pas voulu s'amuser à ses dépens. A moins qu'il n'ait tout simplement oublié leur rendez-vous. De longues années d'esclavage au service des humains pouvaient briser un esprit. Ça n'était pas parce qu'il connaissait son nom et l'identité de son père qu'il savait comment sortir de ce trou.

Mais certaines paroles du vieux fou le troublaient. Il avait dit que les autres savaient qu'il comptait s'évader et avaient prévu de le suivre. C'était sans doute vrai. Et ça l'ennuyait. Son plan n'en était pas vraiment un. Il avait saboté ses fers et il attendait le bon moment pour fuir. Au pis, il emprunterait la rampe.

Non, ça n'était pas un plan, mais un nain seul pouvait réussir. Si d'autres le suivaient, ils seraient repris. Et c'est lui qui passerait pour leur chef.

Derkin grimaça. Il ne voulait pas de mal à ses compagnons d'infortune, mais ils ne représentaient rien pour lui. S'ils désiraient s'évader, c'était leur affaire. Mais ils ne devaient pas gâcher ses chances.

Le vieux nain l'avait convaincu d'une chose : il ne pouvait pas attendre la visite d'inspection…

Derkin écouta encore un moment les respirations paisibles de ses camarades de cellule. Puis il saisit un de ses fers et tira dessus, ses muscles saillant sous l'effort. Le rivet finit par casser avec un petit *pop*. Le jeune Hylar redoubla d'efforts.

Quand il eut suffisamment écarté les deux bords, il libéra sa cheville, attentif à ne pas faire tinter la chaîne. Puis il s'attaqua à l'autre fer. Une chance qu'ils aient été conçus par des humains incapables d'imaginer qu'on pouvait ouvrir à mains nues un anneau d'un demi-pouce. Peu d'hommes l'auraient pu et, par nature, les humains considéraient les nains comme inférieurs.

Débarrassé de ses fers, Derkin s'agenouilla, veillant à ne pas faire de bruit. Puis il souleva sa tunique et enroula la chaîne de huit pieds de long autour de sa taille. Avec son burin, c'était la seule « arme » dont il disposait.

Il se leva et se tourna vers la porte de la cellule, la repérant grâce à la lumière diffuse que jetait la lampe des gardes. Il ne les voyait pas, mais il y en avait deux – deux humains costauds, armés de gourdins et de fouets, leur épée toujours à portée de la main. Et leurs camarades attendaient dans le couloir… Mieux valait prendre les problèmes un à la fois. Avec un peu de chance, ils s'étaient assoupis.

Il fallait qu'il fasse coulisser la barre, qu'il se glisse dehors et qu'il empêche les gardes de donner l'alerte. Pour cela, il n'avait que ses mains et son outil.

Avec un petit grognement de colère, il jeta un coup d'œil aux nains endormis. *Que la rouille vous décrépisse !* pensa-t-il. *Ne pouviez-vous pas me fiche la paix ? Par votre faute, je dois m'évader plus tôt que prévu.*

Comme si l'air avait lu dans ses pensées, une voix murmura :

— Tout comme toi, ils veulent sortir d'ici.

Derkin sursauta et regarda autour de lui.

— Je suis là. Je t'avais dit que je viendrais.

C'était le vieux manchot, Calan. Derkin plissa les yeux pour essayer de distinguer quelque chose.

— Tu ne me vois pas, mais je suis là. Regarde.

Un visage apparut, comme sorti de nulle part.

— Comment fais-tu ça ?

— Je l'ignore, admit Calan. C'est de la magie. Un manteau qui abuse les yeux. J'en ai un pour toi. Comment comptes-tu nous sortir d'ici ?

— Ne connais-tu pas un chemin ?

— Oui, mais il faut d'abord passer cette porte.

— Où est mon… manteau magique ?

Derkin tendit sa main libre et saisit quelque chose qu'il ne pouvait pas voir. Au toucher, cela ressemblait à du tissu. Il enfila le vêtement.

— Bien, dit le vieux nain. Couvre-toi la tête. Tout ce qui n'est pas sous le manteau reste visible.

Derkin trouva le capuchon à tâtons. Quand il fut paré, il leva les bras et baissa les yeux. Aussi extraordinaire que cela puisse être, il semblait avoir disparu.

— Ton visage reste visible, l'avertit Calan. Alors, si tu croises quelqu'un, détourne la tête. Allons-y.

Derkin jeta un coup d'œil dehors. Les gardes n'étaient pas visibles, mais il savait qu'ils étaient là. Quelques pas sur la gauche, il y avait une table en bois, avec des bancs, qui servaient de bureau aux surveillants. C'était là que se trouvaient les gardes.

Il espéra ardemment qu'ils dormaient.

Collé contre la porte, Derkin tendit le bras et saisit la barre. Taillée dans du bois massif, elle passait dans des moraillons en fer. Il la fit bouger d'un pouce, puis il changea sa prise et répéta l'opération plusieurs fois, le bois émettant un léger bruit.

— Silence…, souffla le vieux nain.

Derrière la porte, quelqu'un renifla, toussa et s'agita. Puis le silence retomba et un chœur de ronflements retentit.

Derkin reprit sa tâche là où il l'avait laissée. Quand la lourde barre sortit du premier moraillon, elle commença à s'incliner dangereusement. Mais le jeune Hylar s'y attendait. D'un geste vif, il la maintint en place avec son burin. Près de lui, Calan laissa échapper un soupir soulagé. Une main apparut pour essuyer son visage qui semblait flotter dans l'air.

Derkin ouvrit le battant et se glissa dehors, suivi par le vieux manchot. Sur la table, une bougie partiellement fondue éclairait les gardes endormis.

Le jeune Hylar récupéra son burin et remit la barre en place. Au moment où il se retournait, les ronflements d'un des gardes se transformèrent en gargouillis. Calan était debout à côté de la table, une dague à la main. Avant que Derkin ait pu l'en empêcher, il égorgea le second garde.

— Pourquoi as-tu refermé la porte ? murmura-t-il.

Un moment, Derkin se contenta de le regarder fixement. Puis il lâcha :

— Je me suis dit qu'ils ne s'apercevraient peut-être pas de notre évasion. Mais c'est raté.

— Quelle importance, puisque nous serons partis ?

Secouant la tête, le jeune Hylar désigna la cellule. Puis il se rappela que le vieillard ne pouvait pas voir son geste et sortit sa main de sa manche.

— C'est important pour *eux*. Tu sais qu'ils seront punis. Ils paieront pour la mort de ces gardes.

— Je croyais que tu te fichais de leur sort, grogna Calan, soulageant un des gardes de son gourdin. Suis-moi !

— Comment veux-tu que je te suive si je ne te vois pas ? siffla Derkin.

— Oh, maudite rouille ! (Le jeune Hylar sentit une main lui saisir le poignet.) Pose ta main sur mon épaule.

Calan se mit en route, Derkin sur les talons.

— Il y a d'autres gardes dans le couloir, murmura-t-il. Comptes-tu les tuer tous ?

— Seulement si j'en ai l'occasion.

— Réorx…, souffla le Hylar, fou de rage.

Il ne comprenait pas pourquoi le vieux nain avait tué les deux gardes. C'était inutile et stupide. Or, il avait l'impression que Calan Orteildargent n'était pas idiot.

Plusieurs hommes armés étaient postés dans le couloir. Trois d'entre eux jouaient aux osselets sur une couverture ; les autres dormaient.

— Cache ton visage, dit Calan, ralentissant le pas.

Ils passèrent au milieu des gardes et arrivèrent dans le puits. Le grand trou était plus silencieux que dans la journée, mais pas complètement désert. Des chariots de minerai arrivaient de différentes galeries et des esclaves sous bonne garde triaient leur contenu.

Derkin jeta un coup d'œil en direction de la rampe et jura silencieusement. Au milieu, on avait allumé un feu. Une douzaine d'humains étaient assis autour.

— Nous ne pourrons jamais passer par là, murmura-t-il, obligeant Calan à s'arrêter.

— Il n'en a jamais été question, dit le vieux nain. Je te l'ai dit, je sais comment sortir d'ici.

Serrant l'épaule invisible de Calan, Derkin traversa le puits en diagonale, vers une paroi marquée par une légère avancée rocheuse à côté de laquelle était accroché un seau. Alors qu'ils approchaient, un garde les dépassa et, s'arrêtant au niveau de l'excroissance, s'y adossa en bâillant.

Calan s'arrêta net.

— Maudite rouille ! grommela-t-il tout bas.

— Quoi ?

— Cet homme est appuyé à notre porte de sortie. Attends-moi ici, Derkin. Je vais l'attirer plus loin. Dès qu'il sera parti, tu entres dans le trou et tu m'y attends.

N'ayant rien à faire, Derkin se tint immobile. Une minute passa, puis une autre. Soudain, un cri de douleur résonna dans le puits.

Derkin se retourna juste à temps pour voir un humain tomber en hurlant. Un deuxième, puis un troisième se joignirent bientôt à ses cris. Plusieurs gardes, attirés par le raffut, arrivèrent en courant Un gourdin se matérialisa en travers du chemin de l'un d'eux et frappa, faisant une quatrième victime.

Le garde adossé à l'avancée rocheuse se redressa, puis il s'éloigna en brandissant son gourdin. Resserrant son manteau d'invisibilité autour de lui, Derkin courut vers la paroi et se glissa dans le trou, derrière l'excroissance…

— Un trou ? marmonna-t-il. Une impasse, oui !

Il tourna les talons et ressortit, percutant quelque chose de solide… et d'invisible. Les jambes de Calan apparurent quand il atterrit sur le dos. Le vieux nain les ramena sous son manteau et se releva.

— Regarde où tu vas ! Je t'ai dit de m'attendre ici, non ?

Une main calleuse apparut et poussa Derkin.

— Tu as prétendu qu'il y avait un chemin…

— C'est la vérité ! Tiens-toi à mon épaule !

Le trou ne faisait pas plus de deux pas de profondeur. Alors qu'ils en approchaient, la paroi disparut, laissant la place à un tunnel.

— De la magie ! grogna Derkin.

— Evidemment ! répondit Calan. Tais-toi et suis-moi. Je n'aime pas plus la magie que toi.

— Alors pourquoi en fais-tu usage ?

— C'est le seul moyen de sortir. Viens.

Il faisait noir dans le tunnel. Pourtant une faible lumière verte y brillait.

— Je croyais que tu ne devais plus tuer de gardes, lâcha Derkin, toujours furieux après ce que le vieux nain avait fait devant la cellule.

— Je ne les ai pas tués, dit Calan. Je leur ai brisé les genoux, pour les faire crier.

— Comment as-tu découvert ce tunnel ?

— Un ami à moi me l'a montré. Vas-tu cesser ces bavardages et te dépêcher un peu ? Toute cette magie me rend nerveux !

Quelques pas plus loin, le tunnel s'élargit et déboucha sur une petite grotte. Calan s'arrêta, chassa la main de Derkin et redevint visible.

— Nous n'avons plus besoin de ces manteaux, dit-il. Plus personne ne peut nous voir.

Derkin enleva le sien et inspira profondément. Comme la plupart des nains, la magie le mettait mal à l'aise. Il jeta le vêtement, puis regretta son geste. Le manteau pouvait lui être utile. Mais comment le retrouver ?

— Oublie-le, dit Calan, comme s'il avait lu dans ses pensées. Nous n'en aurons plus besoin.

Il s'approcha du bol posé au centre de la grotte. Derkin le suivit, s'arrêtant quand même pour récupérer le manteau. Ses doigts se refermèrent sur le tissu. Profitant que Calan avait le dos tourné, il fourra le vêtement magique sous sa tunique.

Le bol en bois sombre contenait un pouce de liquide laiteux. Calan s'accroupit et le fixa. Derkin continua vers la paroi opposée, se demandant où donnait le tunnel.

— Despaxas ? dit Calan dans son dos.

Derkin se retourna pour savoir à qui il parlait, mais il ne vit personne. Haussant les épaules, il reprit son exploration.

— Où est le tunnel ? demanda-t-il. Je ne vois…

Soudain, la pierre sembla se liquéfier et tanguer. Derkin fut pris de vertiges. Il ferma les yeux et quand il les rouvrit… Clignant des paupières, il tomba à la renverse. Au-dessus de lui, les étoiles brillaient dans le ciel nocturne ; la lune rouge se levait, nimbant d'écarlate les branches d'un arbre. Autour d'eux se dressaient les flancs des montagnes.

Derkin se releva tant bien que mal, vaguement nauséeux. Près de lui, le vieux Calan se redressa à l'aide de son unique bras.

— Je déteste ça ! maugréa-t-il.

— Que… s'est-il passé ? Où sommes-nous ?

— Loin des mines. Je t'avais bien dit que je connaissais un moyen d'en sortir. (Secouant toujours la tête, le vieux

nain se frotta l'estomac.) C'était un sort de transfert. Un tour
de magicien.

— Tu es un magicien ?

— Ne dis pas de sottises ! Moi, non, mais Despaxas, oui !

— Et qui est Despaxas ?

— Lui, répondit Calan.

Une haute silhouette sortit d'un bosquet de conifères.
Derkin ne pouvait pas voir ses traits, dissimulés par un
capuchon, mais une chose ne faisait pas de doute : ce n'était
pas un nain.

Despaxas approcha d'une démarche gracieuse.

— Bienvenue à l'air libre, Derkin Graindhiver. Je m'appelle Despaxas, dit-il d'une voix mélodieuse.

Peu de voix humaines l'étaient à ce point. Pas un nain
n'en avait une pareille.

— Où sommes-nous ? demande le Hylar.

— A deux lieues des mines. Nous sommes au col de
Tharkas. Au sud s'étend ce qui était encore récemment le
royaume des nains.

— Que veux-tu dire ? demanda Derkin.

— Crois-tu être le seul qui a été capturé par les esclavagistes ? lança Calan. Les hommes de l'empereur humains
détiennent toutes nos mines. Ils ont envahi nos terres d'ici
au pic Fin du Ciel.

— Des pillards humains nous sont tombés dessus au sud
des mines, dit tristement le Hylar. Tous mes nains ont été
tués. Le seul qui ait survécu à l'attaque est mort de ses blessures avant d'arriver à Klanath.

— Ce n'étaient pas des pillards, corrigea le magicien,
mais les éclaireurs de la force d'invasion. Seuls quelques
nains ont réussi à rejoindre Thorbardin.

— Ils ont donc pu donner l'alerte…

— Oui. Mais les clans étaient en guerre et aucun n'a
voulu intervenir pour défendre les mines.

— Dieux…, souffla Derkin, réalisant l'énormité de ce
qu'il venait d'entendre.

Depuis sa capture, Kal-Thax avait été envahi…

— Et Thorbardin ?

— La forteresse tient toujours, assura Despaxas. On dit que l'ordre y est plus ou moins revenu. Mais elle n'a fourni aucune aide aux royaumes du Nord.

Derkin plissa les yeux, essayant de distinguer les traits de son interlocuteur.

— Qui es-tu ?

Haussant les épaules, Despaxas abaissa son capuchon. Les rayons de lune révélèrent un visage aux traits ciselés entouré de longs cheveux soyeux… et dépourvu de barbe. Le mage affichait une expression vaguement ironique, mais son sourire était aussi innocent que celui d'un enfant.

C'était un visage – presque – humain.

— Tu es un elfe ?

— Bien sûr ! Ma mère était l'amie d'un de tes ancêtres. En quelque sorte, elle l'admirait. Regarde. (L'elfe s'agenouilla et écarta la terre et les cailloux, révélant le brillant du fer.) Une borne naine ! Elle a été plantée là il y a bien longtemps, pour délimiter le royaume des nains. Ma mère était présente le jour où ce repaire a été enfoncé dans la terre par Cale Œilvert. Sa sœur était ton arrière-arrière-grand-mère.

— Et ta mère vivait à cette époque ?

— Oui. Et elle est toujours vivante. Elle s'appelle Eloeth. C'est elle qui m'a envoyé te chercher.

— Pourquoi ?

Derkin fronça les sourcils… puis écarquilla les yeux. Derrière l'elfe, quelque chose les observait… Mais il ne parvint pas à voir ce que c'était. Sous son regard étonné, la créature déploya des appendices frémissants. Ondulant gracieusement, elle s'envola en silence et s'éloigna.

— Au nom de la maudite rouille, qu'est-ce que c'était ?

— Je le nomme Zéphyr, dit Despaxas. C'est un frontalier.

— Un quoi ?

— Un frontalier, répéta l'elfe. Ça veut dire qu'il n'existe

pas vraiment dans ce monde, mais sans en être totalement
exclu.

— C'est l'ombre de compagnie de Despaxas, grogna
Calan. Ce truc le suit partout. Il est laid, non ? Je veux dire,
ce qu'on en voit…

— Zéphyr ne te voit pas mieux que tu ne le vois, Calan,
dit l'elfe. Il ne distingue sans doute même pas ton corps. Ce
qu'il voit, c'est ton âme.

Derkin regarda l'elfe, puis la créature.

— Cette chose regarde les âmes ? Pourquoi ?

— Pour me dire ce qu'il y trouve, répondit Despaxas.
Zéphyr est mon ami.

Derkin secoua la tête, surpris au-delà de toute mesure. Il
avait l'intention de poser à ses libérateurs une question en
rapport avec son évasion – mais il était incapable de s'en
souvenir.

CHAPITRE III

UN CHEF PEU ENTHOUSIASTE

Perchés sur un escarpement, deux nains et un elfe contemplaient le triste spectacle qu'offrait la région qui s'étendait au sud de Tharkas. Derkin Graindhiver sentait une colère sourde monter en lui. Les premières lueurs de l'aube éclairaient les riches terres dont les nains avaient extrait des matières brutes pendant plus de deux siècles.

Quand il était très jeune, Derkin était venu voir les mines de Tharkas. Il se souvenait des centaines de Neidars qui montaient et descendaient les pentes abruptes pour assurer l'extraction et le conditionnement du précieux minerai avant de l'expédier à Thorbardin. C'était une scène joyeuse. Les nains étaient pleinement satisfaits de leur sort.

Aujourd'hui, tout avait changé. Disparus les tas de matière première et le chant harmonieux des coups de marteaux. Il ne restait qu'une impression de... malaise. Quant à la chanson des marteaux, elle n'était rien de plus qu'un vacarme discordant. Même s'il n'y avait pas eu de gardes humains armés, il aurait été évident que ces mines n'appartenaient plus aux nains. Partout on voyait la trace des méthodes irréfléchies et paresseuses employées par les humains.

C'était connu : les humains faisaient de très mauvais mineurs. Même la compétence de leurs esclaves nains n'y changeait rien. Contrairement aux nains, les humains ne coopéraient pas avec la pierre pour en extraire les richesses. Non, ils combattaient les mines, le minerai et la montagne au même titre qu'un ennemi. Selon les nains, ils appliquaient le même concept à tout ce qu'ils entreprenaient : ils prenaient ce qu'ils voulaient, généralement en employant la force brute.

Ce qu'ils voyaient en témoignait. Reconverties en dortoir pour les conquérants, les jolies maisonnettes neidars étaient mal entretenues. Les quelques naines qui s'affairaient autour avaient l'air las. Elles aussi étaient des esclaves. Elles cuisinaient pour les humains et lavaient leur linge.

Le seul autre lieu d'habitation visible, c'était un camp à flanc de montagne, près d'un lac. Derkin s'en souvenait. Le lac était un réservoir creusé par les nains. Un long barrage incurvé endiguait les eaux de plusieurs torrents et les distribuait dans divers canaux le long des pentes.

Ce système avait alimenté en eau la région de Tharkas. Mais c'était à l'âge d'or de Thorbardin, à l'époque de la Grande Route, gardée à Kal-Thax par les nains et en Ergoth par les chevaliers.

Ce temps-là était révolu. Aujourd'hui, il n'y avait plus de voyageur sur la route. Par endroits, elle n'existait même plus. Et si le lac artificiel était toujours là, les canaux étaient bouchés par des débris.

Plissant les yeux, Derkin essaya de voir qui était au camp.

— Ce sont des humains. Des nomades des plaines. Vois-tu comme ils évitent les soldats de l'empire ? Ils vont et viennent et se moquent bien de l'empereur.

Les sourcils froncés, le Hylar baissa de nouveau les yeux sur le spectacle affligeant et jura entre ses dents. Puis il se tourna vers l'elfe.

— Comment ont-ils fait pour détruire tellement de choses en deux ans ?

— Ils auraient détruit Thorbardin s'il avait pu y entrer, répondit l'elfe. Le seigneur Kane a lancé un assaut contre la Porte Nord. Zéphyr espionnait pour moi. Les humains ont fini par laisser tomber. Ils n'ont jamais passé les défenses extérieures de la forteresse. Mais ils ont pris les mines.

— Pourquoi les nains de Thorbardin n'ont-ils pas envoyé de troupes pour les combattre ?

— Quelles troupes ? demanda Calan. Cela fait longtemps que les clans sont trop occupés par leurs petites guerres pour se soucier de ce qui se passe dehors.

— Mon père a restauré l'ordre à Thorbardin ! cria Derkin.

— Oui. Et la Paix Hylar lui a survécu un temps. Mais – et tu le sais aussi bien que moi – les querelles ont repris. Les Theiwars contre les Daewars, les Daergars contre les Klars, les Hylars enfermés pour bouder dans leur Arbre de Vie...

— Je sais. C'est pour ça que je suis parti. Mais j'ignorais qu'ils avaient tourné le dos à l'extérieur.

— Eh bien, ils l'ont fait ! Et sans les troupes de Thorbardin, nos montagnes sont tombées entre les mains des... humains !

Il montra de sa main unique ce qui était la honte de son peuple.

— Rouille et corrosion, marmonna Derkin.

Derrière lui, Calan murmura à l'elfe :

— Il me rappelle son père, quand il est comme ça.

— Il devra se montrer aussi fort que lui, répondit Despaxas.

Derkin pivota vers eux, tournant le dos à la scène.

— Il est temps que quelqu'un mette un terme à cette atrocité ! Les humains n'ont rien à faire de Kal-Thax !

— Je suis entièrement d'accord, dit l'elfe.

— Mais il faudrait une armée, renchérit Calan.

— J'irai à Thorbardin et je la ramènerai, décida Derkin.

— Quelle armée ? (Le vieux nain secoua la tête.) Il n'y a plus d'armée à Thorbardin. Tout ce qui reste, c'est des clans entre lesquels Jeron Cuirrouge et Dunbarth Poucedefer ont bien du mal à garder la paix. Il ne viendra aucune aide de la forteresse tant qu'elle n'aura pas un vrai chef.

— Il y a une armée, ajouta Despaxas. Du moins, il pourrait y en avoir une. Mais elle n'est pas à Thorbardin.

Derkin regarda l'elfe en fronçant les sourcils.

— Où est-elle, alors ?

— Là-bas. (Despaxas désigna le nord.) Là d'où tu es sorti. Les humains ont réduit des milliers de nains en esclavage. Il y en a huit mille à Klanath. Il ne manque qu'un chef pour en faire une armée.

— Tu es fou, fit Derkin. Je n'y retournerai pas.

— Dommage, intervint Calan. Tu sais, tes anciens compagnons de cellule vont payer pour la mort des gardes…

— C'est toi qui les as tués ! cracha le jeune Hylar. Tu leur as tranché la gorge ! Et maintenant, tu prétends t'inquiéter du sort des esclaves ?

L'elfe dissimula son sourire sous son capuchon.

— C'était ton évasion, Derkin. Veux-tu être responsable de ce qui va leur arriver ?

Le jeune Hylar resta silencieux un moment, regardant l'un puis l'autre de ses étranges compagnons. Puis il plissa les yeux et jeta un regard noir à Calan Orteildargent.

— Je me demandais pourquoi tu avais tué ces gardes. Ça m'avait semblé être un acte inutile. J'aurais dû voir clair dans ton jeu. Un Daewar n'agit *jamais* sans raison.

— Tu es un Hylar, répondit Calan. Quoi que soient les Hylars par ailleurs, ils ont un grand sens de l'honneur.

— Et une haine farouche de la manipulation ! Je comprends tout. Vous avez tout organisé. Que voulez-vous ?

— La même chose que toi, répondit doucement Despaxas. Débarrasser Kal-Thax des envahisseurs humains. Mais pour cela, il faut une armée. Une armée de nains. Et nous voulons que tu en sois le chef.

— Pourquoi moi ?

— Parce que tu le peux. Zéphyr a sondé ton âme et nous connaissons ton lignage. Nous savons beaucoup de choses sur toi, Derkin Graindhiver. Nous t'avons étudié pendant près d'un an.

Derkin lui jeta un regard noir.

— Pourquoi ?

— As-tu déjà entendu parler d'un elfe nommé Kith-Kanan ?

— Pas que je me souvienne. Pourquoi ?

— Kith-Kanan est un ami de ma mère, Eloeth. L'empereur humain, Quivalin Soth, dont l'âme est la plus noire qu'ait vue Zéphyr, l'inquiète. Kith-Kanan a demandé conseil à ma mère au sujet de Kal-Thax, parce que Klanath est à la frontière de ce royaume et qu'elle a déjà eu affaire aux nains. Elle m'a demandé mon aide et je me suis adressé à Calan, qui est mon ami. Il a perdu son bras en me sauvant la vie, il y a deux cents ans.

— Parfait, fit Derkin. Mais ça ne répond pas à ma question. Pourquoi moi ?

— Parce que tu es un descendant direct de Colin Danpierre, qui réussit à unifier les clans nains, et de Damon Prédestiné, qui devait être le père de nombreux rois. Tu es de la famille de Cale Œilvert et l'arrière-arrière-petit-fils de Willen Ereintefer, qui fut régent pendant la Guerre des Sorciers. Et tu es le fils du roi Halthwait de Thorbardin…

— Son nom était Harl Lancepoids et il n'a jamais été roi ! dit Derkin. Thorbardin n'en a jamais eu.

— Oh, nous le savons, l'assura l'elfe. Mais c'est une légende qu'il est utile de laisser croire au monde… Le sang de nombreux grands chefs nains coule dans tes veines, Derkin, et ton âme est comme les leurs. Tu n'en es pas conscient, mais c'est ce que les autres voient en toi. Les esclaves de Klanath te suivront. Certains voulaient déjà le faire.

— Tout cela est grotesque ! grogna Derkin. (Il foudroya du regard Calan Orteildargent.) Tu m'as dit toi-même que les esclaves ne pouvaient pas s'échapper des mines.

— S'échapper, non. (Le vieux nain haussa les épaules.) Mais un assaut est toujours possible.

— Un assaut ? Donné par nous trois, je suppose ? Il

faudrait des centaines de combattants pour entrer dans les mines… et pour en ressortir.

Calan haussa de nouveau les épaules, puis il désigna la mine.

— Il y a des centaines de nains, ici, Derkin. Et ils sont gardés par une poignée d'humains.

Derkin regarda le vieux Daewar manchot et l'elfe encapuchonné.

— D'abord, il faut rassembler une armée, dit Despaxas. Il y a une différence entre plusieurs milliers de nains délivrés de l'esclavage et une véritable armée. Tes ancêtres hylars l'ont démontré à une époque dont ma mère se souvient.

Derkin se campa devant l'elfe – beaucoup plus grand que lui – et lui baissa son capuchon.

— Qu'est-ce que ça vous rapportera ? demanda-t-il. Saute le passage sur Kith-Kanan et ta mère. Pourquoi les elfes se soucient-ils du sort du royaume nain ?

Despaxas le dévisagea calmement.

— C'est une bonne question. Le seigneur Kane et ses mines sont votre problème. Mais l'empereur est ambitieux. Il envoie déjà des troupes dans les plaines de l'est. Or, elles jouxtent les terres des elfes. Les humains d'Ergoth et les elfes du Silvanesti vont entrer en guerre, Derkin. Et ce sera un conflit long et pénible.

— Mais pas le nôtre, fit remarquer Derkin.

— En un sens, si, répondit l'elfe. L'empereur se servira de Klanath comme point de ravitaillement et grâce à cela, il pourrait nous vaincre. Et en récompense, il donnera Kal-Thax à Kane.

— Je vois, souffla le Hylar. Donc, pour rompre la ligne de ravitaillement humaine, tu veux construire un barrage composé par une armée naine.

— Dans votre intérêt, dit Despaxas. Et dans le nôtre.

— Tordu, mais sensé…, dit Derkin. Eh bien, d'une certaine façon, c'est logique.

— Merci, répondit l'elfe. Ma mère sera heureuse de savoir que tu approuves.

— Approuver est une chose, intervint Calan. Etre d'accord en est une autre. Marches-tu avec nous, Derkin ?

— Je l'ignore… Que devrais-je faire en premier ?

— Il faut se débarrasser des humains de cette mine – une compagnie d'infanterie et une douzaine de gardes –, puis entraîner les nains en vue d'une attaque contre Klanath.

— C'est tout ? (Derkin eut un petit rire froid et ironique.) Et comment suis-je censé faire tout ça ?

— A toi de décider. C'est toi, le chef.

— Et pendant ce temps, qu'arrivera-t-il à Klanath ?

Despaxas remonta son capuchon.

— Nous avons prévu une diversion. Ça devrait occuper les humains un moment.

L'aube n'avait pas encore touché les puits de la mine de Klanath quand Vin l'Ombre secoua Tap Tolec pour le réveiller. Le Neidar grogna, puis il tourna la tête, essayant de voir qui le houspillait ainsi.

— Vin ? marmonna-t-il. Lâche-moi ! Je suis réveillé. Que se passe-t-il ?

— Regarde ça, murmura le Daergar, tout excité.

— Regarder quoi ? Contrairement à toi, je ne vois pas dans le noir.

Vin saisit la main de son ami et la posa sur quelque chose. Même dans l'obscurité, Tap sut que c'était un marteau. Il s'assit pour explorer l'outil du bout des doigts.

— Tu as réussi ! Comment as-tu fait ?

— Je n'ai rien fait. Quand je me suis réveillé… Tu vas comprendre !

Vin s'éloigna et Tap l'entendit fouiller dans ce qui semblait être un tas d'outils. Non loin d'eux, un autre Daergar s'exclama :

— Regardez ça !

— Quoi ? murmura une voix. Que vois-tu ?

Une série de grattements retentit, accompagnés par des étincelles. L'amadou commença à luire au creux d'une paume calleuse ; Vin se redressa avec une chandelle allumée.

— Maintenant, tout le monde peut voir.

Tap écarquilla les yeux. Autour de lui, d'autres esclaves nains l'imitèrent. Deux tas, l'un d'armures et l'autre d'armes, trônaient au milieu de la cellule. Il y avait des marteaux, des haches, des lances à pointe en acier, des épées rutilantes, des masses d'arme, des dagues, des arbalètes de fabrication gobeline avec leurs carreaux et même des arcs elfiques en bois de citronnier, accompagnés de leurs flèches.

Derrière, on apercevait des boucliers, des plastrons, des heaumes, des gantelets de diverses origines… On aurait dit que quelqu'un avait été faire son marché dans les rebuts d'une caserne.

— Regardez ça ! dit Vin, montrant un troisième tas, composé de sacs et de tonnelets. Ça vient des réserves du Maître des Mines !

Soudain, le regard du Daergar fut attiré par un bol en bois sombre, posé devant les outils. Il approcha et regarda dedans. Il contenait un liquide laiteux qui se mit à briller.

— Que…, commença-t-il.

La voix qui sortit du bol le fit taire.

— Armez-vous, dit-elle. Barricadez la porte et fortifiez la cellule. Brisez vos chaînes et défendez l'entrée à tout prix… Armez-vous…

Un vieux nain se pencha au-dessus du bol et remua le liquide d'un doigt. Sans résultat.

— Nous ne pouvons pas rester ici.

Un nain borgne, le dos couvert de cicatrices, ramassa une épée et un bouclier et grogna :

— Au diable les bols qui parlent ! Brisons nos chaînes et allons tuer ces esclavagistes !

Un chœur d'assentiments lui répondit, puis se tut, les nains réalisant que leurs voix portaient loin.

— Il faut que quelques-uns d'entre nous montent la

garde, pendant que le reste se débarrasse de ses fers, dit un nain. Après…

— Tenez la cellule, dit la voix qui montait du bol. Au-delà, seule la mort vous attend…

— Tais-toi ! cria un nain, surpris de s'adresser à ce qui ressemblait à un bol de lait. Nous ne pouvons pas rester ici. Il suffirait aux humains de nous affamer ou de nous enterrer vivants.

— Défendez la cellule, répéta la voix musicale. De l'aide va arriver. Armez-vous, barricadez-vous et tenez bon. Quelqu'un va venir vous sortir de là.

La lumière disparut peu à peu et la voix se tut. Tous les nains restèrent silencieux un long moment. La chandelle de Vin éclairait des visages déterminés et, pour certains, soupçonneux.

Soudain, de la lumière filtra entre les barreaux de la porte et ils entendirent des bruits de pas. Ils retinrent leur souffle.

— Réveillez-vous ! cria une voix Il est temps de… Hé ! Qu'est-ce que…

— Ils sont morts. On leur a tranché la gorge.

Une trompette sonna dans le lointain, vite couverte par des cliquetis d'armes. Quelqu'un arriva en courant. Comme un seul nain, les occupants de la cellule s'approchèrent de la grille.

— Qui est l'abruti qui a tué les gardes ? demanda Vin. Maintenant, ils vont se venger sur nous tous.

— C'est peut-être celui qui a apporté les armes et la nourriture, suggéra Tap.

— Personne ne les a « apportés ». Ils sont venus par magie. Le bol en est la preuve.

— Je n'ai jamais vu agir la magie, dit un nain.

— Je n'aime pas ça, renchérit un autre.

Dans le couloir, un garde leva sa lanterne.

— Ecartez-vous de cette grille, nabots ! cria-t-il.

— Aucun d'entre nous n'a tué ces gardes, dit Tap à Vin. La porte est toujours fermée.

Comme les nains n'obéissaient pas, un des gardes fit passer sa lance entre les barreaux. Une main s'en saisit ; un bras musculeux tira. L'homme se retrouva plaqué contre la porte. Une épée l'ouvrit du nombril à la poitrine.

A l'intérieur de la cellule, le borgne essuya la lame de son épée.

— Un de moins, lâcha-t-il.

Le couloir était plein d'hommes armés, certains portant des lampes. Les nains reculèrent.

— Ils ne doivent pas ouvrir cette porte ! cria Vin.

Des mains humaines se saisirent de la barre. Elle avait bougé d'un pouce quand une pluie de carreaux et de flèches s'abattit sur les gardes. Certains tombèrent en hurlant, les autres s'enfuirent.

Des ombres étranges dansèrent sur les murs du couloir, jetées par les lampes abandonnées.

— Ils reviendront, souffla Tap. Que faisons-nous ?

— Barricadons la porte ! dirent en chœur une douzaine de voix.

— Envahissons le puits et tuons les humains ! proposèrent d'autres.

— Du calme ! rugit un nain. Qui commande ?

— Pas moi, s'empressèrent de répondre certains.

— Le Hylar ! s'exclama Tap, pris d'une inspiration subite. Il sera notre chef !

Il leur fallut plusieurs minutes pour s'aviser que le nain que tous connaissaient sous le nom de Derkin avait disparu…

Cela les laissa sans voix. Un instant, ils eurent la vision d'une grande victoire – des nains se frayant un chemin dans des hordes d'humains, gagnant leur liberté. C'était comme ça qu'avaient dû être les batailles d'antan. Quand leur race était capable de prouesses… avec à sa tête un chef hylar.

Mais cela ne dura qu'un instant. La réalité refit surface et ils réalisèrent qu'ils n'étaient qu'une bande d'esclaves nains enfermés dans une cellule. Ils avaient des armes et des vivres, mais dehors, se pressaient des centaines, voire des milliers de soldats humains. Ils étaient faits comme des rats dans un tonneau !

— Je crois que nous devrions faire ce que nous a conseillé le bol, dit Vin l'Ombre. Barricadons la porte… et attendons les renforts.

CHAPITRE IV

UNE PETITE FORCE D'ASSAUT

Despaxas était parti. Un instant il était là, le suivant il
avait disparu. Quand Derkin demanda à Calan où était passé
l'elfe, le manchot haussa les épaules.

— Il va et vient à sa guise. Je n'essaie pas de le suivre.

— Son ombre est partie aussi, ajouta le Hylar.

— Zéphyr, grogna le Daewar. Bon débarras !

— Il est dangereux ?

— Despaxas prétend que non. J'étais là le jour où il l'a
invoqué. Il s'exerçait. Soudain, cette créature est apparue.
Despaxas a dit qu'elle n'était pas vraiment là, que son corps
était dans un autre plan – quoi que ça puisse signifier. Il
pense que son sort s'est heurté à celui d'une personne dans
cet… *ailleurs*. Il a apprivoisé Zéphyr. Je suppose qu'il est
inoffensif, mais je déteste tout ce qui touche à la magie.

Les deux nains passèrent la journée dans un vallon
encaissé, près d'un petit ruisseau. Il y avait des traces de
gibier partout, mais Derkin dut surveiller un buisson pendant des heures avant que quelque chose de mangeable
apparaisse. S'il avait eu une fronde, un marteau ou une
lance, il aurait chassé un cerf voire un petit ours. Mais il
n'avait qu'un bâton et dut se contenter de lapins.

Calan avait fait un feu dans une clairière. Pendant que
leur repas cuisait, le vieux nain répéta à son compagnon tout
ce qu'il savait des humains qui s'étaient rendus maîtres des

mines de Tharkas. La compagnie d'infanterie comptait dix-huit soldats et il y avait une douzaine de surveillants. Un seul puits était en activité. On n'y travaillait pas la nuit. Les esclaves étaient divisés en petits groupes. L'entrée de la mine était gardée et seuls quelques nains étaient autorisés à en sortir pour transporter le minerai.

Chaque nuit, le puits était fermé, les esclaves restant à l'intérieur. Les soldats montaient la garde à tour de rôle, par équipe de six.

Derkin s'étonna qu'il en sache autant. N'avait-il pas été esclave pendant de longues années ? Mais comme toujours, le Daewar lui dit seulement ce qu'il voulait bien.

Le long bâtiment n'était rien de plus que ce qu'il paraissait. Autrefois, c'était là que se réunissait la communauté prospère du village. Aujourd'hui, il servait de cuisines, de laverie et de dortoir pour les naines.

Quand le soleil commença à disparaître derrière les pics, à l'ouest, Derkin avait une vision plus claire de la situation. Mais une question demeurait.

— Comment contrôlent-ils les prisonniers ? demanda-t-il. Si seuls les surveillants entrent dans la mine, comment se fait-il que les esclaves n'aient rien tenté contre eux ?

— Je ne suis pas sûr, avoua Calan. C'est peut-être à cause des gobelins.

— Quels gobelins ?

— Eh bien, quand le seigneur Kane a pris le contrôle de la région, il avait une compagnie de gobelins avec lui. Or, elle n'est pas repartie avec ses hommes. Les gobelins adorent vivre sous terre. Il est possible que les humains les aient engagés pour maintenir l'ordre dans la mine.

— Génial…, soupira Derkin, réprimant un frisson. Des gobelins. Il ne manquait plus que ça…

S'il existait une chose que les nains détestaient plus que la magie, c'était bien les gobelins.

Aux dernières lueurs du jour, Derkin s'intéressa à la fermeture du puits et au ballet des sentinelles. Calan ne lui

avait pas menti. Six soldats prirent position autour du périmètre, les autres se retirèrent dans leurs baraques.

Les sentinelles ne firent pas de feu. Derkin comprit
qu'elles auraient bientôt suffisamment de lumière pour bien
voir. Dans moins d'une heure, une première lune se lèverait…

D'après leurs positions, il était clair que les gardes ne
s'attendaient pas à avoir de la visite. Ils surveillaient la mine
et les bâtiments, pas les alentours.

Un sourire glacial flotta sur les lèvres du Hylar.

— A toi de décider de ce que tu vas faire, lui avait dit le
vieux Daewar, haussant les épaules comme si tout ça ne
l'intéressait pas.

— Alors je ferai comme bon me semble, avait-il répondu
d'un ton sec.

Il avait laissé Calan près du ruisseau. Qui aurait voulu
d'un allié aussi imprévisible que le vieux manchot !

Son plan était simple : tuer autant de gardes que possible,
sans faire de bruit, et ouvrir les portes de la mine pour faire
sortir les nains. S'il y avait des gobelins… Eh bien, il ignorait où ils étaient et s'ils étaient armés. Inutile d'y penser.

Le jeune Hylar s'était fabriqué une lance dans un bâton
dur et solide taillé en pointe à chaque extrémité. A Thorbardin, Derkin était un lanceur de javelot émérite.

La nuit tombée, il se glissa furtivement derrière un garde,
qu'il avait vu s'asseoir près d'un arbre abattu. Il était
presque sur sa cible quand l'homme sembla avoir entendu
ou senti quelque chose. Il commença à se retourner, mais il
était trop tard. D'un mouvement vif, le nain lui enfonça sa
lance sous le menton. L'homme se débattit. S'accrochant à
deux mains à son arme improvisée, le Hylar tira, lui brisant
la nuque.

Derkin soulagea le mort de sa dague, mais ne toucha ni à
son arc ni à son épée.

Le second garde fut plus difficile à avoir. Il était dissimulé
à l'entrée d'une crevasse. Le nain aurait pu charger et le

clouer à la roche avec sa lance. Mais l'homme aurait alerté tout le camp avant de mourir.

Le Hylar se demanda comment il allait faire. Puis il grimpa latéralement, sans se faire repérer. Quand il fut suffisamment près de sa cible pour entendre sa respiration, il jeta sa dague dans la poussière.

Dans la crevasse, l'homme se redressa, marmonna entre ses dents, puis avança à découvert. Quand il aperçut la dague, il se baissa. Il n'entendit pas la lance de Derkin fendre l'air. Elle pénétra à la base de sa nuque. Le nain bondit et l'acheva d'un coup de lance dans la gorge, étouffant son cri avant qu'il ne jaillisse.

Derkin récupéra sa dague, sa lance et prit la masse d'armes que le soldat portait à la ceinture. Il savait que le troisième garde ne portait pas de heaume.

Soudain, Derkin se figea. Quelque chose avait bougé dans les buissons. Immobile, il attendit. Sur sa gauche, quelqu'un rampait vers le garde endormi.

Derkin fronça les sourcils.

Calan, songea-t-il, *si tu nous fais remarquer, je te fracasse le crâne*.

Quand la nuit fut tombée et que le silence régna sur les montagnes, seulement troublé par le souffle de la brise, Helta Boisgris se glissa hors du grenier à grain poussiéreux, descendit l'étroite échelle et traversa le hall, pieds nus. Elle veilla à toujours rester dans l'ombre, au cas où un humain aurait regardé par un des volets cassés. En bas, les naines s'étaient rassemblées après une journée de labeur. Certaines étaient assises sur les bancs, d'autres déjà allongées sur leur paillasse improvisée. Elles levèrent les yeux au passage de Helta. L'une d'elles – une matrone aux cheveux gris – lui dit :

— Ne t'éloigne pas trop, Helta. Ce soir, les lunes seront hautes dans le ciel.

La jeune fille s'arrêta le temps de la rassurer.

— Ne t'inquiète pas, Nadeen. J'ai juste besoin d'un peu d'air.

Nadeen hocha la tête, compréhensive. Le grenier n'était pas un endroit idéal où passer ses journées. La petite pièce était étouffante et poussiéreuse et il y régnait une odeur âcre de grains moisis.

Helta Boisgris était la plus jeune des esclaves naines. A peine sorti de l'adolescence, son visage combinait les traits délicats de ses ancêtres daewars et les yeux légèrement en amande de son grand-père hylar. Elle avait également ses cheveux noirs et soyeux. En règle générale, les humains ne trouvaient pas les naines attirantes. Mais selon ses compagnes, elle aurait pu être une exception à cette règle. Voilà pourquoi elle ne se montrait jamais.

Helta ne se plaignait jamais de son sort. Mais quand le soleil tapait toute la journée sur le toit du grenier et que l'atmosphère y devenait irrespirable, c'en était trop. Le soir, il fallait qu'elle sorte, simplement pour sentir le vent et se nettoyer les poumons de toute cette poussière.

A cette heure, la mine était fermée, les sentinelles avaient rejoint leurs postes et les autres humains s'étaient retirés pour la nuit. Helta entrouvrit la porte de derrière, jeta un coup d'œil à droite et à gauche, tendit l'oreille, puis se faufila dehors.

Les lunes devaient se lever tôt. Mais pour le moment, il faisait noir.

Helta resta immobile un instant, savourant l'air pur et frais. Puis, comme elle en avait pris l'habitude, elle marcha un peu. Depuis le temps, elle savait exactement quelles étaient les limites à ne pas dépasser si elle ne voulait pas être vue par les sentinelles. Les esclaves n'étaient pas autorisés à sortir après la tombée de la nuit. Mais si personne ne la voyait, ce n'était pas un problème.

Alors qu'elle se promenait le long du hall, elle pensa avec tristesse à sa famille qu'elle ne reverrait jamais. Son père tué par les envahisseurs, sa mère et ses sœurs avaient été vendues sur un marché aux esclaves.

Les hordes humaines avaient fondu sur la région. Tous les nains valides avaient été enfermés dans la mine ou expédiés à Klanath. Les vieillards et les infirmes avaient disparu. Quand l'armée était partie, elle avait laissé des gardes pour veiller au bon fonctionnement du puits.

Helta rêvait de s'enfuir et de se venger. Jour et nuit, depuis deux ans, elle projetait de s'échapper, de fracasser des crânes humains, d'empoisonner leurs boissons et même – qu'importe si c'était infaisable – d'écraser tous les humains du coin sous un éboulement.

Tout cela n'était que pures fantaisies. Mais ça lui donnait l'occasion de penser à autre chose qu'à la peur et à l'esclavage.

Parfois, elle rêvait d'un héros qui écrasait la population humaine. Elle imaginait un jeune nain costaud. Brandissant une épée, une hache ou n'importe quelle arme redoutable, il défiait les envahisseurs, puis les tuait jusqu'au dernier, sans même ébouriffer sa barbe. Dans ses songes, il portait une belle armure polie et un heaume incrusté de gemmes. Il suffisait de croiser son regard pour y voir briller le courage et la force.

En réalité, il ressemblait aux tableaux des guerriers hylars qu'elle avait vus sur les marchés neidars et qui dataient de l'âge d'or de Thorbardin, quand les nains régnaient encore sur Kal-Thax. Elle n'avait jamais vu la forteresse. Mais elle se souvenait des légendes qui parlaient de l'arrivée des Hylars et de la manière dont ils avaient rassemblé les clans pour en faire une grande nation.

Helta marchait en balançant les bras d'avant en arrière, étirant ses muscles courbatus. L'abri où les maîtres humains gardaient leurs équipements était à côté du hall. Un instant, elle fut tentée d'y entrer. Mais elle l'avait déjà fait et elle n'y avait rien trouvé qui ressemblât à une arme.

Les pics, à l'est, commençaient à être illuminés par la lune.

Elle décida de rentrer. La main sur la poignée de la porte, elle se figea. Elle avait entendu des voix. Bah, ce devait être les humains qui marmonnaient dans leur sommeil… Elle allait entrer quand elle entendit distinctement un halètement, des piétinements, un son mat et des voix masculines.

Curieuse, elle se glissa jusqu'au coin du bâtiment et, jetant un coup d'œil, découvrit les silhouettes d'un nain et d'un humain ! Ils se disputaient à voix basse, juste sous le nez des sentinelles.

Ils avaient beau murmurer, leurs gestes étaient éloquents. Le nain parla et pointa sur l'humain un doigt accusateur ; l'humain écarta les mains en signe d'exaspération. Puis il tendit l'index en direction du nain, l'agitant sous son nez… Celui-ci attrapa la main de son adversaire, pivota et le fit passer par-dessus son épaule. Avant que l'humain puisse bouger, le nain lui sauta sur le dos et, lui mettant une main sur la bouche, l'assomma avec l'autre. L'humain cessa de se débattre ; le nain se releva en marmonnant dans sa barbe.

Au même moment, la lune blanche apparut à l'horizon, inondant la scène de lumière.

Les sentinelles ne pouvaient pas ne pas voir le nain.

— Oh, non ! lâcha Helta.

Elle courut jusqu'à son congénère, qui n'avait pas bougé. Il dut l'entendre approcher, car il se tourna vers elle.

Elle le prit par le poignet et le tira derrière le hall. Il la regarda, stupéfait. Quand il ouvrit la bouche pour parler, elle le fit taire.

— Chut ! murmura-t-elle. Les gardes pourraient vous arrêter.

Puis elle ouvrit la porte et le poussa à l'intérieur.

Les naines dormaient. Seule Nadeen leva la tête, puis s'assit vivement.

— Helta…, souffla-t-elle. Que…

— Chut !

La jeune naine referma la porte et poussa le nain vers l'échelle du grenier.

— Grimpe. Je vais te cacher.

Grâce aux chandelles, elle put voir à quoi il ressemblait. Elle ne le connaissait pas, mais il semblait avoir besoin d'aide. Sa barbe et ses cheveux étaient sales et emmêlés. Il avait du sang sur les mains, sur sa dague et même sur son bâton.

Nadeen les regarda avec des yeux ronds comme des soucoupes.

— Qui est-ce ? Au nom de…

La porte s'ouvrit. Tous trois se retournèrent. Un homme se baissa pour entrer, un tas d'armes dans les bras. Après avoir refermé, il posa un regard noir sur le nain.

— Tu n'avais pas besoin de m'assommer, grogna-t-il. Des remerciements auraient suffi.

Le nain et lui se mesurèrent du regard. Puis l'homme posa son fardeau sur la table la plus proche et regarda autour de lui. Visiblement satisfait, son visage cruel se fendit d'un sourire.

— Bonjour, dit-il à Nadeen et Helta. Je m'appelle Tuft Largeterre. J'ai aidé votre ami à tuer quelques soldats de l'empire… même s'il a une drôle de façon de montrer sa gratitude.

Haut dans la montagne, un elfe et un vieux nain manchot étaient penchés au-dessus d'un bol rempli de liquide blanc.

— Il se débrouille bien, dit Despaxas. Il a éliminé les gardes sans qu'ils puissent donner l'alarme. Les autres soldats et les surveillants sont endormis. Notre ami n'est plus seul. Il s'est allié aux naines et à un humain.

— Un humain ? (Les yeux de Calan s'arrondirent de surprise.) Un humain ?

— Ne t'inquiète pas. Il n'appartient pas à l'empire. Je crois que c'est un des hommes des plaines qui campent au bord du lac.

— Mais que fait-il avec Derkin ?

— Apparemment, ils se disputent.

Calan renifla dédaigneusement.

— Il y a deux baraquements d'humains et un puits plein de gobelins, et il prend le temps de jouer au joli cœur et de discuter avec un humain ?

— Rappelle-toi, fit l'elfe. C'est toi qui as dit à notre « chef des forces naines » de faire les choses à sa façon…

CHAPITRE V

LE CHEF

— Non, je ne peux pas te parler de notre mission, répéta Tuft, ignorant le formidable froncement de sourcil de Derkin. Passe-moi le pain, s'il te plaît.

Derkin rompit un morceau de la miche de pain noir et tendit le reste à l'humain.

— Tu refuses de me dire ce que tes amis et toi faites ici et tu voudrais que je vous donne ma bénédiction ? Que je te fasse confiance ?

— Je t'ai sauvé la vie ! Ce garde t'aurait tué.

— Il n'aurait pas su que j'étais là si tu n'avais pas fait de bruit ! Tu es aussi discret qu'un bison.

— J'ai glissé, se défendit Tuft. Je ne suis pas habitué aux terrains inclinés. Chez moi, tout est plat, comme les dieux ont voulu que soit le sol… Ce garde allait t'embrocher avec sa lance, comme une saucisse sur un bâton. (Il se tourna vers les naines :) L'arc et les flèches sont à moi, mesdames. Le reste vous appartient.

Autour d'eux, les naines attachaient leurs jupes, nattaient leurs cheveux et s'armaient. Un fracas de ferraille retentit quand l'une d'elles laissa tomber une épée. Tuft sursauta, manquant de se cogner la tête.

— Moins de bruit, ordonna-t-il. Il reste des soldats de l'empire. (Il se baissa pour ramasser l'épée et la tendit à sa « propriétaire ».) On la tient comme ça…

Derkin finit son pain et le fit passer avec de l'eau tiède. Il s'avisa que la jolie naine, Helta quelque-chose, le regardait, pensive. Quand il croisa son regard, elle haussa les épaules.

— Je t'avais imaginé autrement, expliqua-t-elle.

— Pardon ?

— J'espérais que quelqu'un viendrait nous libérer. Mais j'imaginais un nain beau, charmant, élégant et vêtu d'une armure polie… Enfin, ce que je veux dire, c'est que tu n'as l'air de rien. Et si tu as un côté charmant, je ne l'ai pas encore remarqué.

Agacé, Derkin se leva et traversa la salle pour regarder par un des volets cassés.

— J'ai vu des hommes entrer dans ces maisons. Y sont-ils tous ?

— Oui, sauf les six qui sont de garde, répondit Helta, s'approchant de lui. Ce sont les seules qui ont un plancher en bois. Les humains semblent aimer ça. Les gardes logent dans la plus grande et les surveillants dans l'autre. Qu'allons-nous leur faire ?

— Les tuer, dit distraitement le Hylar. Tais-toi. J'essaie de réfléchir. Ce serait plus facile s'ils étaient tous dans la même.

— Eh bien, ça n'est pas le cas. Ils ont toujours…

— Tais-toi ! grogna-t-il. (Puis se parlant à lui-même :) Douze gardes et autant de surveillants. Et je n'ai sous la main qu'une poignée de femmes…

— Et un guerrier cobar ! lui rappela fièrement Tuft, occupé à enseigner le maniement des armes à leurs « recrues ».

— Et un maudit humain, corrigea Derkin. Nous pourrions attaquer l'une, mais l'autre…

Une main lui tapota l'épaule ; il se retourna et découvrit la vieille naine, Nadeen.

— Elle m'a prié de te dire de regarder dans l'abri, dit-elle. Elle pense que tu y trouveras quelque chose d'utile.

— Elle ? Qui ça, *elle* ?

— Helta.

— L'abri, murmura-t-il. Bien. Pourquoi ne me l'a-t-elle pas dit elle-même ?

— Tu lui as ordonné de se taire, expliqua Nadeen. Je crois que tu l'as blessée.

Derkin se tourna vers Helta.

— Montre-moi cet abri, dit-il.

Elle l'ignora.

— Oh, maudite rouille ! grommela-t-il. Je suis navré de t'avoir vexée. S'il te plaît ?

— Bien. (Elle le regarda.) A l'avenir, j'ignorerai tes mauvaises manières. Viens.

Quand la deuxième lune se leva, Calan Orteildargent demanda à Despaxas :

— Le vois-tu ?

— Oui. Il a fait sortir les naines. Ils déroulent des câbles métalliques et entourent avec une des maisons.

— Quoi ? (Le nain se pencha sur le bol, puis il se rappela que seul l'elfe y voyait quelque chose.) Pourquoi font-ils ça ?

— Je n'en ai pas la moindre idée, admit Despaxas.

Les deux lunes étaient haut dans le ciel quand les esclaves du camp de Tharkas et leurs deux alliés finirent de condamner la porte et les fenêtres de la maison des gardes en enroulant autour un épais fil d'acier. Utilisant un treuil manuel, Derkin s'assura de la tension du câble, puis il recula et hocha la tête.

— Personne ne sortira de là, dit-il. (Il jeta un coup d'œil vers l'autre maison. Si seulement ils avaient eu suffisamment de fil pour piéger ses occupants !) Très bien. Allez chercher les jarres et les torches.

Les naines revinrent une minute plus tard avec une douzaine de jarres et des torches. Derkin enleva le bouchon d'une des jarres et renifla : de l'huile de lampe naine. Les humains avaient dû la trouver dans un village neidar. Les esclaves sur les talons, il fit le tour de la maison, vidant les jarres sur les murs.

— Allumez les torches, dit-il quand il eut terminé. L'heure du réveil a sonné…

Pendant que les naines obéissaient, il lança la dernière jarre sur le toit. Elle se brisa ; le bruit réveilla les gardes. Criant des paroles incohérentes, ils se jetèrent sur la porte, découvrirent qu'ils étaient pris au piège et essayèrent de l'enfoncer.

Derkin prit une torche, mais Helta le devança.

— Laisse-moi faire, dit-elle. J'en ai si souvent *rêvé*.

La lumière du feu donnant à son beau visage un air farouche et faisant briller ses yeux, la jeune naine mit le feu à l'huile.

Derkin claqua des doigts ; Nadeen lui tendit une hache. Il se tourna vers l'humain, qui se tenait en arrière et regardait.

— Dieux ! souffla-t-il.

— Eh bien, dit Derkin en s'approchant de lui, si tu es incapable de supporter un tel spectacle…

— Dieux, répéta le Cobar. Les nains ne font pas les choses à moitié, pas vrai ?

— Vas-tu essayer de nous arrêter ? Ce sont des humains, comme toi.

— Pas comme moi ! Ce sont des soldats de l'empire. Je suis un Cobar !

La maison s'enflamma. A l'intérieur, les cris se transformèrent en hurlements. La porte de la deuxième habitation s'ouvrit à la volée. Des hommes en sortirent, courant et vociférant. Mais le spectacle qui les attendait coupa leur élan. Les deux premiers ne virent pas les naines armées. Certains essayèrent de lutter, mais leur sort fut réglé en quelques minutes. Réveillés en sursaut, leurs yeux lourds de sommeil aveuglés par la lueur de l'incendie, les surveillants n'eurent pas la moindre chance.

Les torches jetées dans la maison firent sortir les deux derniers. L'un d'eux plongea sur le côté, se releva d'un bond et vit Helta Boisgris. Poussant un cri, l'homme se rua sur elle, brandissant son épée. Mais il ne l'atteignit jamais ; la hache de Derkin s'enfonça dans sa poitrine. Une flèche décochée par Tuft mit fin à la course désespérée du dernier surveillant.

Derkin récupéra sa hache.

— Fais attention, à l'avenir ! rugit-il à Helta. Tu aurais pu être tuée !

Puis il compta les cadavres. Quand il fut certain qu'aucun humain ne s'était enfui, il se tourna vers Tuft. Mais le Cobar n'était plus où il l'avait vu pour la dernière fois. Il revenait de la lisière du cercle de lumière, d'autres hommes sur les talons.

— Il y en a d'autre ! cria Nadeen. Tuons-les !

— Attendez ! ordonna le Hylar.

Les naines hésitèrent puis baissèrent leurs armes. Suivi par sa troupe de volontaires couvertes de sangs, Derkin s'avança vers Tuft et ses six compagnons. Tous portaient les vêtements en cuir souple et les tissus colorés des nomades.

— Mes compagnons, dit Tuft. Ils sont venus quand ils ont vu l'incendie.

Un homme à la barbe grise salua le nain d'un hochement de tête, puis se tourna vers Tuft.

— Les hommes de l'empire… sont tous morts ?

— Tous, l'assura Tuft.

— Bien. Personne ne pourra donner l'alerte.

— Non, mais vous devriez partir tout de suite si vous voulez passer le col au matin. (Tuft se tourna vers Derkin.) Voici Aile, le chef de notre mission.

Derkin jeta un regard noir à Aile.

— Que voulez-vous ? demanda-t-il.

Aile observa calmement le nain.

— Tu es hylar. Le roi Hal-Thwait t'a envoyé ?

— Il n'y a pas…, commença Derkin, avant de se raviser. Qui ou que cherchez-vous ?

Aile hocha la tête.

— Dis-lui tout ce qu'il veut savoir, lança-t-il à Tuft. Il pourra nous être utile.

Sur ce, l'homme tourna les talons, agita la main et s'éloigna en courant, ses cinq compagnons lui emboîtant le pas… aussi silencieux que des elfes.

— Tu ne pars pas ? demanda Derkin à Tuft.

— Non. Considère-moi comme un observateur. Nous sommes du même côté, tu sais.

— Non, je ne sais rien. Tu ne m'as rien dit. De quel même côté sommes-nous ?

— Nous combattons l'empereur du Daltigoth. Ce sont ses soldats que tu as fait rôtir.

— Je me fiche des humains. Je suis venu chercher une armée. Qu'as-tu à reprocher à l'empereur ?

— Je suis un Cobar, dit Tuft. L'empereur du Daltigoth a envahi nos terres. Nous sommes en guerre. Alors je reste ici. Je pourrais me rendre utile. Au fait, où est ton armée ?

— Là-haut, répondit le Hylar. Elle est enfermée dans le puits de mine. Je suis venu la libérer.

— Ça me semble facile. Allons-y !

— Je crois qu'il y a aussi une compagnie de gobelins, ajouta Derkin.

— Oh. (Le Cobar regarda la mine, l'air songeur.) Ça complique tout. Tu as une idée ?

— Maintenant, oui. Tu vas avoir l'occasion de me prouver que tu peux être utile.

A l'aube, un homme à l'air sinistre, portant l'uniforme et les armes d'un soldat de l'empire, approcha de la porte de la mine et souleva la barre. Puis il frappa au battant. Le grattement d'une autre barre en bois lui répondit et la porte s'ouvrit.

— C'est l'heure ? demanda une créature vaguement humanoïde.

Une fraction de seconde, l'homme hésita, plissant le nez de dégoût. Tuft Largeterre n'avait jamais vu de gobelin. Il avait entendu dire qu'ils étaient laids, mais il ignorait à quel point. Au milieu d'un visage plus large que long, les grands yeux vides de la créature le dévisageaient. Sa large bouche sans lèvres dévoilait des dents noires et pointues. A la place du menton, elle avait une sorte de caroncule tombant sur son plastron en bronze. Un heaume plat sur le crâne, elle tenait une arbalète d'une main verdâtre.

L'air qui s'échappait du puits de mine puait. Tuft crut qu'il allait être malade. Mais il se ressaisit et fronça méchamment les sourcils.

— Allez, ouvre ! ordonna-t-il. On a besoin des esclaves dans le camp.

— Tous ? demanda le gobelin, clignant des yeux.

— Tous. Fais-les sortir !

Le gobelin ouvrit la porte et se glissa dehors. Il était aussi petit qu'un nain, mais la ressemblance s'arrêtait là. Tuft eut l'impression de contempler une grenouille bipède.

Jetant un regard soupçonneux à l'homme, le gobelin regarda dehors. Il montra du doigt les cendres fumantes de la maison incendiée.

— Quoi s'est passé ? Le feu ?

— Ça ne te regarde pas ! cracha Tuft. Contente-toi d'obéir. Fais sortir les esclaves.

Le gobelin le regarda de nouveau, puis il retourna dans la mine. Tuft l'entendit parler avec un de ses congénères.

— Les hommes veulent tous les nains dehors.

— Pourquoi ?

— Sais pas. On dirait qu'il y a eu du grabuge. Veulent p't'êt en tuer quelqu'zuns.

— Y disent d'les sortir, on les sort. Ouv' la porte.

Réprimant un soupir de soulagement, Tuft s'écarta, mettant quelques distances entre lui et les relents fétides. On lui avait dit que les gobelins puaient, mais c'était le genre d'horreur dont on devait faire l'expérience pour comprendre.

Un chœur de cris, de jurons et d'ordres résonna dans les profondeurs de la mine. Puis des gobelins sortirent. Ils se mirent en lignes de chaque côté de la porte. Tous avaient une épée à la main et une arbalète en bandoulière.

Les nains commencèrent à sortir. Tuft ne put s'empêcher de secouer la tête en les voyant. Beaucoup avaient des blessures et certains semblaient avoir été régulièrement maltraités.

Quand le triste défilé se termina, Tuft avança et désigna du doigt une vingtaine de nains.

— Toi… Toi…

Ceux qu'il avait choisis étaient jeunes et paraissaient en meilleur état que leurs compagnons.

— J'emmène ces vingt-là, dit-il aux gobelins. Attendez-moi ici avec les autres.

— Vaudrait mieux qu'les gardes les surveillent. Y pourraient s'enfuir.

— Alors ils seront criblés de flèches. (D'un geste impérieux, Tuft fit signe à son groupe de le suivre.) En avant !

Au bout de quelques pas, un des nains souffla :

— Je n'ai rien fait… Qui…

— Chut ! Suivez-moi en silence. Je suis un ami.

Alors qu'ils approchaient de l'enclos, un des esclaves ouvrit des yeux ronds comme des soucoupes. Il fut bientôt imité par tous ses compagnons.

— Ce sont nos femmes… habillées en gardes…

— Là, c'est ma mère ! s'exclama un autre.

— Taisez-vous et continuez d'avancer, ordonna Tuft. Les gobelins nous observent.

Il les fit entrer dans le hall et se laissa tomber sur un banc.

— Je n'aurais pas cru que ce serait si facile.

Les nains regardèrent autour d'eux.

— Qui es-tu ? demanda l'un d'eux au Cobar.

— Il est avec moi, dit Derkin en entrant. Je suis venu vous libérer.

Les esclaves le regardèrent un moment.

— Pourquoi ?

— Parce que j'ai besoin de vous. (Derkin prit une hache

et la tendit au nain qui venait de lui poser cette question idiote.) Tu sais t'en servir ?

— Evidemment ! Mais sur qui ?

— Les gobelins.

Il fallut quelques minutes pour armer les anciens esclaves. Derkin renvoya Tuft sur la colline.

Quand l'homme revint, suivi par deux cents nains et la compagnie de gobelins, l'enclos était vide. Il ouvrit la porte principale du hall et fit signe aux nains d'entrer.

Le visage fermé, les prisonniers obéirent, poussés par des gobelins ricanants. Trop occupés à tourmenter leurs prisonniers, les monstres ne s'aperçurent pas que la porte de derrière était ouverte. Dès qu'ils la franchissaient, les esclaves étaient armés et emmenés à côté de l'abri.

Lorsque le dernier nain entra, les gobelins regardèrent à l'intérieur... et virent qu'il ne restait qu'une poignée de nains, prêts à en découdre.

Un gobelin réussit à entrer et à embrocher un nain sur son épée en bronze avant qu'un second lui fracasse le crâne avec un tabouret.

Les autres monstres furent repoussés par les anciens esclaves avec tout ce qui leur tombait sous la main.

Tuft Largeterre coupa la tête d'un gobelin et les jambes d'un autre avant qu'ils ne s'avisent de cette nouvelle menace. Quand ils se retournèrent, une vague de nains armés déferla sur eux et les écrasa.

La plupart des gobelins moururent dans les deux premières minutes. Quelques-uns s'enfuirent, mais ils furent rapidement rattrapés et tués. Derkin avait été très clair : aucun ennemi ne devait s'échapper.

Quand tout fut terminé, quatre nains étaient morts et trois autres blessés. Les vainqueurs ramassèrent les cadavres de leurs ennemis et les jetèrent dans un puits désaffecté qu'ils rebouchèrent après. Ils gardèrent toutes les armes et les pièces d'armures, sauf celles des gobelins. Le Hylar expliqua au Cobar qu'aucun nain ne porterait jamais un objet touché par une de ces créatures. Il était impossible de se débarrasser de l'odeur.

— Nous nous reposerons quelques jours, dit Derkin à son armée. Vous allez manger, vous laver et soigner vos blessures. Ceux qui sont valides peuvent allumer les forges et commencer à fabriquer des armes. Je vais vous entraîner au combat. Je...

Une main se leva.

— Excuse-moi... Tout ça me semble très bien. Mais qui diable es-tu ?

— Je m'appelle Derkin. Je suis votre chef.

— Qui a dit ça ?

— Moi, répondit le Hylar.

Personne n'osa le contredire.

Les naines avaient fait chauffer de l'eau et couper des savons en petits morceaux. La première chose à faire, selon elles, était de redonner aux héros une apparence naine.

Il allait falloir tout récurer : nains, outils, vêtements et armes.

Quand elles furent prêtes, Helta s'approcha de Derkin et lui tendit un morceau de savon, un peigne et une paire de ciseaux.

— Si tu veux être leur chef, commence par ressembler à un chef.

CHAPITRE VI

LES ÉLUS

— Je dois admettre que je suis impressionné, dit Calan à
Derkin alors qu'ils traversaient ce qui était quelques jours
plus tôt un camp d'esclaves.

Tout autour d'eux, des nains s'entraînaient au combat
avec des épées en bois et des boucliers improvisés. Non loin
de là, les artisans frappaient les enclumes avec leurs marteaux, la chaleur de leurs forges faisant miroiter l'air.

Tuft Largeterre parcourait le terrain d'entraînement, dis-
pensant conseils et critiques. Les Neidars étaient naturellement doués avec une hache, un marteau, une fronde ou un
javelot et ils savaient se servir d'un bouclier. Mais manier
l'épée… Derkin avait chargé l'humain de leur apprendre les
rudiments de ce genre de combat.

— Nous n'avons pas d'acier, leur avait-il expliqué. Les
armes que nous fabriquons sont en fer. Elles s'émousseront
vite. Il faudra que nous récupérions les armes de nos ennemis. Puisqu'il s'agira surtout d'humains – et que les humains
ont une préférence pour l'épée – vous devrez savoir manier
cette arme.

— Où allons-nous, Derkin ? demanda un nain.

— A Klanath, de l'autre côté du col de Tharkas.

— Pourquoi ?

— Pour libérer le reste de notre armée.

Cette réponse suffit aux anciens esclaves, qui avaient

accepté son autorité. Comme tous les nains, ils étaient contents de laisser leur chef s'occuper des détails. La cuisine servait deux repas substantiels par jour et les onguents faisaient des miracles. Tous les nains valides s'entraînaient à longueur de journée.

En trois jours, Derkin avait réussi à transformer une bande de mineurs dépenaillés en force de combat. Ils s'étaient baptisés les Elus. Le Hylar ignorait d'où était venu ce nom, mais ils l'avaient adopté avec fierté.

L'eau chaude et le savon avaient débarrassé Derkin de la crasse accumulée dans la mine et l'air frais et le soleil lui avaient redonné de belles couleurs. Helta et Nadeen lui avaient coupé et démêlé les cheveux et la barbe. Vêtu d'un kilt en cuir, d'une chemise, de bottes solides, d'un manteau, de gantelets, d'un plastron et d'un heaume à corne, il avait l'air de ce qu'il était : un guerrier hylar.

En découvrant les superbes atours que lui avaient offerts les naines, il s'était senti embarrassé. Mais il avait remarqué que son « armée » avait bien plus de cœur à l'ouvrage quand il les portait. Helta avait raison : s'il voulait être un chef, il devait ressembler à un chef.

Helta avait étudié le résultat de sa transformation d'un œil critique, puis elle lui avait souri.

— Maintenant, tu es comme lui.

— Qui ? avait-il demandé.

Mais elle lui avait adressé un petit sourire, ignorant sa question.

Le vieux Calan fronça les sourcils.

— Tu as l'air inquiet…

— Le temps passe et je m'inquiète pour les esclaves de Klanath. Il est possible qu'ils soient déjà tous morts ou blessés…

— Ils vont bien, l'assura le Daewar. Despaxas et son ombre veillent sur eux.

— Comment ? Les humains ont eu plusieurs jours pour les punir !

— Tes anciens compagnons de cellule sont barricadés dans leur trou, avec de la nourriture et des armes.

— Et où les ont-ils eues ?

— Si j'ai bien compris, l'elfe les a… euh… *transférées* des quartiers des gardes et du cellier principal jusqu'à leur prison. Pour le moment, personne n'a essayé de les en faire sortir.

— Pourquoi ?

Le vieux manchot eut un sourire de loup.

— Tu te souviens du chef du puits, Shalit Mileen ?

— Oui. C'est lui qui m'a fait fouetter et charger de lourdes chaînes…

— Eh bien, il semble que Mileen ait gardé la rébellion secrète. Il complotait pour prendre la place de Rénus Sabad. Aujourd'hui, il fait tout ce qu'il peut pour ne pas être exécuté… Grâce à toi ! Et aussi grâce à moi et à Despaxas.

— Comment l'elfe fait-il pour savoir tout ça ?

— Ne me le demande pas. (Calan haussa les épaules.) Je ne comprends pas sa magie.

— Mais tu lui fais confiance.

— Oui. Il dit que je lui ai sauvé la vie. Je suppose que c'est vrai. J'étais encore un marchand, à l'époque, et Despaxas n'avait pas appris la magie. Un ogre sauvage l'attaquait. Je passais par là. J'ai tué l'ogre, mais pas avant qu'il m'ait arraché le bras.

— Comment sais-tu que l'on peut faire confiance à un elfe ?

— Il aurait pu me laisser mourir, mais il m'a soigné. (Le vieux Daewar se tourna vers le terrain d'entraînement.) Comment sais-tu que tu peux faire confiance à cet homme ?

— Ses intérêts coïncident avec les miens.

— Comme ceux de l'elfe.

— Je n'aime pas les magiciens.

— Personne ne les aime. Mais admets qu'un magicien décent peut être utile de temps en temps.

Derrière le vieux nain, l'air miroita, puis Despaxas apparut, un sourire ironique sur les lèvres.

— Merci, lança-t-il.

Calan se retourna si vite qu'il faillit tomber.

— J'aimerais que tu arrêtes de faire ça !

— Désolé. J'ai des mauvaises nouvelles. Kane est arrivé à Klanath pour l'inspection. Il a envoyé un régiment ici pour fortifier la mine. Il veut ouvrir tous les puits et construire une citadelle. En étant présent de chaque côté du col de Tharkas, il mettra la main sur les terres jusqu'à la Porte Nord.

— Ces terres sont naines ! siffla Derkin.

— Un régiment ? (Calan fronça les sourcils.) Quand sera-t-il ici ?

— Bientôt. Il se compose de cavaliers et de fantassins. Ils passeront le col à la nuit tombée.

Tuft était arrivé à temps pour entendre le rapport. Il jura, jeta un regard noir à l'elfe, puis soupira.

— Nous avons perdu avant d'engager la lutte ! Nous ne pourrons jamais atteindre Klanath…

— Si, rugit Derkin. (Il se tourna vers sa garde personnelle et lui fit signe ; les Dix accoururent.) Que tout le monde se prépare au voyage. Nous allons à Klanath.

— Bien, répondit le Premier des Dix.

Tuft regarda Derkin en secouant la tête.

— C'est impossible. Nous ne sommes que deux cents contre un régiment.

— Nous ne passons pas par le col, mais au-dessus.

L'homme cligna des yeux, puis regarda les versants qui partaient à l'assaut du ciel.

— Aucun humain ne peut escalader ça.

— Mais nous ne sommes pas des humains…

Les premiers rayons du soleil illuminaient les cimes. Il ne restait rien du camp de Tharkas. Les Elus transportaient tout ce qui pouvait l'être, quant au reste… Derkin avait tout fait

raser ou brûler, pour que rien ne puisse servir aux envahisseurs. Les galeries avaient été comblées et les puits détruits.
N'étaient les traces d'occupation humaines et les colonnes
de fumée qui s'élevaient dans l'air, le camp de Tharkas
aurait pu n'avoir jamais existé.

Et à moins de regarder en l'air, personne n'aurait vu âme
qui vive.

A une lieue de la mine et à un quart de lieue au-dessus du
sol, les nains escaladaient les Hauts de Tharkas. Avec des
pics, des marteaux et des cordes, ils étaient capables de
grimper des à-pics où aucun humain n'aurait trouvé des
prises.

Chez les nains, l'escalade était une seconde nature.

Ceux qui ne pouvaient pas grimper – les blessés, Calan,
qui n'avait qu'un bras, et Tuft, qui était humain –, étaient
hissés par les autres.

Pour le Cobar, ce fut une expérience inoubliable.

— Si je m'en sors, j'espère ne jamais revoir une montagne de ma vie, jura-t-il alors qu'il se balançait au bout
d'une corde attachée à deux solides nains.

Au-dessus de lui, confortablement installé dans son harnais, Calan répondit d'une voix amusée :

— Voilà des siècles que nous essayons de dire aux
humains que ces terres ne sont pas faites pour eux. Il y en a
enfin un qui est d'accord avec nous !

Il leur fallut près d'une journée pour atteindre la crête
rocheuse. Dans le col, ils virent passer le régiment. Les soldats du seigneur Kane étaient en route pour envahir le
royaume des nains.

— J'aimerais les ensevelir sous des pierres, grommela le
vieux Calan.

— Ça nous fera toujours ça de moins à combattre quand
nous attaquerons Klanath, dit Derkin.

Tournant le dos au col, il saisit son marteau et son bouclier et mit son heaume à cornes et son manteau rouge. Puis
il prit la direction du nord-ouest. De ce côté, le versant était

moins abrupt. Des arbres y poussaient par endroits, annonçant les forêts qui couvraient les pentes, un peu plus bas.

Le terrain semblait moins accidenté, mais Klanath était encore à dix lieues. Derkin ne se faisait pas d'illusion. Il savait qu'il avait été manipulé par un elfe et un vieux Daewar manchot. Mais il était entêté comme seul un nain pouvait l'être et il avait décidé d'aller jusqu'au bout.

Derrière lui, les Elus ramassèrent leurs sacs et leurs armes et le suivirent. La plupart n'avaient qu'une vague idée de ce qui les attendait, mais le Hylar les avait libérés. Il était leur chef. Où il allait, ils iraient.

Quand Sakar Kane arriva à Klanath avec trois régiments de l'empereur, sa première décision fut d'en envoyer un dans le Sud. Selon les rumeurs, certains de ses rivaux daltigothiens convoitaient les terres naines, maintenant que Thorbardin n'était plus une menace.

En plaçant ses propres troupes au sud du col, le seigneur Kane entendait écraser leurs ambitions dans l'œuf. Il savait que celui qui tenait Tharkas contrôlait l'accès au royaume que les nains appelaient – autrefois – Kal-Thax. En récompense de ses services, l'empereur avait promis de le lui donner. Quand ce jour viendrait, il l'aurait déjà sous sa coupe.

Dès que le régiment fut parti, Kane prit ses quartiers dans la citadelle qu'on construisait pour lui et fit fermer les portes, laissant la douzaine de nobles qui l'avaient accompagné se trouver un endroit où loger.

Quand il eut dîné, diverti par des musiciens et des danseurs, il fit appeler le Maître des Mines, le chef des gardes et d'autres fonctionnaires locaux. Puis il se retira dans ses appartements.

Il ne faudrait pas plus d'une heure pour que tous les notables arrivent. Mais ils devraient attendre son bon plaisir. Il avait l'intention de les laisser ronger leur frein une bonne journée. Ça leur servirait de leçon. Et ça leur rappellerait à qui ils avaient affaire.

Après, il conduirait personnellement l'inspection des mines. Une perspective peu réjouissante, mais il en avait reçu l'ordre.

Les mines étaient des trous sales et puants qui ne l'intéressaient pas le moins du monde. Mais la raison officielle de sa venue, c'était leur inspection annuelle, et il devait s'y plier. La raison officieuse – et principale – de sa présence restant l'invasion des plaines de l'Est.

Celle-ci avait commencé depuis trois ans, mais à petite échelle. Des détachements avaient escorté des hordes de « colons » à divers endroits, chassant ceux qui y vivaient pour les remplacer par des partisans de l'empereur. Mais ce n'était que le début d'une attaque qui porterait les couleurs de l'empire jusqu'aux royaumes de Khalkist et aux forêts des elfes.

Jusque-là, tout s'était déroulé comme prévu – de vastes secteurs à l'est des Monts Kharolis étaient désormais peuplés par des fidèles –, sauf en deux endroits. Les « colons » qui avaient pénétré en terres cobars avaient rencontré une farouche résistance. Les tribus s'étaient unies pour repousser les envahisseurs. Ce qui aurait dû être une simple prise de position s'était transformé en guerre.

Au sud-est, les soldats de l'empereur s'étaient heurtés à un autre genre de résistance. Les elfes du Silvanesti, sortis de leurs chères forêts, s'étaient éparpillés dans les collines de l'Ergoth de l'Est. Menés par un elfe du nom de Kith-Kanan, les elfes occidentaux – ou « coureurs des bois » – avaient arrêté les « colons » impériaux.

Kane doutait que l'empire puisse gagner une guerre contre les elfes. Mais ça n'était pas son problème. Il avait ses ordres… et ses plans.

Il allait conduire l'inspection des mines de l'empereur et établir des lignes de ravitaillement pour l'armée d'invasion.

Puis il s'occuperait de renforcer sa mainmise sur le col de Tarkhas et sur les terres qui s'étendaient au-delà.

Voilà des jours qu'il ne s'était rien passé. Dans la cellule, au fond du puits, deux mille esclaves nains rebelles mangeaient, dormaient et montaient la garde à tour de rôle devant la porte fortifiée. Au début, ils avaient essuyé quelques attaques, mais ils avaient réussi à les repousser.

Les soldats avaient abandonné la partie. Dans le couloir, il ne restait qu'un garde posté. Les bruits qui leur parvenaient des galeries indiquaient aux insurgés que le travail avait repris. Le chef avait transféré des esclaves de ses autres puits pour les remplacer.

Tap Tolec réalisa le premier ce qui se passait.

— L'inspection…, dit-il. Les trompettes que nous avons entendues un peu plus tôt annonçaient l'arrivée des inspecteurs du Daltigoth. Le chef du puits essaie de garder notre rébellion secrète pour l'instant.

Vin l'Ombre s'accroupit près de lui.

— Pourquoi ?

— Il complotait contre le Maître des Mines. C'est pour ça qu'il faisait entreposer le meilleur minerai dans la septième et la neuvième galeries. Shalit Mileen comptait le faire monter pour l'inspection, histoire de nuire au vieux Rénus.

« Mais nous nous sommes barricadés dans notre cellule, sans que les gardes puissent nous en faire sortir. Si ça se savait, Shalit Mileen serait en mauvaise posture. Je pense qu'il n'a rien dit à notre sujet et qu'il utilise le minerai entreposé pour donner l'illusion que le puits fonctionne à plein rendement. Ainsi, personne ne pourra soupçonner qu'un quart de ses esclaves se sont révoltés.

— Tu as peut-être raison, admit Vin. Si ce que nous avons fait se savait, Shalit Mileen serait dans de beaux draps.

— Ça lui coûterait probablement sa tête. Nous devrions

peut-être divulguer l'information… J'adorerais voir le chef se faire décapiter !

— C'est nous qui serions décapités les premiers, tu sais.

— Oui, très juste, fit Tap. Après l'inspection, Shalit Mileen aura tout le temps de s'occuper de nous. Je suppose qu'il fera creuser des puits au-dessus de nos têtes, histoire de nous enterrer vivants.

— Le bol a dit que nous allions recevoir de l'aide.

— Je sais ce qu'a dit le bol, grommela le Neidar. Mais je me demande si nous ne sommes pas tous devenus fous. Croire ce que dit un bol !

Dans le lointain, une trompette sonna, vite imitée par d'autres. Les nains tendirent l'oreille puis se regardèrent. Ils avaient déjà entendu cet appel. C'était celui du soir, mais avec une légère variante : le code de l'inspection ordonnant aux habitants de Klanath de se préparer.

— Quoi que le bol compte faire, dit Tap, il ferait bien de se dépêcher. L'inspection commencera demain à l'aube.

Vin l'Ombre bondit sur ses pieds.

— Chut, siffla-t-il. Ecoutez !

Les trompettes semblaient sonner en même temps, mais pas en chœur. La cacophonie couvrait presque les autres sons… mais pas tout à fait.

Non loin de là, au milieu du fracas des armes, résonnaient des cris de guerre *nains* !

Ils faisaient écho à ceux des hommes.

CHAPITRE VII

LA BATAILLE DU PUITS

Arrivant par les hauteurs au-dessus des mines de Klanath, Derkin Graindhiver fit signe à ses nains de se mettre à couvert. Puis il marcha jusqu'à un point d'observation.

Il n'avait jamais vu Klanath du dessus et sa taille l'impressionna. C'était une *ville* ! Une forteresse en construction sur une des collines dominait le reste des habitations. Il y en avait à perte de vue, jusqu'à la lisière de la forêt.

Voyant tout cela, Derkin fut pris d'une envie quasi irrésistible de tourner les talons et de fuir. Il y avait des milliers d'humains. Même au crépuscule, alors que le soleil de Krynn se couchait, la tâche semblait irréalisable. Comment deux cents nains pouvaient-ils s'infiltrer dans un tel endroit et atteindre les puits de mine – sans parler de libérer les esclaves ?

Fronçant les sourcils, Derkin étudia le terrain, mémorisant les détails. Soudain, il s'avisa de quelque chose qui le rasséréna. Ville ou pas, les défenses de Klanath étaient faites pour empêcher quiconque de *sortir*, pas d'*entrer*.

Directement au-dessous de lui, il repéra les rampes et les saillies derrière lesquelles se dressaient les puits. Un peu plus bas sur les pentes abruptes, il remarqua une sorte de village de cabanes en rondins. Et derrière, il y avait les quatre grands trous de la mine, où brillaient des torches et des lampes. Il reconnut le plus proche à son énorme rampe. C'était là qu'il avait été prisonnier pendant deux ans.

Des gardes patrouillaient ; des soldats de l'empire campaient sur la lointaine route du nord. Mais la zone minière n'était gardée que sur son périmètre, et surtout en bas de la pente. Et si chaque puits avait un contingent de gardes, il était cantonné à l'intérieur. Inutile que les Elus traversent Klanath. Si un dieu ou deux le permettaient, ils pourraient entrer et sortir sans que la ville réagisse.

— Réorx, murmura Derkin, sois avec nous.

Il fit signe à certains nains de le rejoindre.

— Ici, dit-il, indiquant une tranchée broussailleuse qui descendait et séparait les puits de mines en deux parties distinctes. C'est notre porte d'entrée… et si les dieux le veulent, de sortie.

Derkin lança son assaut à la faveur de la nuit.

Les nains se glissèrent en silence entre les puits de mine, puis ils s'arrêtèrent, tendirent l'oreille, se remirent en route et se dissimulèrent près des baraques en rondins. Là, Derkin sélectionna deux escouades de douze nains et leur communiqua leurs ordres à voix basse. Tous étaient jeunes, forts, agiles et avaient du sang daergar. Quand ils comprirent ce qu'il attendait d'eux, il fit signe aux autres, puis continua vers la rampe du puits où il avait séjourné. Le terrain était à découvert, mais le Hylar comptait sur l'obscurité, sur la surprise, et surtout sur la nature humaine. Il supposait que les gardes étaient intéressés par deux choses : le puits lui-même et la route arrivant de la ville.

— Les humains ont leurs habitudes, lui avait dit son père. Quand ils s'attendent à quelque chose, ils réagissent vite. Dans le cas contraire, ils sont lents.

Derkin avait décidé d'oublier toute prudence. Cent soixante-dix paires de jambes courtes et solides coururent vers la rampe où quatre soldats étaient appuyés sur leurs lances. Le sable crissa sous trois cent quarante pieds. Un des hommes leva la tête, bientôt imité par un autre.

— Réorx, marmonna Derkin, serrant plus fort le manche de son marteau.

Alertées par le bruit, les quatre sentinelles prirent conscience du danger et coururent vers la cité. Le marteau du Hylar atteignit l'une d'elles entre les omoplates, lui brisant la colonne vertébrale. Les trois autres tombèrent. Derkin descendit la rampe en courant, ses nains sur les talons.

Les quatre gardes postés en bas n'avaient rien entendu, car il y avait toujours du bruit dans le puits.

Ils ne virent jamais ce qui leur tomba dessus.

Au fond du puits, des esclaves regardèrent les nains armés qui envahissaient la mine. L'un d'eux, surpris, laissa tomber sa hotte. Le couloir se remplit d'humains, qui se bousculèrent en voyant déferler la menace. Sans hésitation, Derkin et ses Elus se jetèrent sur eux.

Inutile d'être discrets. Derkin poussa le seul cri de guerre qu'il connaissait – un ancien cri hylar –, qui fut aussitôt repris par ses nains.

Une compagnie de gardes, armés d'épées, de masses, de lances et de dagues se pressait dans le tunnel. La force de l'attaque naine entraîna Derkin au milieu du groupe d'humains. Non loin de lui, la hache forgée à la hâte d'un nain se brisa contre le bouclier de son adversaire, qui lui planta sa lance dans la poitrine. Des nains mouraient, mais des humains aussi, et chaque fois qu'ils laissaient tomber une arme, des mains naines s'en saisissaient.

Les anciens esclaves se battaient avec une énergie qui compensait leur manque de pratique. Du coin de l'œil, le Hylar vit deux de ses compagnons se jeter en hurlant sur un homme, le désarmer et le lacérer avec sa propre épée.

La bataille fit rage pendant une heure. Quand ce fut terminé, le sang d'une douzaine de nains se mêlait à celui de la moitié de la compagnie humaine. L'autre moitié s'enfuit en courant. Quelques hommes couraient vers la rampe, mais la plupart en direction de la cellule.

Derkin et les Elus se lancèrent à leur poursuite.

Paniqués, les humains furent pris au piège. Ils voulurent faire demi-tour, mais c'était trop tard. Des projectiles de toutes sortes passèrent entre les barreaux de la grille fermée et les massacrèrent. Une fléchette passa à un pouce du crâne de Derkin et alla se planter dans celui d'un de ses voisins.

— Arrêtez de tirer ! cria le Hylar aux prisonniers. Nous sommes de votre côté !

La pluie de projectiles cessa. Derrière la grille, une voix cria :

— Rouille et corrosion ! C'est le Hylar ! Sortons lui donner un coup de main !

La porte s'ouvrit et deux mille nains sortirent dans le couloir. Certains étaient armés, d'autres non. Tous se jetèrent sur la poignée d'humains avec une ferveur frisant l'inconscience.

Jouant des coudes, Derkin se fraya un passage et cria, essayant de se faire entendre par-dessus le vacarme :

— Suivez-moi ! Nous devons sortir d'ici !

Aidé par ses lieutenants, il réussit à obtenir le silence. Puis il fut emporté par une marée de nains. On l'agrippa par les épaules et on le poussa en avant, juste derrière la formation en V qui lui ouvrait la route.

— Place ! rugit une voix derrière lui. Faites place au chef ! Il ne peut pas nous diriger s'il est derrière nous !

Derkin se retrouva bientôt à la tête de la colonne. On le lâcha. A la lumière des torches, il reconnut l'esclave neidar, Tap Tolec, et le mineur daergar, Vin l'Ombre.

— Heureux que tu y sois arrivé ! (Tap lui sourit et le regarda, admiratif.) Si tu n'avais pas ouvert la bouche, je ne t'aurais jamais reconnu.

— Je suis venu vous libérer.

— Nous savons, dit Vin. Le bol nous a prévenus.

Derkin n'eut pas le temps d'éclaircir cette histoire de bol, car d'autres nains arrivèrent. Ils s'arrêtèrent de courir en voyant le Hylar avec son armure polie et son manteau rouge. Puis ils traînèrent des cadavres à la vue de tous.

LE PARCHEMIN DU FOURREAU 87

— Ils ont essayé de s'enfuir, dit un des braves qui venaient de les rejoindre. Nous… euh… nous nous sommes dit que tu y verrais un inconvénient.

— Ils sont abîmés, renchérit un autre nain, comme s'il voulait s'excuser. Mais c'est le genre de chose qui arrive, avec les chaînes.

— Merci, répondit Derkin. Et maintenant, écartez-vous. Nous devons sortir…

— Sortir ? coupa un nain, lui lançant un regard noir. Tu n'as pas encore libéré tout le monde. Il reste trois cellules.

— Je n'avais pas l'intention…

— Nous avons fait circuler l'information, dit un esclave. Ça ne prendra pas longtemps. Les prisonniers seront prêts à sortir dès que tu leur auras ouvert la porte. Mais qu'as-tu l'intention de faire au sujet de nos chaînes ?

Tap Tolec se plaça devant Derkin.

— Faites sortir vos amis de leurs cellules. Nous leur retirerons leurs fers.

Derkin capitula : chef ou pas, la décision ne lui appartenait pas. Il était venu libérer deux mille esclaves et il repartirait avec huit mille… ou pas du tout.

— Très bien ! Les Elus, avec moi ! Les autres, restez tranquilles et tenez-vous prêts à briser des chaînes ! (Puis il murmura :) Réorx ! Tous les humains de Klanath doivent être en alerte, à l'heure qu'il est.

— Peu probable, dit un esclave près de lui. Les sons ne portent pas hors du puits. Je doute qu'ils aient entendu quoi que ce soit.

Derkin n'avait pas pensé rester plus de quinze minutes dans le puits. Frapper vite et sortir, telle était sa stratégie.

Une heure s'était écoulée quand les Elus atteignirent le dernier puits.

Ils avaient rencontré peu de résistance, mais une surprise les attendait. Rapides et silencieux, les Elus avaient tué les gardes et se dirigeaient vers la cellule quand, au détour d'un tunnel, ils se trouvèrent nez à nez avec une bande d'humains armés.

A sa tête marchait Shalit Mileen en personne.

Les hommes s'arrêtèrent et regardèrent fixement les armes ensanglantées des guerriers nains. Mileen resta muet un instant, puis il tira son épée et cria :

— Tuez-les !

A la tête des nains, Derkin dévia l'épée de Shalit avec son bouclier, mais la force du coup le fit tomber. Il roula sur le côté et profita de sa position pour faucher les jambes d'un homme, lui brisant les deux genoux.

Un combat acharné s'ensuivit.

Le fracas des armes se tut peu à peu. Un seul homme était encore debout : Shalit Mileen, qui tenait en respect l'armée de nains.

Derkin posa ses armes, retira son plastron et tira sur sa tunique. Puis il déroula la chaîne qui enserrait toujours sa taille, la plia en deux et la fit tournoyer au-dessus de sa tête.

— Reculez ! ordonna-t-il à ses troupes. Il est à moi.

— Ah, dit Shalit. Le nain au manteau rouge. Que tiens-tu là, nabot ? Une chaîne ?

— Tu devrais le savoir, répondit le Hylar. C'est toi qui me l'as donnée.

L'homme écarquilla les yeux de surprise.

— Je te l'ai... Oui ! Je te reconnais ! Fauteur de trouble !

Poussant un rugissement rageur, il se jeta sur Derkin, son épée fendant l'air. Le Hylar plongea sur le côté ; la lame frappa la pierre avec un bruit métallique.

Derkin fit tournoyer sa chaîne et l'envoya s'enrouler, tel un serpent, autour des chevilles de son adversaire. Puis il tira. L'homme tomba. Il voulut se relever, mais le nain lui bondit sur le dos, lui brisant les côtes. Puis il enroula la chaîne autour du cou de taureau du chef du puits et tira, décidé à l'étrangler.

Shalit Mileen se débattit en vain. Le nain resta accroché à

sa victime, sans relâcher la pression qu'il exerçait sur la chaîne. Le visage de l'homme devint noir, ses yeux lui sortirent des orbites et sa langue jaillit de sa bouche.

Puis il ne bougea plus. Derkin se releva, regarda autour de lui, repéra son marteau et alla le récupérer.

— Ouvrez la porte, ordonna-t-il, montrant la cellule. Libérons ces esclaves.

— Regardez ça, dit un nain.

Un autre leva sa lanterne. De l'autre côté de la cellule, la lumière révéla une autre caverne fraîchement creusée et pleine de minerai.

— Il cachait vraiment le minerai, dit un nain, flanquant un coup de pied à la dépouille de Shalit Mileen. Il voulait devenir Maître des Mines.

— Il ne sera jamais maître de rien du tout, dit un autre nain. Ce Hylar aux mains comme des marteaux… (Il désigna Derkin.) Si quelqu'un est le maître de cette mine, c'est lui.

Cette réflexion laissa Tap Tolec songeur.

— *Des mains comme des marteaux*, répéta-t-il. Mainmartel… Oui, Derkin Mainmartel est le véritable maître de cette mine ! Et, je suis prêt à l'aider à devenir le maître de ce qu'il voudra.

Plus tard, on raconta que Derkin Mainmartel était aimé des dieux. Lorsqu'il priait Réorx, affirma-t-on, ce dieu, le plus puissant d'entre tous, s'empressait de venir à son aide.

L'histoire fut racontée très souvent et aux quelques incrédules, on rappela la Nuit de Klanath, quand Derkin Mainmartel – connu jusqu'alors sous le nom de Derkin Graindhiver – avait envahi les Mines de Klanath avec deux cents Elus et libéré huit mille esclaves. Les dieux – Réorx, mais d'autres encore – devaient aimer Derkin car la cité ne fut jamais alertée. Et les nains s'enfuirent sans qu'aucun sujet de l'empereur s'en aperçoive.

Le lendemain à l'aube, le seigneur Kane et son contingent découvrirent que les mineurs étaient partis. Huit mille nains s'étaient enfuis en escaladant une paroi verticale avec du matériel volé.

La Nuit de Klanath ne devint pas seulement une légende parmi les nains. Elle en fut une aussi chez les Cobars.

Tuft Largeterre ne se lassa jamais de la raconter à son peuple…

— Je les vois encore. Nous étions restés sur les hauteurs. Il leur a fallu plus de temps que prévu et nous étions inquiets. Cette jolie petite chose, Helta, était prête à descendre… quand nous les avons vus arriver. Huit mille nains… On aurait dit que la montagne était vivante !

« Oui, peut-être que Derkin était vraiment aimé des dieux. A moins que l'elfe, Despaxas, n'ait réussi ce tour de force. En tout cas, l'alarme ne fut jamais donnée. Huit milles nains passèrent au nez et à la barbe des gardes des autres puits et pas un seul ne les aperçut.

« Quand je demandai à Derkin où nous allions, il me répondit : "Dans les terres sauvages, de l'autre côté de Tharkas. Mais tu ne viens pas avec nous, humain. C'est ici que nos chemins se séparent…"

« Soudain, Zéphyr apparut derrière lui et le Hylar se retourna. La créature le regarda un long moment, puis s'éclipsa. Quand elle fut partie, Derkin jura qu'elle lui avait dit de se rappeler ses rêves, car ils lui enseigneraient les coutumes des Calnars. Je lui demandai qui étaient les Calnars, et il me répondit que c'était le nom de son peuple, avant qu'il prenne celui de "Hylar".

« Les nains et moi nous séparâmes… pour un temps. Je sortis des montagnes, trouvai un cheval et retournai auprès de mon peuple. Nous étions en guerre contre les hommes de l'empereur. L'année suivante, je devins le chef de ma tribu quand Plume Ventplaine reçut une lance en plein cœur.

« Les mois de guerre se transformèrent en années. Nous pensions que tout cela finirait bientôt. Même les elfes crurent que les conflits ne dureraient pas. Mais nous avions tous tort. J'entendis parfois parler de Despaxas. On dit qu'il avait envoyé Zéphyr sonder le cœur du général des armées de l'empereur, Giarna. Despaxas réussit même à envoyer son ombre jeter un coup d'œil à celle de l'empereur, Quivalin Soth.

« Une légende courut chez les elfes : Despaxas avait conclu de son examen que l'empereur pouvait être deux personnes, la deuxième n'ayant pas d'âme.

« Les elfes prophétisèrent que les conflits ne s'arrête-raient pas avant que l'empereur ait conquis l'Ansalonie… Ou tant qu'il serait en vie.

« La guerre s'éternisa. Nous entendîmes parler de nains sauvages qui lançaient des raids contre les lignes de ravi-taillement impériales. Ils attaquaient les caravanes et repar-taient avec des chevaux, des armes et de la nourriture…

« On entendit une rumeur selon laquelle Thorbardin ouvrirait bientôt ses portes pour laisser sortir l'armée. Mais les années passèrent et les raids cessèrent. On eût dit que tous les nains des Monts Kharolis avaient disparu. Beau-coup pensèrent que les nains sauvages avaient rejoint leurs frères au cœur de la forteresse souterraine.

« Moi, je n'y ai jamais cru. J'ai souvent pensé à Derkin, et à ce qu'il a dit quand nous nous sommes quittés. Il avait une armée à lever. Et j'ai toujours su que je le reverrais un jour. Pour moi, les seigneurs de la guerre de l'empereur n'avaient pas fini d'entendre parler de lui.

DEUXIÈME PARTIE

LE MAÎTRE DES ÉLUS

SIÈCLE DE LA PLUIE
DÉCENNIE DE LA CERISE
PRINTEMPS, ANNÉE DE L'ÉTAIN

CHAPITRE VIII

HORS DES TERRES SAUVAGES

Les gardes d'un avant-poste, perché sur le versant ouest du pic Fin du Ciel, furent les premiers à apercevoir les étrangers. Là-haut, les vents étaient mordants et les sentinelles se relayaient très souvent. Cela faisait plus d'un siècle que les maîtres de la grande forteresse souterraine plaçaient des guetteurs sur cette montagne, la plus haute aux alentours du mont Cherchenuage, au creux duquel se nichait Thorbardin.

Malgré les luttes intestines, le Conseil des Chefs et le Conseil des Maîtres avaient toujours posté des guetteurs, pour empêcher une invasion. Thorbardin était imprenable, mais on ne savait jamais… Et les clans payaient les soldes des gardes sans rechigner.

Les volontaires passaient une saison entière à leur poste. Le montant de leur salaire dépendait de la dureté du climat. Les plus robustes choisissaient l'hiver et un avant-poste de Fin du Ciel ou du pic du Tonnerre. Ils gagnaient ainsi de quoi vivre largement une année à Thorbardin.

Le poste du versant ouest du pic Fin du Ciel était à une altitude de près de vingt mille pieds. Ses six occupants – un Hylar, un Daewar, deux Daergars et deux Theiwars – pouvaient voir par beau temps ce qui semblait être la moitié du monde. Maintenant que le vent devenait plus doux et que du vert réapparaissait dans les vallées, ils avaient hâte de rentrer chez eux.

Ils n'avaient vu personne de l'hiver – pas un seul groupe de Neidars, pas la moindre patrouille elfique, ni même l'ombre de la fumée d'un feu de camp humain, comme cela avait si souvent été le cas ces dernières années. L'hiver avait été monotone et les six sentinelles s'étaient lassées des mugissements lugubres du vent.

Depuis quelques semaines, leurs conversations tournaient surtout autour des plaisirs de la forteresse : les chopes de bière au coin d'un bon feu ronflant, les duels dans les puits, l'odeur du pain noir des boulangeries, la vue d'un beau métal rougi sur l'enclume… et les filles. Chacun avait de merveilleux souvenirs et attendait ses retrouvailles avec une jolie naine ou deux – voire une douzaine pour le jeune Daewar à la barbe dorée.

Devenus amis au cours de la longue saison, ils partageaient leurs pensées et leurs rêves, préférant ignorer qu'à leur retour ils seraient peut-être amenés à se battre les uns contre les autres. Le genre de réalité qui vous sortait de la tête, en hiver, en haut du pic Fin du Ciel.

Matin, midi et soir, ils montaient la garde deux par deux, rêvant aux pièces brillantes qu'ils recevraient en passant la Porte Nord.

Un beau matin, le temps de l'ennui s'acheva.

Le Daewar et un des Theiwars aux larges épaules furent les premiers à apercevoir les étrangers. Ils s'empressèrent de réveiller les autres. A une quinzaine de lieues à l'ouest, ils avaient vu quelque chose bouger sur une crête. Un grand nombre de personnes ou d'animaux se déplaçaient en groupe.

Ils restèrent un long moment sur la corniche. Avec leurs manteaux en peau d'ours, on eût dit des ratons laveurs barbus, coiffés de heaumes brillants.

— Ils sont nombreux, marmonna le Theiwar. Des milliers.

— Et ils viennent vers nous, ajouta le Hylar.

— Un troupeau de bisons ? suggéra l'un des Daergars.

— Peu probable. (Le Hylar secoua la tête.) En cette saison, ils se déplacent dans l'autre sens. Je crois que ce sont
des gens. Une caravane de marchands, peut-être ?

— En provenance d'où ? demanda le Daewar. Ils viennent de l'ouest. Il n'y a là-bas que des terres sauvages.

— Et des villages neidars.

Un Theiwar secoua la tête.

— Ce ne sont pas des Neidars.

— Il n'y a pas d'autre nain à l'extérieur de Thorbardin.
(Le Daewar fronça les sourcils.) Crois-tu que ce sont des
humains ?

— Que feraient des humains dans les terres sauvages ?
Et pourquoi viendraient-ils ici ?

— Pourquoi les humains viennent-ils ? Pour prendre
Thorbardin, pardi !

— Ils ont essayé et échoué plusieurs fois au cours des
siècles. La dernière – il y a quatre ou cinq ans –, le seigneur
Kane ou quelque chose comme ça a amené toute une armée.
Mais ces chiens n'ont vu que nos portes.

— Ils venaient du nord… Ces gens arrivent de l'ouest. Ils
ignorent peut-être qu'ils ne peuvent pas entrer. Ou ils l'ont
oublié. J'ai entendu dire que les humains oublient facilement.

Le Hylar avait amené une longue-vue qu'ils utilisèrent à
tour de rôle. Hélas, les intrus étaient encore trop loin pour
qu'ils les identifient. Quand tous furent descendus de la
crête, ils disparurent.

— Nous devrions signaler leur présence, décida le Hylar,
se tournant vers la grotte.

— Signaler quoi ? demanda un Daergar. Devons-nous
dire que nous avons vu une colonne en mouvement, mais
que nous ignorons de quoi il s'agit ? Attendons plutôt d'en
savoir plus.

Le Hylar rentra dans l'abri. Il en ressortit avec un tambour et une paire de maillets de bois.

— Attendons d'en savoir plus, dit-il. Ensuite, nous

enverrons notre message. Les gardiens des portes doivent être prévenus chaque fois que plusieurs milliers d'individus approchent de Thorbardin.

— Je suis d'accord. (Le Daergar vint s'asseoir près du Hylar.) Mais nous avons du temps devant nous. Il leur reste des lieues à parcourir.

Le soleil était très haut dans le ciel quand les étrangers réapparurent. Ils se dirigeaient vers le sud-est, cela ne faisait plus aucun doute, droit sur Thorbardin. La sentinelle hylar prit sa longue-vue.

— Par Réorx ! s'écria-t-il. Ce sont des nains !

Près de lui, le Daewar cligna des yeux, surpris.

— Des nains ? Quels nains ? Qui ?

— Je l'ignore. Des Neidars sans doute. Tous les autres clans vivent à Thorbardin. Mais ils sont des milliers ! Je n'ai jamais vu plus d'une douzaine de Neidars à la fois. Regarde…

Le Daewar prit la longue-vue. Même grossis, les intrus étaient à peine identifiables. Mais c'étaient bien des nains. Il essaya d'estimer leur nombre, puis abandonna. Le Hylar avait raison : des milliers ! Et ils avançaient en ordre, comme une armée. Les compagnies qui la composaient marchaient en rangs malgré les irrégularités du terrain.

En tête et sur les flancs chevauchaient les compagnies montées. D'autres bêtes étaient visibles, tirant des chariots.

Ici et là, le soleil se reflétait sur une pièce d'armure. Mais le plus surprenant, c'étaient les couleurs vives que portaient ces gens. Chaque compagnie et chaque groupe arboraient une ou plusieurs couleurs distinctives. Une unité était en jaune et marron, une autre en vert et noir, une autre encore en bleu et brun clair. Seuls ceux qui marchaient avec les chariots et les bêtes qui ne semblaient pas porter de couleurs spéciales.

— Ils aiment les couleurs vives, dit le Daewar, son regard se portant sur la première ligne.

Au premier rang chevauchait un nain dont le heaume et le

plastron reflétaient le soleil comme des miroirs. Il portait un manteau rouge écarlate. Le guetteur regarda encore un instant, puis passa la longue-vue à un volontaire theiwar.

— Que penses-tu de celui qui marche en tête ? Je doute que ce soit un Neidar. D'ailleurs, aucun d'eux n'a l'air d'un Neidar.

Le Theiwar rendit la longue-vue au Hylar.

— Regarde. Dis-nous si tu le connais.

Le Hylar s'exécuta, puis secoua la tête.

— Il est trop loin. Pourquoi crois-tu que je pourrais le connaître ?

— Il me fait penser à un Hylar.

— Quand tu as vu un Hylar, tu les as tous vus, gloussa le Daewar. Bien sûr, ça s'applique également aux Theiwars. Vos bras sont aussi longs que vos jambes.

— Garde ton opinion pour toi, fondeur d'or, grogna le Theiwar.

Le guetteur hylar jeta un dernier coup d'œil dans sa longue-vue, puis il prit son tambour.

— Nous en savons assez pour signaler, à la forteresse, cette intrusion, dit-il.

Un Daergar tourna vers lui son visage masqué.

— Vas-tu leur dire qu'une caravane de marchand est en route ? Ou une armée ?

— Ça peut être l'un ou l'autre. Ou un peu des deux. Regardez-moi toutes ces armures !

Ignorant ses camarades, la sentinelle hylar envoya son message, utilisant le code élaboré mis au point par ses ancêtres. Une minute plus tard, un autre tambour – sur le versant sud du pic Fin du Ciel – reprit la musique et la relaya. Plus loin, un troisième tambour la joua à son tour, puis un autre, et ainsi de suite jusqu'à ce qu'il soit possible de l'entendre sur la Porte Nord.

Quelques minutes passèrent, puis le Theiwar, qui regardait toujours dans la longue-vue, annonça :

— Les étrangers se sont arrêtés. Ils ont certainement entendu les tambours.

— Que font-ils ? demanda le Daewar.

— Il se passe quelque chose dans l'unité de tête, mais je ne sais pas quoi.

Le guetteur hylar continua de tambouriner un moment. Du sud lui parvint une brève réponse.

— Message reçu, traduisit-il. La Porte Nord est alertée.

Il allait rentrer dans la grotte pour ranger son instrument quand l'air recommença à vibrer. Se retournant, il tendit l'oreille. Le roulement de tambours distant venait de l'ouest.

Le message le laissa bouche bée.

— C'est eux ! s'étrangla-t-il. Les étrangers… Ils connaissent le code des tambours !

Comment des étrangers arrivant des terres sauvages pouvaient-ils avoir un tambour ? Et comment savaient-ils s'en servir ? Même à Thorbardin, seuls les Hylars étaient capables de le faire.

Quand les tambours se turent, le Daewar se tourna vers son confrère hylar et demanda :

— Que disent-ils ?

— Le message est adressé à Thorbardin, répondit le Hylar. Ils envoient les salutations de Mainmartel au Conseil des Chefs. Mainmartel est venu faire du commerce. Ils établiront leur camp au pied de la Porte Nord. Ils invitent les maîtres à venir inspecter leurs produits. Mainmartel veut rencontrer le Conseil des Chefs.

— Qui est Mainmartel ? demanda le Daewar. Je n'ai jamais entendu parler de lui. Et vous ?

Tous secouèrent la tête.

— Qui que ce soit, il est arrogant, dit un des Theiwars. Un étranger qui demande audience au Conseil des Chefs, on aura tout entendu !

— Il ne *demande* pas audience, précisa le Hylar. Il *exige* d'être reçu par le Conseil.

Tout le jour, les guetteurs postés sur les versants du pic

Fin du Ciel regardèrent les étrangers approcher. Au soir, ceux-ci établirent leur camp près d'un petit ruisseau, au pied de la montagne qui abritait Thorbardin.

Des centaines de longues-vues étaient braquées sur eux. Celles des sentinelles, évidemment, mais aussi celles des dizaines de nains installés sur la corniche fortifiée menant à la Porte Nord. La porte ovale était ouverte ; une foule sans cesse croissante venait observer les intrus.

Les tambours des étrangers s'étaient tus. Les nains vêtus de couleurs vives vaquaient à leurs occupations, ignorant ostensiblement les regards rivés sur eux.

Des tambours étaient sortis plusieurs fois de Thorbardin pour leur demander de s'identifier, de faire connaître leur origine et de donner la raison de leur présence. Et surtout, pour obtenir des précisions sur Mainmartel, le fou qui exigeait de rencontrer le Conseil. Mais ils n'avaient obtenu aucune réponse. On eût juré que les étrangers avaient dit tout ce qu'ils avaient à dire et se fichaient du reste.

Au coucher du soleil, des gardes hylars sortirent sur la corniche et utilisèrent leurs boucliers pour se frayer un chemin dans la foule. Derrière, venaient deux nains. Si quiconque était à la tête de Thorbardin, c'étaient ces nains d'âge moyen endurcis par la charge qui pesait sur eux. Dunbarth Poucedefer et Jeron Cuirrouge avaient la lourde tâche de faire fonctionner la forteresse souterraine.

Jeron Cuirrouge, chef des Daewars et membre le plus ancien du Conseil des Chefs, était un vrai costaud. Les incrustations d'or de son heaume et de son plastron faisaient ressortir sa barbe et sa chevelure noires. Quant aux pierres serties dans son heaume et sur son manteau bleu, elles rappelaient la couleur de ses yeux. Avec ses joues rouges et son nez retroussé, il semblait toujours de bonne humeur. Comme beaucoup de Daewars, il affectionnait les couleurs vives et les riches étoffes. Les autres nains considéraient ça comme de la vanité. Mais si Jeron savait se montrer jovial à l'occasion et se pavanait souvent, ceux qui le connaissaient

– amis ou ennemis – n'ignoraient pas qu'il pouvait se montrer aussi dur que n'importe quelle pierre de Thorbardin.

Son compagnon, Dunbarth Poucedefer, était l'image même du chef hylar, même s'il refusait de le devenir. Il craignait, s'il acceptait, d'être obligé de prendre parti dans les querelles. Les Hylars seuls étaient restés neutres. Mais ça n'était pas si facile. Même Harl Lancepoids avait eu beaucoup de mal à ne pas s'y laisser entraîner.

Harl Lancepoids avait établi et maintenu la Paix Hylar jusqu'au jour où il était mort écrasé par une avalanche aux abords de Theibardin. Si personne n'en avait jamais fait la preuve, beaucoup pensaient que ce n'était pas un accident. Peu de temps après, le fauteur de trouble theiwar Than-Kar avait disparu de Thorbardin avec ses partisans.

Harl Lancepoids avait été le dernier chef des Hylars. Dunbarth refusait de reprendre le flambeau, mais il représentait les siens au Conseil, dont il avait fini par devenir le membre le plus influent.

Les cheveux, la courte barbe et les yeux noirs de Dunbarth lui donnaient un air plutôt réservé. Mais son apparence était aussi trompeuse que celle du Daewar. Parce qu'il préférait les couleurs ternes – kilt et bottes en cuir noir, pourpoint brun et manteau gris – et les armes sans ornements, on pouvait croire qu'il se fichait de ce qui se passait dans le royaume qu'il influençait tant. Mais rien n'était moins vrai et ceux qui le connaissaient ne s'y trompaient pas.

Les deux chefs regardaient le camp, à la fois perplexes et inquiets. Ils n'avaient jamais entendu parler de Mainmartel. Ni d'aucune armée de nains comme celle qui était à leur porte…

Les sentinelles avaient dit que le chef des étrangers semblait d'origine hylar, mais personne ne savait qui il était. Maintenant que son armée campait à moins de deux lieues de la Porte Nord, il n'était nulle part en vue. Aucun des observateurs – et ils étaient nombreux – ne l'avait aperçu depuis la veille, quand ses troupes étaient encore à huit lieues de la forteresse.

— Sais-tu ce qu'ils fichent chez nous ? demanda Dunbarth à son compagnon.

— Ils disent être venus faire du commerce et leurs chariots regorgent de marchandises. Je crois que nous devrions… (Il se tut, regarda derrière lui, puis il haussa les épaules.) Bizarre, marmonna-t-il. J'ai cru sentir quelque chose me frôler.

— Tu disais ?

— Nous devrions envoyer des marchands les rencontrer, demain…

— Oui, mais le reste du message ?

— Eh bien, c'est évident. Mainmartel n'entrera pas dans Thorbardin avant que nous en sachions plus sur eux.

— Donc, dès que les marchands seront revenus, nous fermerons les portes.

Ils donnèrent leurs ordres à la garde puis rentrèrent. Des dizaines de paires d'yeux les regardèrent passer dans Echo d'Enclume, mais cela n'avait rien d'inquiétant : les guerriers appartenaient au corps d'élite de Dunbarth. Soudain, le Hylar s'arrêta et jeta un coup d'œil par-dessus son épaule. Ses gardes l'imitèrent, prêts à intervenir.

— Que se passe-t-il ? demanda Jeron.

— Je l'ignore. J'ai eu l'impression que quelqu'un nous suivait. Comme si un espion marchait un pas derrière nous.

CHAPITRE IX

BALLADINE

A l'aube, la Porte Nord s'ouvrit, le lourd panneau s'enfonçant dans les entrailles de la montagne pour laisser entrer la brise et la lumière du jour. Les guetteurs sortirent et prirent leurs postes.

Des colonnes de fumée montaient au-dessus du camp. Sous les regards des sentinelles, les étrangers prirent leur petit déjeuner, s'occupèrent de leurs bêtes et plièrent bagage.

A cause de la distance, les petites silhouettes semblaient bouger comme au rythme d'une mélodie. Quand le vent changea, les guetteurs entendirent des battements de tambours réguliers, leur rythme pénétrant jusqu'au tréfonds de leurs âmes de nains.

Une escouade de soldats d'élite sortit de la forteresse. Ils se déployèrent pour s'assurer que nul n'approchait de Thorbardin. Puis Jeron Cuirrouge, Dunbarth Poucedefer et Batteur Basto, le chef des Theiwars, les rejoignirent sur la corniche.

Les trois chefs regardèrent en direction du campement. La fumée qui flottait dans l'air quelques minutes plus tôt avait disparu.

— Quelqu'un a-t-il vu leur chef ? demanda Jeron à un des gardes, muni d'une longue-vue.

— Non. Du moins, personne n'a vu de nain avec un man-

teau rouge et une armure polie comme un miroir. Il a très
bien pu changer de vêtements.

— Dans ce cas, il peut être n'importe où. Aucun de nous
ne pourrait le reconnaître sans sa tenue de parade.

Dunbarth Poucedefer s'était approché du mur et écoutait.

— Ce tambour…, marmonna-t-il. Cette mélodie…

— Eh bien, quoi ? demanda Jeron. Que dit-il ?

— Je l'ignore. C'est juste une mélodie. Pourtant, j'ai le
sentiment que je devrais la comprendre. Mais je ne l'ai
encore jamais entendue.

— C'est peut-être un truc que comprenaient tes ancêtres.
Les Hylars ont toujours aimé les tambours.

— C'est possible, admit Dunbarth.

Les tambours semblaient lui parler. Tous les Hylars présents avaient le même air perplexe que lui.

Ils n'eurent pas besoin de longue-vue pour voir que l'armée se remettait en ordre de marche. Les animaux de bâts
furent amenés à l'avant et les cavaliers reprirent leur position, en tête et sur les flancs. La compagnie en rouge et gris
se rassembla et traversa le cours d'eau. Mais il n'y avait toujours aucun signe du chef.

Quand elle eut traversé, les autres suivirent, un rang après
l'autre. On eût dit qu'une cité entière était en marche.

— Ils sont bigrement nombreux, nota Jeron.

— Mes gardes estiment qu'ils sont neuf mille, dit
Dunbarth. D'où peuvent-ils venir ? Il n'y a rien, à l'ouest,
sinon quelques villages neidars. « Par Réorx, ils sont aussi
nombreux que les habitants de Hybardin !

— En parlant de Hybardin, dit le Daewar, mes gardes ont
découvert un bateau hylar sur notre rivage, mais il n'y avait
personne aux alentours.

— J'ai reçu une douzaine de rapports sur la présence de
rôdeurs dans Theibardin, la nuit dernière, renchérit Batteur.
Un Theiwar affirme avoir vu la tête de Harl Lancepoids le
regarder.

— Trop de bière, sourit Jeron. Ou trop d'imagination. Harl Lancepoids, dis-tu ?

— Pas lui, mais sa tête.

— Oui, trop de boisson, c'est certain. A moins que ce soit la culpabilité…

— Ce Theiwar n'a rien à voir avec la mort de l'ancien chef hylar ! grogna Batteur.

— Chut ! souffla Dunbarth. Ecoutez !

Dans la vallée, les étrangers avaient traversé le ruisseau et continuaient d'avancer vers Thorbardin. Le son du tambour était plus clair, maintenant…

Sur la corniche, un vieux Hylar arriva en courant, puis tira de ses robes une feuille de parchemin et un crayon. Tous furent un peu surpris de voir Chane Lowen debout de si bon matin.

Le vieux gardien des récits commença à griffonner. Jeron jeta un coup d'œil à son travail, mais il n'avait jamais pu déchiffrer le code des tambours.

— S'ils parlent, dit Dunbarth, ils utilisent un langage que je ne connais pas. Chane, sais-tu…

— Chut ! lâcha l'intéressé.

Ils écoutèrent quelques minutes les roulements de tambour portés par le vent. Puis Chane cessa d'écrire, tira un vieux parchemin jauni de sa manche et le compara à celui qu'il venait de rédiger. Son regard s'illumina.

— C'est ça ! s'écria-t-il. C'est bien ça !

— Mais de quoi parles-tu ? demanda Dunbarth.

— Regarde ça ! (Chane lui tendit le vieux parchemin.) On l'a trouvé parmi les rouleaux de Mistral Thrax. Il nous vient des premiers Hylars. Ou même d'avant. C'est… (Il inclina la tête et tendit l'oreille.) Cette rythmique, je l'ai étudiée, mais je ne l'avais jamais entendue. Elle n'avait jamais été jouée dans ces montagnes. Les tambours que nous entendons jouent ce qui est écrit sur ce parchemin. Ecoutez ! N'est-ce pas merveilleux ?

— Qu'est-ce que c'est ? demanda Dunbarth.

— Une chanson très ancienne. Celle du solstice d'été.

— Du solstice d'été ? Mais le printemps commence à peine.

— Cette chanson appelait au rassemblement, expliqua Chane. C'était la chanson des festivals et des foires. L'Appel de Balladine.

— La légende de l'ancienne Thorin, dit Dunbarth, songeur. Peut-être a-t-elle existé, finalement.

— Une chanson pour les foires…, renchérit Jeron. Peut-être sont-ils vraiment des marchands…

— Qui marchent comme une armée ? grogna Batteur. Pourquoi voudraient-ils rencontrer le Conseil ? Ils veulent envahir Thorbardin, oui !

— Dans ce cas, répondit le Daewar, nous ferons ce que nous faisons toujours : fermer nos portes jusqu'à ce qu'ils s'en aillent.

— Ce que nous faisons toujours…, dit le Hylar.

Il ne termina pas sa phrase, mais Jeron Cuirrouge savait ce qu'il avait voulu dire. Il l'avait souvent entendu regretter l'attitude des habitants de Thorbardin, qu'il comparait volontiers à des tortues se cachant dans leurs carapaces. Jeron trouvait qu'il n'avait pas tout à fait tort. Mais la forteresse de Thorbardin avait été construite pour être imprenable. Beaucoup de nains avaient fini par croire que rien d'autre n'existait.

Comme le Hylar, Jeron le regrettait parfois. S'ils avaient mené une vie moins solitaire, les nains ne se seraient peut-être pas chamaillés autant.

Jeron sentit quelque chose, comme si le pan d'un manteau l'avait frôlé, mais il n'y avait personne. Un instant plus tard, un garde tira son épée, puis regarda autour de lui, confus.

— Que se passe-t-il ? demanda Dunbarth.

— Rien, répondit le soldat, penaud. J'ai cru voir un visage. Il m'a regardé. Puis il a disparu.

— Des fantômes, souffla Jeron.

Les étrangers étaient à moins d'une demi-lieue. Une foule de nains s'était rassemblée pour écouter le chant entêtant de leurs tambours. Le soleil étant haut dans le ciel, ils purent voir des choses qui leur avaient échappé jusque-là. Seul un cavalier sur trois portait une protection. Bien entretenues, les armures n'en étaient pas moins composées de pièces dépareillées, comme si leurs propriétaires les avaient récupérées sur un champ de bataille. Et si tous les étrangers, y compris les femmes et les enfants, portaient des armes, elles étaient de fabrication humaine ou elfique.

— Ils ont du fer, mais pas d'acier, constata Jeron. D'où qu'ils viennent, leurs tisserands et leurs tanneurs ont eu accès à de bons matériaux, mais pas leurs forgeurs d'armes. (Il se tourna vers le maître du commerce.) Prends-en note, Agate. J'ai vu des ballots de magnifiques fourrures et je parie que certains chariots transportent de belles étoffes.

Avec leurs manteaux aux couleurs vives et leurs belles montures, les étrangers avaient fière allure. Et ils semblaient très déterminés.

Alors qu'ils continuaient d'approcher, un des cavaliers en rouge et gris éperonna sa monture, tenant par la bride un deuxième cheval harnaché en rouge et argent.

— Le cheval de leur chef ! dit un garde.

— Mais lui, où est-il ? marmonna Dunbarth.

— Regardez ! cria un des spectateurs.

Tous les yeux se tournèrent dans la direction qu'il indiquait. Au pied de la rampe ouest se tenait un nain aux cheveux noirs vêtu d'un manteau écarlate.

Le cavalier solitaire se dirigea vers son chef, qui monta à cheval, puis détacha le heaume, le bouclier et le marteau accrochés à sa selle et s'en para. Sur un geste de sa main, la mélopée des tambours cessa.

— Ils seront prêts à recevoir nos marchands à midi, traduisit Chane. Et le Conseil des Chefs doit se réunir demain.

— Maudite rouille ! cracha Batteur. Dunbarth, ordonne à

tes tambours de répondre à cet arrogant que le Conseil ne se réunit que dans le Grand Hall de Thorbardin !

Dunbarth leur donnant sa permission, deux tambours transmirent le message. Quelques instants plus tard, la réponse arriva.

— Mainmartel dit qu'il ne voudrait pas qu'il en soit autrement.

— Quelle arrogance ! beugla Batteur. Fermons nos portes et qu'ils aillent rouiller ailleurs !

Avant que quiconque ne lui donne tort ou raison, un des gardes s'exclama :

— C'est lui ! C'est le visage que j'ai vu !

Le soldat avait trouvé une longue-vue.

Dunbarth Poucedefer la lui emprunta et regarda. Mainmartel tourna la tête vers lui, plissant les yeux. Son regard pensif sembla croiser celui du Hylar. Des cheveux noirs frisés dépassaient de son heaume. Il portait une courte barbe noire et ses lèvres s'ouvraient sur des dents très blanches.

Dunbarth jura tout haut et pressa la longue-vue contre son œil. Ce visage lui rappelait Harl Lancepoids. Il avait les mêmes pommettes hautes et le même regard plein d'autorité.

— Je devrais le connaître, fit-il. (Il tendit la longue-vue à Jeron.) Dis-moi qui tu vois.

Jeron obéit, puis se tourna vers le Hylar.

— Qui d'autre qu'un fils peut ressembler à ce point à son père ?

— Suggères-tu qu'il s'agit du fils de Harl ? Derkin en personne ? demanda Dunbarth.

— Je l'ignore. Il y a une ressemblance. Et pourtant... ce n'est pas le Derkin dont je me souviens.

Chane se fraya un chemin jusqu'au premier rang et prit sa longue-vue à Jeron. Il regarda l'étranger, puis il se tourna vers les chefs.

— J'ai déjà vu ce visage, dit-il lentement, sur un tableau, dans les archives de Hybardin.

— Ce n'est pas le fils de Harl Lancepoids ? demanda Dunbarth.

— Je ne me souviens pas bien de Derkin Graindhiver, dit le gardien des récits. C'était un jeune nain secret, porté à la réflexion…

— Porté à la réflexion ? coupa Jeron. J'ai entendu dire qu'il ne connaissait que deux manières de traiter les autres : les ignorer ou les insulter. Un miracle qu'on ne lui ait pas fracassé le crâne ! Même son père ne semblait pas beaucoup l'aimer. Cela dit, je ne l'ai jamais rencontré…

— Derkin était étrange. Sans être un Neidar, il sortait souvent de la forteresse. Il n'aimait pas Thorbardin, ce n'était un secret pour personne. Un jour, il a disparu. Si ce nain était Derkin Graindhiver, il ne l'est plus. Regardez-le. C'est un chef ! Derkin n'était pas comme ça.

— Qui était le nain représenté sur le vieux tableau ? demanda Dunbarth.

— Colin Danpierre. Le premier chef des Hylars. Le nain qui a uni les clans et les a poussés à construire Thorbardin. Sur le tableau, il est beaucoup plus âgé, mais c'est le même visage.

Les étrangers s'étaient arrêtés pour dresser leur camp sous la Porte Nord. Peu à peu les marchandises apparurent : tissus colorés, rouleaux de corde, cuirs huilés, tapis aux motifs compliqués, meubles aux moulures habilement façonnées, tapisseries, peintures, sculptures, herbes, épices, huiles exotiques, teintures, essences rares, pots de sel blanc et de fruits secs, produits elfiques, fourrures et peaux superbement tannées…

Les marchands daewars de Jeron Cuirrouge n'avaient pas vu autant de biens précieux depuis le début des guerres en Ergoth.

— Il connaît son métier, dit un marchand en regardant Mainmartel orchestrer le déballage.

— Il sait ce qui vaut de l'or à Thorbardin, renchérit un

autre. Regardez ces fourrures ! Elles vont s'arracher sur les marchés de la forteresse !

— Si nous pouvons les acheter.

— Ça dépendra de ce qu'ils en demandent.

A midi, les tambours jouèrent et des dizaines de marchands descendirent dans la vallée, escortés par des gardes armés.

Ces soldats étaient là pour faire bonne mesure, car ils n'avaient pas une chance de tenir tête aux étrangers. Mais la vie d'un marchand consistait à aller là où se trouvaient des biens à acheter ou à vendre, quels que soient les risques.

L'heure n'est pas aux disputes, semblaient chuchoter les tambours, *mais aux bonnes affaires…*

Tout l'après-midi, ils eurent le loisir d'admirer les marchandises et de prendre des notes. Quand le soleil de Krynn se coucha, ils rentrèrent sagement à Thorbardin et rejoignirent leurs cités respectives en compagnie de leurs gardes du corps. Quelques-uns rejoignirent Jeron Cuirrouge dans la grotte-entrepôt, derrière la Porte Nord, reconvertie en quartier général.

Le chef daewar était traditionnellement chargé du commerce, le hylar s'occupant de la police et des défenses. Mais les marchands eurent la surprise de trouver le conseil presque au complet : Jeron, Dunbarth, Batteur, Trom Thule, le Klar, et même Falaise Cache-Yeux, le Daergar. Grimble I, le Grandbulp des Aghars, était absent mais ça n'avait rien de surprenant. On n'avait pas vu l'ombre d'un Aghar depuis longtemps.

Les marchands firent leurs rapports. Les étrangers demandaient de l'acier en échange de leurs marchandises.

— De l'acier ? s'étonna Batteur Basto.

— Ils ont parlé de certains outils et ustensiles, mais ils veulent surtout des armes et des armures.

— Comme nous le savons, coupa Jeron, ils n'ont rien qui puisse rivaliser avec les produits de nos forges.

— Mais ils nous connaissent, souligna Dunbarth. Ils savent de quoi nous manquons.

— Grâce à leur chef, dit le Daewar. Il doit s'agir de Derkin, le fils de l'ancien chef hylar.

— Nous avons entendu ce nom, dit un des marchands. Mais moins que celui de Mainmartel.

— Qu'avez-vous appris ? demanda Jeron.

En plus d'être d'habiles marchands, ses Daewars comptaient parmi les meilleurs espions du royaume nain.

Leur réponse le déçut.

— Pas grand-chose. Ils ont fait la guerre. Mais ce n'est pas tout. Certains portent des marques de fouet et de fer rouge… comme ceux qu'emploient les humains sur leurs esclaves. Ils ont presque tous un accent neidar, mais pas de la même région.

— Des nomades ? avança Trom Thule.

— Non, corrigea un des marchands. Ils ne transportent pas leurs outils. Cela indique qu'ils sont sédentaires. Et, si nous avons vu des femmes, il y a très peu d'enfants.

— Ils ont des vêtements en cuir de très bonne qualité, mais leurs armes sont en fer, en bronze ou en cuivre. Et ils ont volé aux humains les rares qui sont en acier.

— Mais il y a une exception…

— Oui, l'armure de leur chef est de fabrication naine. (Le marchand marqua une pause, puis haussa les épaules.) A part ça, nous n'avons rien appris. Ce sont les gens les plus secrets que j'ai rencontrés.

Un messager de la Porte Nord apparut.

— Les tambours, haleta-t-il. Les tambours de la vallée m'ont ordonné d'apporter leur message ici.

— Ici ? s'étonna Dunbarth. Dans cette grotte ?

— Oui ! Le Conseil doit se réunir demain dans le Grand Hall pour rencontrer Mainmartel.

— Maudite rouille ! explosa Jeron. Comment peuvent-ils savoir que nous sommes ici ?

— Voici notre réponse, dit le Hylar : Mainmartel pourra se présenter à l'aube à la Porte Nord.

Les autres chefs se regardèrent.

— Mais seulement avec une petite escorte, ajouta Batteur. Nous ne voulons pas d'étrangers chez nous.

— Je leur affecterai la meilleure garde, dit Dunbarth, agacé comme toujours par les manières du Theiwar. Jeron, je suis sûr que le détachement de ton fils remplira cette tâche à merveille.

CHAPITRE X

THORBARDIN

A l'aube, Mainmartel monta la rampe de la Porte Nord avec sa petite escorte composée de dix vétérans. Leurs boucliers portaient les traces d'une utilisation intensive. Le douzième membre du groupe était un vieux nain manchot qui charriait des parchemins dans un panier. Des manches de dagues dépassaient de la ceinture de son kilt, de ses bottes et du col de sa cape grise.

Mainmartel s'arrêta devant la porte. Comme sa jumelle, la Porte Sud, c'était un monument au refus catégorique des nains d'être dérangés.

Le nain manchot s'approcha et pinça les lèvres.

— Voilà quatre-vingts ans que je n'ai pas vu cette porte, dit-il. Elle montre qu'il serait fou de tenter une invasion.

— Je dirais plutôt qu'elle symbolise l'entêtement de ceux qui se cachent derrière, corrigea Mainmartel. (Il desserra un peu la bandoulière de sa hache et se tourna vers l'est.) A-t-on retrouvé cette fille, Calan ?

— Pas encore. Personne ne l'a vue depuis hier. (Il s'approcha et chuchota :) Tu sais qu'elle t'a vu enlever le manteau d'invisibilité ? Il semble qu'elle t'ait tout le temps à l'œil. Tu n'auras bientôt plus de secrets pour elle.

— Je n'en ai probablement déjà plus… Bon, je suppose qu'elle boude dans un coin. J'aurais dû me montrer un peu plus gentil quand je lui ai dit qu'elle ne pouvait pas nous accompagner à Thorbardin…

— Elle a du caractère, c'est sûr, admit Calan. (Il regarda à son tour vers l'est.) Il est l'heure.

Mainmartel hocha la tête. Levant son marteau, il frappa le métal noirci par le temps. Quelques secondes plus tard, la porte s'entrebâilla de deux pouces.

— Identifiez-vous ! cria une voix.

Le nain vêtu d'un manteau rouge avança et frappa de nouveau.

— Mon nom est Mainmartel ! dit-il, suffisamment fort pour être entendu dans tout le corps de garde. Je suis venu rencontrer le Conseil des Chefs.

— Comment être sûr que c'est bien toi ?

Calan vint se placer près de son chef.

— Ouvrez cette porte ou nous en percerons une autre ! rugit-il. Nous entrons.

— Ouvrez cette fichue porte, imbéciles ! cria l'autre voix. Nous avons reçu l'ordre de les laisser entrer !

— Tous ?

— Arrête d'argumenter et ouvre la porte !

La porte continua de s'enfoncer dans les entrailles de la montagne. Les visiteurs attendirent en silence. Puis Mainmartel grommela un « merci » ironique et franchit le seuil.

Les membres de son escorte ne purent s'empêcher d'admirer la porte et son ingénieux mécanisme. Mainmartel et le manchot y jetèrent à peine un coup d'œil. Les gardes s'écartèrent sur leur passage. Un jeune Daewar approcha.

— Je m'appelle Lustre Cuirrouge, dit-il d'un ton affable. Je vais t'indiquer le chemin du Grand Hall.

— Je le connais, répondit sèchement Mainmartel. (Puis son ton s'adoucit :) Lustre Cuirrouge ? Tu es le fils de Jeron ?

— Tu connais mon père ?

— On m'appelle Mainmartel, dit-il, ignorant la question. Et voici Calan Orteildargent.

Lustre salua Calan d'un hochement de tête, puis se tourna vers les nains lourdement armés.

— Et eux ?

— Ce sont les Dix. Celui qui porte un heaume à cimier s'appelle Tap Tolec. C'est le Premier des Dix. N'avons-nous que toi comme escorte ? Un seul nain pour nous empêcher de faire des bêtises ?

— Oh, non, gloussa Lustre. Cent gardes attendent derrière Echo d'Enclume. Pour vous protéger, bien sûr. Le grand Hall n'est pas tout près et les routes sont… euh… dangereuses. Mon père ne voudrait pas qu'il vous arrive malheur… Au moins pas avant qu'il ait pu satisfaire sa curiosité à ton sujet ! Il veut tout savoir : qui tu es, d'où vous venez, pourquoi vous êtes là…

— Il le sait déjà. Nous sommes venus troquer nos marchandises contre de l'acier.

— Bien sûr. Des armures et des armes en acier…

— Les meilleurs forgeurs vivent à Thorbardin, dit Mainmartel. Où pourrions-nous trouver mieux ?

— Mais quand vous aurez vos… euh… votre acier, demanda Lustre. Vous devez avoir une idée précise de son utilisation.

— On dirait que la curiosité est un trait familial…

Ils passèrent entre deux rangées de cavités fermées. Les ouvriers de la Porte Nord avaient vécu ici. Aujourd'hui, leurs habitations étaient reconverties en entrepôts.

Soudain, ils s'engagèrent sur un pont étroit. De chaque côté, les parois étaient trouées de meurtrières.

Mainmartel et Calan n'accordèrent guère plus d'un coup d'œil aux ouvertures et au gouffre vertigineux, mais Lustre entendit quelques murmures échapper aux Dix : « Alors, c'est ça Echo d'Enclume ? », « Il faut le voir pour le croire ! », « Tu as vu ces meurtrières ! Crois-tu qu'on nous observe ? ».

— Il y a probablement une centaine de guetteurs, répondit Lustre. Mais ne vous inquiétez pas. Ils sont sous les ordres de Dunbarth Poucedefer. Personne n'accède au système de défense sans sa permission.

— C'est une honte que le reste de Thorbardin n'ait pas suffisamment de discipline pour participer à sa défense, dit Mainmartel.

— Le Hylar serait d'accord avec toi, admit Lustre. Tu as l'air d'un Hylar. En es-tu un ?

— Je suis Mainmartel. Un point c'est tout !

Nullement décontenancé, le jeune Daewar insista :

— Chane Lowen dit que tu ressembles à Colin Danpierre.

— C'est sans doute vrai, souffla Calan.

Son chef lui jeta un regard noir qui le fit taire.

Les gardes leur emboîtèrent le pas. Leur jetant un coup d'œil soupçonneux, Tap Tolec murmura un ordre. Les Dix resserrèrent les rangs autour de leur chef. Leur attitude signalait aux soldats qu'ils ne devaient pas trop approcher. Certains ignorèrent l'avertissement. L'un d'eux glapit de douleur et se frotta le mollet.

— Que se passe-t-il ?

— Un des étrangers m'a flanqué un coup de pied !

Mainmartel regarda Tap Tolec et les autres. Tous secouèrent la tête.

— Aucun n'a donné un coup de pied à ton soldat, dit Mainmartel à Lustre. Si c'était le cas, le coupable ne s'en tirerait pas sans ennuis.

Il continua son chemin. Ses nains reformèrent instantanément leur double rang de protection.

— Vos gardes du corps sont très efficaces, dit Lustre, une lueur amusée dans le regard.

Mainmartel ne répondant pas, Calan s'en chargea.

— Les Dix sont les élus des Elus, dit-il. Vos soldats feraient bien de leur montrer du respect.

— Mes soldats sont les cent meilleurs de Thorbardin !

— Si c'est vrai, vous ne voudrez pas les perdre, dit Mainmartel. S'ils font exprès de bousculer mes gardes, ils ne pourront s'en prendre qu'à eux-mêmes. Les Dix *détestent* être bousculés.

Lustre Cuirrouge fit signe à ses nains de garder leurs distances avec les visiteurs.

— L'un d'eux m'a flanqué un coup de pied ! lança une voix rageuse. Je ne sais pas qui, mais c'est la vérité !

Un quart d'heure plus tard, le tunnel qu'ils suivaient tourna vers la gauche. Des runes indiquèrent qu'ils entraient dans Theibardin, la première ville theiwar.

Les gardes entourèrent les visiteurs.

Des nains aux longs bras arrivèrent en courant, et, criant des insultes, jetèrent des pierres sur le cortège. Les soldats levèrent leurs boucliers et tirèrent leurs dagues. Les fauteurs de troubles disparurent aussitôt.

— On dirait qu'on ne nous aime pas, constata Calan.

— Ça n'a rien à voir avec vous, répondit Lustre. Les gens détestent la garde. Nous avons doublé les patrouilles depuis les dernières émeutes, gâchant le plaisir de certains.

— Des émeutes ? s'étonna le vieux nain.

— Seule Hybardin est épargnée. Dans les autres cités, les fauteurs de troubles ne manquent pas.

— Pour quoi se battent-ils ? demanda un des Dix.

— Au sujet de tout et de rien. Qui sait ? Mon père dit que les nains n'oublient jamais une rancune. Et ils les accumulent génération après génération.

— Parce qu'ils n'ont rien de mieux à faire ? demanda Calan.

— Il n'y a pas assez de travail pour que tout le monde en ait sa part…

— Absurde, grogna Mainmartel. Il en irait autrement si Thorbardin n'avait pas oublié sa vocation première.

Lustre le regarda, étonné par la colère qui faisait trembler sa voix.

— Que veux-tu dire ?

— C'est de ça que je suis venu entretenir le Conseil.

Les tunnels de Thorbardin formant une sorte de labyrinthe

autour d'eux, ils s'engagèrent sur la route qui menait à la caverne centrale de la forteresse. Des centaines de nains se pressaient sur leur passage. La plupart étaient des Theiwars, identifiables à leurs barbes, à leurs cheveux bruns, à leurs larges épaules et à leurs longs bras. Mais beaucoup étaient des sang-mêlé, comme le prouvaient leurs caractéristiques daewars, hylars, daergars ou klars.

Des générations de mariages mixtes avaient fortifié la race naine... tout en créant bien des mésententes.

La plupart des nains ne semblaient pas hostiles, simplement curieux. Ici et là, des mécontents manifestaient leur hargne par des insultes et des jets de pierre. Un pavé gros comme le poing passa au-dessus des boucliers des gardes, filant vers Mainmartel.

D'un geste nonchalant, le chef des étrangers leva son bouclier. Alors que le projectile retombait, inoffensif, il sentit des mouvements dans son dos et entendit le sifflement distinct d'une fronde. Il se retourna juste à temps pour voir une main fine manier l'arme avec adresse. La pierre fendit l'air et disparut dans l'embrasure d'une porte, au deuxième étage d'une habitation.

Une seconde plus tard, un nain apparut, chancelant. Il s'accrocha au chambranle de la porte, du sang lui coulant sur la figure. Puis il bascula en avant et s'écrasa sur le sol.

Jurant entre ses dents, Mainmartel saisit quelque chose dans les airs et tira. Bouche bée, les gardes de Thorbardin regardèrent apparaître la silhouette d'une naine extraordinairement belle.

Elle jeta un regard noir au nain au manteau rouge.

— Tu vois ? dit-elle, levant le menton en signe de défi. Une bonne chose que je sois venue. Ce nain a essayé de te tuer.

Un des gardes s'agenouilla près du nain, puis se releva et haussa les épaules.

— Il est mort, dit-il.

— Eh bien, eh bien, souffla Lustre avec une admiration non dissimulée. A qui avons-nous l'honneur ?

— Elle s'appelle Helta Boisgris, dit Mainmartel. Entre autres choses, c'est un fléau sur pattes.

Détachant avec peine son regard de la jeune naine, Lustre jeta un coup d'œil à la main du chef des étrangers. Elle semblait ne rien tenir, mais certains doigts n'étaient plus visibles.

— De la magie ! marmonna le Daewar. Qu'est-ce que c'est ? Un manteau ?

— Tissé par un elfe, dit Calan.

— Je vois, fit Lustre, ses yeux bleus brillant d'intérêt. Oui, je vois. Ça explique bien des choses. Nous avons reçu la visite de Mainmartel en personne, l'autre nuit…

— Je suis resté absent de Thorbardin très longtemps, dit Mainmartel. Alors j'ai décidé de jeter un petit coup d'œil à la forteresse… sans escorte.

— Tu es resté ab…, commença Lustre, puis il sourit. Mon père avait donc raison ! Tu es bien Derkin Graindhiver !

— A une époque, c'était mon nom. Mais mon peuple m'en a donné un nouveau.

— Derkin Mainmartel ! C'est un joli nom. Mais pourquoi tout ce mystère ? Tu es le fils de Harl Lancepoids, donc un citoyen de Thorbardin. Tu peux y entrer et en sortir quand bon te semble.

— Je ne veux pas être un citoyen de Thorbardin, répondit Derkin.

— Pourquoi ?

— Je suis venu en parler avec le Conseil. Si nous pouvions arriver au Grand Hall sans autre interruption…

— Le Theiwar mort était un fauteur de trouble notoire, dit un des gardes. Si la fille ne lui avait pas fendu le crâne, quelqu'un d'autre l'aurait fait un jour ou l'autre.

— Il n'y a personne pour exiger réparation ? demanda Lustre.

Le garde secoua la tête.

— Dans ce cas, continuons. (Le jeune Daewar s'inclina devant Helta.) La fin du trajet sera bien plus plaisante en si charmante – et visible – compagnie.

Un sourire s'afficha sur les lèvres de la jeune naine.

— Merci, dit-elle, faisant une petite révérence.

Puis elle s'avisa que Derkin Mainmartel s'éloignait. Son sourire s'effaça, remplacé par un froncement de sourcils excédé.

CHAPITRE XI

LE MANDAT DE KAL-THAX

Situé dans la partie sud de la forteresse, le Grand Hall était plein à craquer quand Derkin Mainmartel et son escorte entrèrent. Il semblait que la moitié de Thorbardin avait décidé d'être présente.

Des centaines de nains avaient pris place sur les gradins. Quand Lustre Cuirrouge fit entrer les visiteurs, le silence tomba sur l'immense caverne.

Seuls quelques nains étaient allés sur la corniche pour jeter un coup d'œil au camp des étrangers, mais tous avaient entendu parler d'eux – de la musique de leurs tambours, de leurs splendides marchandises et, surtout, de leur mystérieux chef, qui ressemblait à un Hylar légendaire et portait une armure ancienne. Nul besoin de dire que les spéculations allaient bon train.

Maintenant Mainmartel était là, et les nains voulaient entendre ce qu'il avait à dire.

Des messagers les avaient précédés. Derkin supposa que ceux qui attendaient dans le Grand Hall – au moins les chefs assis sur l'estrade, au centre de la chambre – étaient au courant de tout ce qu'il avait dit à Lustre. Ses soupçons furent confirmés quand il entendit quelqu'un murmurer : « Derkin Graindhiver ».

Suivi par Helta et Calan et flanqué par les Dix, Derkin se

dirigea vers l'estrade. Puis il dévisagea ceux qui s'y trouvaient.

Il se rappelait vaguement Dunbarth Poucedefer, qui avait été capitaine de la garde sous le vieux Harl. S'il n'avait jamais rencontré les autres, il savait qui ils étaient. Le Daewar au regard rusé se nommait Jeron Cuirrouge. Le vieux Theiwar à l'air soupçonneux, qui le regardait en fronçant les sourcils, avait pour nom Batteur Basto.

Falaise Cache-Yeux, le Daergar, ôta son masque pour qu'il voie son visage, puis le remit afin que la lumière ne blesse pas ses yeux sensibles. Le nain aux cheveux et à la barbe hirsutes était un Klar. Il s'agissait donc de Trom Thule. Le sixième et le septième sièges étaient inoccupés. Personne ne savait où se cachait Grimble I, Grandbulp des Aghars. Quant aux Neidars, voilà longtemps qu'ils n'avaient plus de représentant.

Derkin les regarda tous, puis il hocha la tête et avança.

— On me nomme Mainmartel, dit-il. Mon peuple se fait appeler les Elus.

Jeron Cuirrouge s'inclina légèrement, puis regarda son escorte. Grâce aux messagers de son fils, il savait que Derkin était accompagné par une naine belle à couper le souffle, mais il écarquilla les yeux en découvrant le vieux nain manchot.

— Je te connais, dit-il. Calan… Tu as quitté Thorbardin pour vivre parmi les elfes.

— Ta mémoire est excellente, messire, dit Calan. Ça fait pourtant quatre-vingts ans.

— Aujourd'hui tu reviens avec un autre nain qui préférait l'extérieur à notre forteresse souterraine. (Jeron se tourna de nouveau vers le nain au manteau écarlate.) Ainsi, tu es bien Derkin Graindhiver…

— Mon nom est Derkin Mainmartel. Mes guerriers l'ont choisi.

— Et qui sont-ils ? demanda Dunbarth Poucedefer. D'où viennent-ils ?

— Ils se font appeler les Elus, dit Derkin.

— Les Elus ? Elus par qui ? grogna Batteur Basto.

— Par moi, répondit Derkin. Quant à notre origine, nous sommes tous de Kal-Thax.

— Kal-Thax, c'est ici, dit le Klar.

— A une époque, peut-être. Mais Thorbardin l'a abandonné. La plupart de mes nains sont nés neidars. Beaucoup viennent du même enclos à esclaves que moi. Un enclos appartenant aux envahisseurs humains que *vous* n'avez pas pris la peine de repousser.

A ces mots, des murmures rageurs retentirent. Ces protestations moururent quand Jeron Cuirrouge leva la main, réclamant le silence. Des compagnies de gardes entrèrent et prirent position dans la salle.

— Ce nain est notre invité, dit le Daewar. Nous sommes en droit de l'interroger, mais il a celui de s'exprimer librement.

— Alors interrogez-le ! cria une voix dans la foule. Pourquoi est-il ici ? Que veut-il ?

— Excellentes questions, concéda Jeron, se tournant de nouveau vers Derkin.

— Nous sommes là pour deux raisons. La première est de troquer nos produits contre les vôtres. Vos marchands peuvent attester de la qualité de nos produits. Ils savent ce que nous voulons en échange.

— Des objets en acier, dit Jeron.

— Des *objets* ? (Derkin leva un sourcil ironique.) Appelons un chat un chat. Des *armes*. De bonnes armes fabriquées à partir de solide acier nain !

— Des armes, si tu préfères, concéda Jeron.

— A condition que vous ayez l'acier pour les fabriquer. Je n'ai vu aucun haut-fourneau brûler dans le Puits de Réorx.

— Nous avons de l'acier, grogna Dunbarth.

— Parfait ! Alors, nous commerçons ?

— Que voulez-vous faire avec ces armes ? demanda
Batteur.

— Chasser les humains qui ont envahi nos terres.

— Tu dis que vous êtes là pour deux raisons, rappela
Dunbarth. Quelle est la deuxième ?

— Je suis venu chercher l'armée de Thorbardin.

— Pourquoi t'aiderions-nous ? demanda Batteur. Cette
guerre ne nous concerne pas.

— Les terres que je compte reprendre sont le royaume
des nains ! répondit Derkin. C'est Kal-Thax !

— C'est à l'*extérieur* ! cria le Theiwar. Nous défendons
Thorbardin. Que ceux qui vivent dehors se battent pour
leurs terres !

— Les Klars n'ont pas le temps de partir en guerre, renchérit Trom. Nous avons assez à faire ici.

— Si nous devions envoyer des troupes, demanda
Dunbarth, qui les commanderait ?

— Moi, répondit Derkin. Mes nains et moi. Nous connaissons le terrain et l'ennemi. Bientôt, nous ferons la guerre au
seigneur Kane. Je vous demande de joindre vos forces aux
miennes.

Jeron Cuirrouge se leva.

— Ce sont les requêtes que tu voulais exposer au
Conseil ? demanda-t-il.

Derkin hocha la tête.

— Le Conseil doit délibérer. Souhaites-tu rester ? Calan
et toi êtes des citoyens de Thorbardin. Vous pouvez assister
aux sessions du Conseil.

— Mais pas mon escorte… J'attendrai avec elle dans le
couloir.

Il se tourna pour partir.

Calan s'assit au premier rang.

— Je reste ! annonça-t-il. Ça fait des années que je n'ai
pas assisté aux chamailleries du Conseil.

Derkin et les autres sortirent. Lustre Cuirrouge et la
moitié de sa compagnie leur emboîtèrent le pas.

— Je suis censé te surveiller en permanence, dit le jeune Daewar à Derkin.

— Selon toi, quelle sera leur décision ?

Lustre haussa les épaules.

— Mon père et Dunbarth sont sans doute favorables à ta proposition. Ils regrettent l'isolationnisme de Thorbardin. Mais les autres, qui peut savoir ?

Les heures passèrent. La lumière du jour avait baissé quand les portes du Grand Hall s'ouvrirent. Un garde leur fit signe d'entrer. Helta et les Dix sur les talons, Derkin remonta sur l'estrade. Quand il passa devant lui, Calan secoua la tête.

— Ces idiots n'ont pas changé, chuchota-t-il.

Jeron Cuirrouge lut à Derkin les décisions du Conseil. Thorbardin acceptait de produire les armes et les armures que Mainmartel demandait en échange de ses marchandises. Mais les nains de la forteresse refusaient de s'impliquer dans une guerre.

En aparté, Dunbarth souffla à Derkin :

— Je suis désolé, le vote a été de trois contre deux.

— Sais-tu quel argument a emporté la décision, Derkin ? lança Calan. Si Thorbardin envoie ses troupes à l'extérieur, il n'y aura plus personne pour y maintenir la paix.

— Y maintenir la paix ? s'étonna Derkin. (Il se tourna vers les chefs.) Vous avez pris votre décision. Vous échangerez des armes contre nos marchandises, mais vous refusez de participer aux combats. Jeron Cuirrouge, tu as dit que j'avais le droit de m'exprimer librement. L'ai-je encore ?

— Le conseil est toujours en session, répondit le Daewar en hochant la tête.

— Très bien.

Derkin se tourna vers l'assemblée.

— A une époque, vos ancêtres ont mis leurs différends de côté pour devenir une seule et même nation dans ces montagnes. Aujourd'hui, elle n'existe plus, y compris dans cette forteresse, où vous respirez le même air, mangez les mêmes choses, buvez la même eau et vous cachez derrière les mêmes portes. Vous croyez que Thorbardin vit parce que les conduits vous apportent de l'air frais et les nappes souterraines de l'eau…

« Moi, je vous dis que Thorbardin ne vit pas. La forteresse est endormie et bientôt elle mourra !

Des protestations s'élevèrent. Derkin balaya la foule de son regard noir. Tous se turent.

— A une époque, les portes de Thorbardin étaient les poumons qui lui apportaient son oxygène quotidien. La Porte Sud était prise d'assaut par les caravanes amenant le minerai. Les gardes de Thorbardin patrouillaient dans les montagnes jusqu'à Haute Falaise et la chaîne des Enclumes. La Porte Nord était ouverte et les Neidars venaient librement troquer leurs marchandises contre les produits des forges. Aujourd'hui, les portes sont closes et la forteresse de Thorbardin est devenue une prison.

« A une époque, le Puits de Réorx alimentait nuit et jour les hauts-fourneaux. Aujourd'hui, ces derniers sont éteints et les forces silencieuses.

« Jadis, les nains de tous les clans ont travaillé côte à côte pour se construire une maison à nulle autre pareille et se forger une puissante destinée. Aujourd'hui, Thorbardin n'est plus une maison, seulement une arène pour des chamailleries stupides et des vendettas inutiles. Et sa *destinée* est tombée dans l'oubli.

— Quelle destinée ? demanda un nain, sarcastique.

Le regard noir de Derkin le fit taire.

— Le Pacte des Chefs, répondit Mainmartel, signé il y a bien longtemps pour préserver les terres des nains. Voilà ce qui a été oublié ! Il n'a pas été annulé, mais simplement ignoré ! Vos ancêtres se sont battus pour défendre Kal-Thax et ils ont construit Thorbardin. Mais vous avez tourné le dos à Kal-Thax !

« Où était Thorbardin quand les humains ont pillé les villages neidars ? Où était Thorbardin quand l'empereur ergothien a envoyé ses esclavagistes ? Et où est Thorbardin à présent que le seigneur Kane et ses troupes occupent le col de Tharkas et y exploitent d'autres puits pour fournir à leur empereur les armes qui serviront à vaincre les royaumes de l'Est ?

« La forteresse de Thorbardin a été créée pour une raison : protéger Kal-Thax des invasions. Elle devait être le cœur d'une grande nation ! La nation naine de Kal-Thax !

« Mais la forteresse de Thorbardin s'est repliée sur elle-même et Kal-Thax a été envahi. Et quand je viens chercher de l'aide à Thorbardin, qu'est-ce que j'y trouve ? Une armée prête à se mettre en marche pour défendre ses terres ? Non, juste des compagnies de la garde qui patrouillent entre des portes closes pour éviter les émeutes. Le peuple entêté et productif qui a construit cette forteresse et l'a rendue riche et puissante ? Non, une foule d'idiots qui ne savent rien faire d'autre que se jeter des pierres et détruire la propriété d'autrui.

Une nouvelle vague de protestations déferla, rapidement contenue par les gardes.

Quand le silence revint, Derkin continua.

— Je n'ai pas quitté Thorbardin parce que je préférais la hache au marteau, mais parce que j'étais malade de voir ma maison – le foyer de mes ancêtres – se transformer en rouille alors qu'elle était acier. J'étais malade de *honte* !

« Aujourd'hui, je le suis toujours ! Jeron Cuirrouge a dit que j'étais un *citoyen*. Hybardin, l'Arbre de Vie des Hylars, était mon berceau et Thorbardin ma maison. Mais plus maintenant ! Je renonce à ma citoyenneté. Préparez les armes et soumettez-les à Calan Orteildargent. Il restera ici jusqu'à ce que vous soyez en mesure de les livrer à mon camp. Nous ferons affaire, puis mes nains et moi partirons à Tharkas faire la guerre aux humains.

Des murmures se firent de nouveau entendre. Derkin attendit que la garde rétablisse l'ordre.

— Nous vaincrons ou nous mourrons. Mais si nous réussissons, Kal-Thax sera à nous, car vous y avez renoncé !

Il se tut un instant, puis conclut :

— Peut-être referons-nous affaire ensemble. Mais à l'avenir, les Elus ne viendront plus à vous. C'est vous qui viendrez à eux. Quelque part à l'ouest d'ici, nous bâtirons une cité, Trocville, où tous les marchands seront les bienvenus. C'est le cadeau de Mainmartel. Sortir de votre montagne pour obtenir ce que vous voulez vous fera de bien.

Derrière lui, Jeron et Dunbarth se levèrent et l'applaudirent, ignorant les regards noirs que leur jetaient les autres chefs. Derkin les remercia d'un hochement de tête, puis il descendit de l'estrade et sortit du Grand Hall.

Lustre les rejoignit dans le couloir et attendit que sa compagnie se mette en formation.

— Tu ne le leur as pas envoyé dire, gloussa-t-il. Bon sang, tu me manqueras. Tu ne reviendras pas ?

— Je l'ignore, répondit Derkin. Peut-être…

— Mais tu as renoncé à ta citoyenneté !

— Si je reviens un jour à Thorbardin, ce ne sera pas en tant que citoyen.

Helta se plaça au côté de Derkin et lui prit la main.

— Pareil pour moi !

Loin au nord, des soldats humains se dirigeaient vers Klanath. Sur leur droite se dressait la chaîne du Mur du Monde. Plus bas, sur leur gauche, s'étendaient des forêts noyées dans les brumes.

La neige avait fondu et les troupes de l'empereur étaient en marche. Les conflits avaient commencé quatre ans plus tôt. Les elfes du Silvanesti, conduits par le prince Kith-Kanan, s'étaient déployés dans les plaines de l'Ergoth de l'Est pour combattre les humains. L'armée elfique, à laquelle s'étaient joints des nomades des plaines, harcelait les Caergothiens et les Daltigothiens.

La « campagne éclair » visant à étendre l'empire de Quivalin Soth V s'était transformée en guerre totale. Stratèges et tacticiens de génie, en plus d'être d'excellents combattants, les elfes pouvaient compter sur les humains des plaines centrales. Rassemblées par les tribus cobars, les Pillards, les Barruks et les Phaérots s'étaient ligués contre l'empire.

Les soldats de l'empire s'étaient souvent frottés à des humains et des elfes combattant côte à côte pour défendre leurs foyers. Mais cela ne les avait pas empêchés d'avancer. Ils n'étaient pas irremplaçables. Après tout, ils vivaient et mourraient pour la gloire de Quivalin Soth V.

Et le général Giarna, chef de l'armée impériale, était accompagné par un autre homme, le sombre et énigmatique Dreyus. On murmurait qu'aucun ennemi ne survivait là où il passait.

Chaque hiver, le froid mettait un frein aux hostilités. Mais le printemps était revenu et les armées de l'empire recommençaient à avancer.

La forteresse de Klanath était une des clés de la réussite de l'assaut impérial. Elle servait de zone de ravitaillement et de lieu de repos aux soldats fatigués. Les hommes de Kane y maintenaient un périmètre de sécurité exemplaire. Ils avaient doublé les patrouilles à la lisière de la forêt des elfes, mais aussi au sud, en direction du col.

Après que les esclaves se furent échappés de Klanath, des nains sauvages s'étaient attaqués aux caravanes de ravitaillement de l'armée impériale. Les chevaux, les armes et la nourriture qu'ils avaient volés auraient pu équiper et nourrir une armée.

Puis les raids avaient cessé. Les patrouilles de Kane n'avaient pas vu un nain depuis deux ans. On eût dit que cette race s'était volatilisée de cette partie de l'Ansalonie. Certains conseillers de Kane pensaient que les nains s'étaient retirés dans la Chaîne des Enclumes, d'autres qu'ils se terraient dans Thorbardin et d'autres encore qu'ils se tapissaient dans les terres gelées.

Où qu'ils soient, leur disparition facilitait la tâche de Kane.

TROISIÈME PARTIE

LE MAÎTRE DE THARKAS

CHAPITRE XII

UNE SORTIE COBAR

Si Sakar Kane n'avait pas été un homme de fer, la disgrâce qu'il avait connue des années plus tôt – quand des
milliers d'esclaves s'étaient enfuis de Klanath en tuant leurs
surveillants – aurait signé sa perte.

Quivalin Soth ne tolérait pas l'échec.

Le Mur des Crânes du Daltigoth en était la preuve.

Il faisait sept pieds de large et onze de haut. Entourant
trois côtés du jardin situé au bout de l'aile est du palais, il
était construit avec les crânes de ceux qui avaient eu la mauvaise idée de déplaire à l'empereur ou à ses ancêtres.

Si un autre que Kane avait été dans sa situation, il aurait
été rappelé au Daltigoth, interrogé par l'empereur en personne et torturé à mort. Puis son crâne serait allé orner son
jardin.

Sakar Kane n'était pas un sujet impérial ordinaire. Il n'attendit pas d'être ramené à la cour, mais envoya des
patrouilles arrêter Rénus Sabad, ses chefs de puits, ses surveillants en chef et même ses comptables – certains étant
encore en chemise de nuit. Puis il les fit exécuter par cinquante de ses hommes les plus loyaux.

Ensuite, il partit vers l'est à la tête d'une armée, traversa la
Crevasse de Rocrouge pour atteindre les plaines, et attaqua
tous les villages et les camps de nomades qu'il trouva sur son
passage. Grâce aux milliers d'esclaves qu'il se procura ainsi,

il put faire repartir les mines avant que les espions de l'empereur n'atteignent le Daltigoth. Avec les esclaves supplémentaires qu'il acheta à Xak-Tsaroth – utilisant presque toute sa fortune personnelle – il réussit l'exploit d'avoir augmenté la production quand les hommes de l'empereur arrivèrent pour l'arrêter.

Il avait eu de la chance, ses gardes trouvant une réserve de minerai de première qualité dans des galeries désaffectées.

Le seigneur Kane fut rappelé au Daltigoth. Mais il s'y rendit fièrement, à la tête de la procession des hommes de l'empereur. Quand il quitta la cour, quelques mois plus tard, il était devenu prince de Klanath.

Quivalin Soth V, un homme cruel et sans pitié, n'était pas stupide. Il savait ce qui s'était passé à Klanath et ce que Kane avait fait pour regagner ses faveurs.

Un tel homme le servirait loyalement tant qu'il y trouverait son compte. En nommant Kane prince de Klanath, l'empereur le laissait libre de faire ce qu'il voulait de l'ancien royaume nain... mais il lui donnait aussi une excellente raison d'y maintenir une forte présence impériale.

Avec le temps, Klanath était devenu un puissant foyer de l'empire. Une épaisse muraille entourait la forteresse et le campement des mineurs était désormais une ville fortifiée.

Des bandes de nains sauvages avaient lancé des raids éclairs sur les routes et à l'intérieur même de Klanath. Ils avaient volé des centaines de chevaux, plus des vivres et des armes. Les conducteurs, dresseurs, maîtres-chiens et gardes impériaux tués se comptaient par centaines.

Kane avait donné l'ordre à ses hommes de faire des prisonniers chaque fois que c'était possible. Mais ça n'avait pas été facile. En mauvaise posture, les nains refusaient de déposer les armes et se battaient jusqu'à la mort. Un jour, une compagnie de gardes lui ramena pourtant cinq nains.

Deux prisonniers étaient des femmes. Tous portaient la marque indiquant qu'ils avaient été esclaves dans les mines de Klanath ou de Tharkas.

Le seigneur Kane les avait fait emmener dans le Sud, où on les avait torturés avant d'abandonner leurs cadavres en guise d'avertissement. Ils étaient morts sans émettre un son. Un seul avait desserré les dents pour crier aux hommes qui lui brisaient les jambes :

— Mainmartel s'occupera de vous, en temps et en heure !

Après cet incident, il n'y eut plus qu'un seul raid. Au matin, on trouva cinq hommes devant la porte de sa forteresse. Ils avaient été torturés à mort.

Puis les nains avaient disparu. Kane continuait d'avoir un régiment cantonné dans le Sud, mais les nains n'étaient qu'une des raisons qui le poussaient à cela. Un bataillon d'agents et de cartographes travaillait à son grand projet : installer des humains dans les montagnes dès la fin de la campagne de conquêtes.

La révolte des nains avait vidé ses coffres et il comptait bien les remplir avec ce qu'il arracherait à leurs anciennes terres.

Tuft Largeterre s'éveilla en un éclair à la manière d'un guerrier cobar.

Au début, il ne sentit pas d'autre présence que la sienne. La brise estivale agitait la toile de sa tente et il entendait les bruits nocturnes de son camp : les cris d'oiseaux des sentinelles, les piétinements des sabots des chevaux dans le corral et les murmures des hommes autour des feux.

Aucun de ces bruits familiers ne l'avait réveillé. C'était autre chose. Etant le chef des Tekars, une des sept tribus cobars, il avait sa tente personnelle. Cette nuit, il ne la partageait avec personne. Mais il sentait qu'il n'était plus seul.

— Retiens ton épée, humain, dit une voix. Je ne te veux aucun mal.

Tuft plissa les yeux, toujours prêt à frapper.

— Ne te souviens-tu pas de moi, Tuft ? Ça ne fait pourtant pas si longtemps.

— Toi !

Sans se retourner, Tuft tira une pochette en cuir de sous sa natte. Il l'ouvrit et en sortit un petit objet métallique. C'était un cylindre avec un couvercle monté sur charnière. Quand il actionna du pouce la petite roue crantée qui frottait contre un éclat de silex, l'étincelle alluma la mèche imbibée d'huile.

Dans un coin de la tente, une silhouette encapuchonnée était assise sur les talons.

— Je constate que tu as toujours la babiole que je t'ai donnée, dit le visiteur d'une voix musicale, mais pas tout à fait humaine. Silex, acier et mèche. Une des plus judicieuses inventions de ma mère. Eloeth ne s'intéresse pas à la magie, mais elle aime son confort.

— Despaxas, dit Tuft. Tu aurais pu opter pour une entrée moins dramatique. Mon cœur a failli s'arrêter de battre.

— Ton cœur est solide, répondit l'elfe, en abaissant son capuchon.

Ses oreilles en pointe dépassaient de ses cheveux.

— Et tes réflexes sont excellents, permets-moi de te le dire. Un seul murmure suffit à te réveiller.

Le Cobar prit une bougie et l'alluma, puis il rangea sa « babiole ».

— Que fais-tu ici ? demanda-t-il. Je pensais que tu étais retourné dans ta forêt.

— Oui, mais je suis revenu. La graine que tu m'as aidé à planter a poussé et s'est épanouie. Elle est prête à porter des fruits. Je me suis dit que tu aurais peut-être envie de participer à la moisson.

— Une graine… ? (Tuft se tut, les yeux brillants.) Les nains ? Derkin a-t-il formé son armée ?

— Oui, et il a campé sous la forteresse naine avec ses « Elus », tous prêts à combattre, même sans arme digne de ce nom. Aujourd'hui, ils sont en marche pour Tharkas. Et ils brandissent ce qui se fait de mieux en matière d'acier nain.

— Il compte attaquer les soldats dans le col ? Avec une bande de nains ?

— Une *armée*, corrigea l'elfe. Peut-être même une bonne armée. As-tu envie de voir ça ?

— Bien sûr. Mais je te connais, Despaxas. Tu as une idée derrière la tête.

— Naturellement ! Rien n'est jamais aussi simple. Tu as une belle tribu, Tuft. J'ai vu au moins trois cents guerriers dans ce camp.

— Trois cent quatre-vingt-un. Plus les femmes et les enfants.

— Tes cent meilleurs cavaliers suffiront pour ce que j'ai en tête...

— Tous mes cavaliers sont bons ! Ce sont des Cobars !

— Parfait. Alors choisis les cent que tu voudras. Nous partirons à l'aube. Nous devrions pouvoir atteindre la Crevasse de Rocrouge en deux jours ?

— Si le temps se maintient. Mais nous n'irons nulle part sans une bonne raison.

— Une chance de tendre une embuscade à une colonne de l'empire est-elle suffisante ?

— Peut-être. (Tuft plissa les yeux.) Ces soldats se dirigent-ils vers le territoire cobar ?

— Je pourrais te dire oui, mais c'est non. Ils sont en route pour les plaines du Sud. Ils passeront à des lieux de vos terres.

— Alors, c'est le problème des elfes. Pourquoi n'es-tu pas allé voir Kith-Kanan ? Ses elfes adorent tendre des embuscades.

— Ce n'est pas aussi simple. Si les renforts impériaux sont attaqués par les elfes de Kith-Kanan, Kane ne se lancera pas à leur poursuite. Il sait que ses chances de les coincer sont nulles.

— Mais il s'empressera d'envoyer sa cavalerie à la poursuite de guerriers cobars. (Tuft fronça les sourcils.) Que veux-tu ? Devons-nous piquer les fesses de l'ours et le laisser nous suivre jusqu'à notre campement ?

— Non, pas votre campement… Mais si tes cavaliers pouvaient occuper ceux de Kane un moment… en les faisant tourner en rond, peut-être… Je suis sûr que ce ne serait pas difficile pour les meilleurs cavaliers au monde.

— Je veux bien décocher des flèches sur les soldats de l'empire. Et j'aimerais bien ridiculiser les rustres de Kane. Mais j'entends savoir pourquoi. Tu parlais des nains. Cela a-t-il quelque chose à voir avec eux ?

— Bien sûr ! (Le sourire de Despaxas était aussi innocent que celui d'un bébé, mais Tuft avait appris à s'en méfier.) Les Elus de Derkin sont robustes et bien armés, mais ce ne sont que des nains. Quand ils harcelaient les humains, ils se déplaçaient par petits groupes. Pour lancer et mener un assaut à son terme, ils doivent avoir une base. Si Derkin et les siens se retranchent dans le col de Tharkas, tu sais ce qui arrivera.

— L'enfer se déchaînera ! Le col de Tharkas est aux portes de Klanath. Kane ne tolérera jamais une base hostile si près de son quartier général.

— Il essaiera de les déloger et Derkin devra contre-attaquer.

— Tu ne penses pas vraiment qu'une bande de nains peut prendre Klanath ?

— Je l'ignore… Notre Derkin a beaucoup changé depuis que tu l'as croisé pour la dernière fois. Et tu n'as pas encore vu son armée. Mais le plus intéressant, c'est que Giarna refusera de faire passer ses troupes et ses caravanes de ravitaillement au milieu d'un champ de bataille. Il se fiche des montagnes et des ambitions de Kane.

— Mais s'ils ne traversent pas les montagnes ici…

— Exactement. La seule autre route possible entre le Caergoth et les plaines du Sud est à cinquante lieues au nord. Ils seront obligés de contourner notre forêt. Et même les troupes d'élite de Giarna ne tiennent pas à affronter les elfes de Kith-Kanan. Si les nains coupent la ligne de ravitaillement de Giarna, il faudra des semaines – voire des mois – pour que les renforts et les vivres atteignent son armée.

— Ce qui nous laissera plus de temps pour les *amuser*.

— Est-ce une raison suffisante ?

Tuft se leva, ouvrit le rabat de sa tente et s'immobilisa. Quelque chose flottait devant lui. Cette créature, si elle avait été visible, aurait ressemblé à un poisson chauve-souris…

Le Cobar pivota sur les talons et lança un regard noir à l'elfe.

— Pourquoi as-tu amené cette créature avec toi ? Tu sais bien que mon peuple ne l'aime pas !

— Zéphyr ne fera de mal à personne. Et j'avais besoin de lui. Nous ne nous sommes pas vus depuis très longtemps, Tuft. Les humains changent parfois…

— Alors tu as amené ton ombre pour me sonder ? Quel est le verdict ?

— Ton âme est aussi forte que ton cœur. Comme avant.

Quand Tuft sortit de sa tente, Zéphyr avait disparu. Frissonnant, le Cobar soupira. Il savait que le frontalier ne lui voulait aucun mal. Mais il détestait avoir affaire à une créature magique qui avait le corps d'une raie et des dents semblables à des dards de scorpions.

Tuft poussa un cri que n'importe qui, sauf un Cobar, aurait pris pour l'appel d'un oiseau nocturne. Aussitôt, le camp entra en effervescence.

Tuft retourna dans sa tente et prit ses bottes.

— Nous partirons à l'aube, dit-il à l'elfe.

A moins de trois lieues à l'est de Klanath, le mur de pics qui encadraient le col de Tharkas formait un coude et s'ouvrait, séparant les montagnes de Kal-Thax des contreforts.

C'était là que la route du Caergoth entrait dans une étroite vallée zigzagante : la Crevasse de Rocrouge. Ce col naturel ouvrait sur des collines vallonnées, à l'est. De là, la route de l'empereur se divisait pour couvrir toutes les plaines.

L'armée d'invasion était passée par cette crevasse. Les caravanes de ravitaillement et les renforts prenaient la même route, bien reposés après un arrêt à Klanath.

Trois jours après la visite nocturne de Despaxas à Tuft, une longue colonne de soldats impériaux sortit de la crevasse. Ils étaient environ huit cents. Trois compagnies envoyées en renfort au général Giarna !

Une heure après être sortie de la Crevasse de Rocrouge, la colonne emprunta la route tortueuse qui menait aux contreforts. Puis elle atteignit un terrain moins escarpé et les hommes, qui avançaient bouclier levé et arme au poing, les rangèrent. Désormais, ils pouvaient voir à des lieues à la ronde et il semblait évident qu'ils étaient seuls.

Une impression trompeuse. Poussant des cris de guerre, une centaine de barbares à cheval jaillirent d'une dénivellation qui ne semblait pas assez profonde pour cacher un lapin. Tels des messagers de la mort, les cavaliers arrivèrent au galop et décochèrent leurs flèches.

Une fraction de seconde après que le premier cri eut résonné, les barbares fondirent sur la colonne et firent un massacre.

Puis les cavaliers disparurent. Quand le nuage de poussière retomba, ils n'étaient plus là mais très loin au nord. Ils avaient laissé derrière eux beaucoup de morts.

Les officiers eurent du mal à rassembler leurs troupes.

— Des Cobars, marmonna un colonel, suivant les cavaliers du regard. Que font des Cobars si près de Klanath ? (Se retournant, il fit signe à quelques-uns de ses hommes de le rejoindre.) Envoyez des messagers de l'autre côté de la crevasse. Il faut dire au seigneur Kane que ses cavaliers, s'ils se mettent en route dès maintenant, pourront attraper les Cobars et faire un exemple.

— Attraper des Cobars ? s'étonna un de ses subalternes. Ces gens sont…

— Seriez-vous aveugle ? Voyez-vous où vont ces barbares ? Regardez devant eux. On voit la fumée de leurs feux de camp. Ils pensent que nous ne pourrons pas les suivre parce que nous n'avons pas de monture. Mais ils sont aussi stupides qu'arrogants s'ils croient que nos cavaliers ne les retrouveront pas !

CHAPITRE XIII

PREMIER SANG

Sur les créneaux de sa forteresse, Sakar Kane regarda son
troisième bataillon de cavalerie partir vers la Crevasse de
Rocrouge. Il avait fallu la nuit entière aux cavaliers pour
arriver de Tharkas et avoir dû les rappeler ne le réjouissait
pas. Mais il devait tout tenter pour laver l'affront que les
barbares avaient fait à l'empire.

D'après les signaux, les Cobars s'étaient repliés à quelques lieues au nord. Il suffirait d'un ou deux jours aux cavaliers pour leur tomber dessus.

Le prince de Klanath n'avait hésité qu'un instant. Le troisième bataillon était déprimé à force de passer son temps à
patrouiller dans des montagnes désertes ; un peu d'action
lui ferait du bien. Et, s'il punissait les barbares comme ils le
méritaient, Giarna lui devrait une faveur. Il n'aimait pas le
« jeune général », comme on l'appelait, mais tout le monde
savait qu'il était dans les petits papiers de l'empereur. Même
le sinistre Dreyus – le plus proche conseiller de Quivalin
Soth, selon la rumeur – ne trouvait rien à lui reprocher.

A l'est, le soleil se levait quand les derniers éléments du
bataillon disparurent dans la crevasse. Kane tourna les
talons pour partir quand il entendit quelque chose. S'arrêtant net, il tendit l'oreille. Quel était ce bruit lointain, porté
par le vent ?

Il écouta un moment et l'entendit de nouveau. Approchant

du parapet, il regarda la cour intérieure de sa forteresse, puis, au-delà, la ville florissante.

Le bruit retentit une fois de plus et Kane secoua la tête, irrité. *C'est le tonnerre*, pensa-t-il.

Mais bizarrement, le ciel était dégagé.

Le soleil se levait sur l'ancien camp de Tharkas. Jadis, les nains l'avaient entièrement détruit. Le seigneur Kane y avait fait construire un avant-poste fortifié où il cantonnait son bataillon de cavalerie.

Les cavaliers étaient partis, rappelés par leur chef. Il ne restait que les cuisiniers, les serviteurs et deux compagnies de fantassins. Presque tous dormaient. Ils étaient restés debout une partie de la nuit pour aider les cavaliers à seller leurs montures, revêtir leurs armures et préparer leurs paquetages.

Un seul feu de cuisine brûlait dans la cour et les gardes effectuaient leur ronde matinale, les yeux lourds de sommeil, quand éclata un roulement de tonnerre qui semblait venir de partout à la fois, leur donnant la chair de poule.

Autour du feu, les hommes bondirent sur leurs pieds et regardèrent autour d'eux, cherchant d'où venait le bruit. Puis l'un d'eux cria :

— Regardez !

Se jouant d'escarpements quasiment impraticables pour les humains, une horde de petites silhouettes déferlait sur le camp, leurs boucliers et leurs armes réfléchissant les premiers rayons du soleil.

Les hommes restèrent un moment bouche bée devant ce spectacle, puis ils saisirent leurs armes.

Au même moment, un garde cria :

— Des nains ! Nous sommes attaqués !

Dès que les humains les eurent repérés, les nains entonnèrent au son des tambours un chant propre à glacer le sang de leurs ennemis.

Le camp endormi entra en ébullition quand les hommes

commencèrent à revêtir leurs armures. Au milieu du chaos, les officiers braillaient des ordres souvent contradictoires, essayant d'organiser une défense. L'attaque naine visant le mur nord-ouest, les unités se dirigèrent dans cette direction. Les guerriers nains avaient descendu les pentes à une vitesse incroyable. Les premiers rangs arrivèrent devant le mur et l'escaladèrent, véritable marée montante de petits corps râblés et costauds.

Un des gardes jeta sa lance et voulut fuir, mais il était déjà trop tard. Un nain lui enfonça son épée dans le ventre. Un deuxième l'acheva d'un coup de marteau avant de continuer son chemin.

— Formez les lignes ! hurla un officier. Tous au mur du fond !

Les soldats se mirent sur deux rangs, tendant leur bouclier. En quelques secondes, ils furent en formation.

Les nains se jetèrent sur les soldats avec une détermination farouche. Levant haut leurs boucliers, ils tranchèrent, découpèrent et taillèrent dans les rangs humains.

Avant de mourir, les soldats impériaux entendaient toujours le même nom :

— Mainmartel ! Mainmartel !

— Repliez-vous près du mur ! cria un officier.

— Passez le mur ! cria un autre.

Sur les trois cents hommes du camp de Tharkas, moins de deux cents atteignirent le mur sud et moins encore le franchirent. Ceux qui s'arrêtèrent en haut, terrorisés par ce qu'ils découvraient, furent poussés en bas par leurs camarades pressés d'échapper au massacre... sans savoir que c'était ce qui les attendait de l'autre côté. Car à l'extérieur attendaient d'autres guerriers nains et des cavaliers. On eût dit que la race naine au complet s'était donné rendez-vous à Tharkas...

Alors que les soldats se tenaient en équilibre précaire en haut du mur, un cavalier nain fit avancer sa monture. Son armure aussi brillante qu'un miroir, un manteau rouge sang tombait sur ses larges épaules.

Sans hésitation, il leva son marteau de guerre au-dessus de sa tête. Les tambours recommencèrent à jouer. Fronçant les sourcils, le nain abaissa son arme en direction des humains massés sur le mur.

Tous les nains se lancèrent à l'attaque.

Alors que le soleil de Krynn passait au-dessus des pics, à l'est, Derkin Mainmartel et ses Dix approchèrent d'un groupe de nains et de prisonniers humains. Cinquante-quatre soldats de l'empire seulement avaient survécu à l'attaque contre Tharkas. Aucun ne s'était échappé. Ceux qui avaient essayé étaient morts.

Voyant Calan venir à sa rencontre, Derkin s'arrêta devant le groupe d'humains désarmés gardés par des guerriers daergars.

— Que veux-tu faire de ces humains ? demanda le vieux Daewar manchot.

— Je ne veux pas de prisonniers, dit Derkin. Pourquoi ces hommes sont-ils encore en vie ?

— Ils n'ont pas voulu se battre. Ils ont jeté leurs armes et refusé de les reprendre.

— Et alors ?

— Quand Vin l'Ombre a avancé sur eux, ils se sont jetés par terre en gémissant.

— Et alors ? répéta Derkin.

Un des Daergars avança. Il n'eut pas besoin d'enlever son masque pour que Derkin le reconnaisse.

— Nous ignorions ce que nous devions faire d'eux, dit Vin l'Ombre. Je... Eh bien, il n'est pas vraiment drôle de tuer des gens qui gémissent et qui tremblent. Même des humains ! Alors nous avons attendu que tu décides de leur sort.

— Je ne veux pas de prisonniers !

— Pas de problème, dit Calan. (Il dégaina une dague.) Nous allons leur trancher la gorge.

— Attends ! cria Derkin. Puisqu'ils sont là, autant qu'ils servent à quelque chose. Qu'ils aident à nettoyer toute cette saleté et à enterrer les morts !

— Très bien, dit le vieux nain. (Il rengaina sa dague et se tourna vers son chef.) Mais après, nous pourrons leur trancher la gorge ?

— Quand tout sera propre, enfermez-les dans le puits principal. J'aurai peut-être encore besoin d'eux.

— Dans le vieux puits ? grogna un des Dix. Il doit encore puer le gobelin. C'est une odeur tenace...

Derkin organisa des patrouilles et mit tout le monde au travail. Lors de sa visite à Thorbardin et pendant les mois que les Elus et lui avaient passé au pied de la forteresse, il avait beaucoup réfléchi... En plus de leur famille et de leur confort, il y avait deux choses que les nains aimaient par-dessus tout : travailler et se battre, dans cet ordre.

C'était dans leur nature... Dans la sienne et dans celle de tous ses semblables. Quand on lui en donnait l'occasion, un nain travaillait avec plaisir. Il creusait des cavernes et des tunnels, aménageait des routes, fabriquait des meubles, forgeait des outils, sculptait des jouets et peignait des tableaux.

Il labourait la terre, élevait du bétail, moissonnait les champs, martelait, sciait, façonnait, fondait et refaçonnait les objets. Il « goûtait » une pierre, puis en faisait une colonne, une statue ou un bibelot. Il était capable de bâtir une forteresse ou un monument comme de fabriquer une flûte en roseau.

Quelle que soit la tâche, un nain s'y attelait avec une énergie et un enthousiasme hors du commun... tant qu'il en avait envie.

Quand il n'avait rien à faire, il se tournait vers son second amour, se chamaillant jusqu'à ce que les mots ne suffisent plus et qu'il lui faille en venir aux mains. La forteresse de Thorbardin était devenue le berceau de querelles stupides et de vendettas inutiles parce qu'elle s'était repliée sur elle-même. Sans aucun contact avec l'extérieur, il suffisait de quelques nains industrieux et ingénieux pour faire tourner la forteresse.

Pour certains, la commande d'armes des Elus avait tout changé. Ces quelques mois avaient dû être les plus paisibles que Thorbardin eût connus depuis plus d'un siècle.

Les pensées de Derkin se tournèrent vers son peuple. Les siens se faisaient appeler les Elus parce qu'il les avait choisis. Mais ils savaient aussi bien que lui qu'il ne les avait pas choisis, mais tout simplement libérés. Et ils l'avaient suivi. C'étaient *eux* qui l'avaient élu.

Comme Tap Tolec et Vin l'Ombre dans leur cellule de Klanath, des centaines de nains l'avaient désigné pour qu'il les guide. Ils avaient décidé d'obéir à ses ordres parce qu'il était dans leur nature de suivre un chef qu'ils avaient choisi.

Travailler et se battre. Telle était la nature profonde de ces gens… *Ses* gens ! Travailler, se battre, choisir un chef et le suivre, vivre selon leurs propres règles…

Son peuple méritait tout cela, sans être menacé par un Quivalin Soth ou un Sakar Kane.

— C'est mon peuple et il a le droit de vivre comme il l'entend !

Il se retourna, un peu embarrassé, quand une petite main se referma sur la sienne. Perdu dans ses pensées, il s'était éloigné du camp. Il était debout sur une crête, au-dessus d'un joli petit lac qui ne servait plus à personne.

Les Dix n'étaient pas loin. Où qu'il aille, ils l'accompagnaient. Mais c'était Helta qui était debout à côté de lui et qui le regardait. Derkin ignorait depuis combien de temps elle le suivait.

— Tu t'inquiètes pour nous, n'est-ce pas ? Tu te demandes si demain, ou la semaine prochaine, ou dans un mois, nous serons toujours en vie, ou si nous serons redevenus des esclaves…

— C'est faux, se défendit-il. Je songeais à m'assurer que tout le monde a quelque chose à faire. Sinon, nous ne réussirons jamais à barricader le col.

— Si c'est vrai, pourquoi une larme roulait-elle sur ta joue ?

— Il n'y avait pas de larme !

Du coin de l'œil, il vit Tap Tolec et les autres se retourner, mal à l'aise.

Helta hocha la tête.

— Ils l'ont vue aussi.

— Eh bien, tu ne me verras plus jamais verser de larme. Kal-Thax a besoin de sueur et parfois de sang, mais pas de pleurs.

De retour au camp, Derkin avança vers Calan, qui l'attendait.

— Nous avons une semaine au moins, dit le vieux nain. Peut-être deux. Le bataillon de cavalerie est parti à la chasse aux nomades. Despaxas a promis…

— Despaxas ? Ton elfe ? Il est ici ?

— Ce n'est pas *mon* elfe ! Et il n'est pas ici. Parfois… il parle dans ma tête. J'ignore comment il fait ça.

— Je te crois. Qu'a-t-il dit ?

— Le Cobar occupera les humains pendant une semaine ou deux. Mais nous devons nous dépêcher. Kane a d'autres troupes et certaines pourraient vouloir franchir le col.

— Alors organisons les travaux. Sortez les outils ! Envoie des bûcherons couper des arbres. Demain, nous bâtirons une barricade.

— D'accord, mais où trouver des pierres ? demanda Calan. Nous n'avons pas le temps d'en tailler.

— Il y en a assez ici. (Derkin désigna l'enceinte et les baraquements.) Les humains n'en auront plus jamais besoin.

Dans la cour, les prisonniers suaient sous le soleil pour enterrer leurs congénères. Ils étaient gardés par des nains armés qui ne les quittaient pas des yeux. Aucun humain n'avait pu s'échapper pour donner l'alerte à Klanath et cela ne changerait pas.

D'autres nains étaient occupés à ensevelir leurs camarades.

Derkin approcha de l'endroit où l'on creusait les tombes de ses guerriers. Il resta là un moment son heaume dans les bras.

Premier sang, pensa-t-il. *Nous avons juré de reprendre Kal-Thax, avec ou sans aide extérieure. C'est parti.*

Il n'y avait pas eu beaucoup de morts parmi les siens.

Kal-Thax. La terre des nains. La patrie de mon peuple. Kal-Thax demande de la sueur... et parfois du sang.

CHAPITRE XIV

RECONQUÊTE

Le troisième bataillon de cavalerie du seigneur Kane arriva en vue du camp des barbares après le coucher du soleil. Dans les plaines, au pied des contreforts des Monts Kharolis, les choses n'étaient pas toujours ce qu'elles semblaient être. Ainsi, la fumée qui paraissait être à trois lieues était en réalité à dix.

Mais les soldats étaient à moins d'une lieue de leur cible, dont ils apercevaient les feux.

— Les fantassins ont estimé qu'il y avait une centaine de sauvages, dit un lieutenant qui chevauchait près du chef du bataillon, le commandant Tulien Gart. Je vois neuf ou dix feux, ce qui correspond bien à un camp de cette taille. Qu'allons-nous faire d'eux ?

— Nous devrons en tuer quelques-uns, répondit Gart. (Descendant d'une lignée de chevaliers, il trouvait que combattre des barbares n'avait rien d'honorable.) Ils ne se rendront pas sans résistance. Nous ferons autant de prisonniers que possible.

Il se demanda s'il n'aurait pas mieux valu tous les tuer. Vivants, ils deviendraient la propriété du prince, qui en ferait des exemples.

— Les hommes des plaines ont des montures rapides, dit son second. S'ils nous voient, ils fuiront.

— Alors, nous attendrons la nuit pour les attaquer. Je ne

veux pas entendre un murmure, un grincement de cuir ou un cliquetis d'armure, compris ? Nous communiquerons par gestes. Faites passer les ordres : à mon signal, vous chargerez.

Le lieutenant salua et fit volter son cheval.

— Ces sauvages ne verront rien venir, dit-il.

Quand le moment arriva, le bataillon monta sur une colline. Les soldats s'arrêtèrent pour enlever les protections qui empêchaient leurs armures et celles de leurs chevaux de faire du bruit, puis ils attendirent le signal. La discrétion, voilà qui était parfait pour approcher, mais pas pour donner la charge.

Lances et boucliers à la main, les cavaliers attendirent sans jamais quitter des yeux les feux de camp. Quelques silhouettes étaient allongées autour, d'autres étaient assises sous les auvents des tentes.

Aucune sentinelle n'était visible.

— Pauvres sauvages ignorants, marmonna Gart. Ça ne nous demandera aucun effort.

— Dire qu'on nous paie pour ça ! lâcha un soldat.

Avec un soupir ravi, Tulien Gart baisa le bras et éperonna sa monture. Le cheval bondit en avant, passant rapidement d'un trot rapide à un galop effréné. Sur la droite et sur la gauche du commandant, la ligne avançait en formation.

En neuf secondes, ils eurent couvert les cent premiers pas. Il ne leur en fallut que sept pour parcourir les cent suivants et six de plus pour arriver sur leur cible. Dans leur élan, les chevaux piétinèrent les feux et emportèrent les tentes. Les cavaliers transpercèrent de leurs lances les silhouettes allongées ou assises, sans même regarder leurs victimes.

Soudain, des voix s'exclamèrent :

— Hé ! Qu'est-ce que c'est que ça ? C'est pas un homme ! C'est juste un mannequin de paille !

— Pareil ici ! répondit un autre. Où sont-ils ?

— Cherchez-les ! ordonna Gart. Trouvez leurs traces !

— Ils ne peuvent pas être allés bien loin, dit un lieutenant. Ces feux ont été alimentés récemment.

Le bataillon fouilla les alentours, épée au poing. Pendant que ses hommes élargissaient de plus en plus leur zone de recherche, Gart resta au camp dévasté. Au bout d'une heure, comme ils n'avaient toujours trouvé aucun « sauvage », il les rappela.

— Nous camperons ici cette nuit, décida-t-il. Et nous repartirons au matin.

Les soldats faisaient du feu quand quelques lieutenants approchèrent de leur commandant.

— Il nous manque des chevaux, chef.

— Et nous savons quelle direction ont pris les sauvages.

Gart les regarda fixement.

— Il nous manque… des chevaux ? Combien ?

— Une vingtaine. Nous les recomptons.

— Et pourquoi nous manque-t-il vingt chevaux ?

— On nous les a volés, répondit un des lieutenants, dansant d'un pied sur l'autre. Pendant que nous cherchions, des hommes des plaines ont dû venir les prendre.

— Dieux ! rugit Gart. Je veux les noms des responsables des chevaux pendant les recherches. (Il jura de manière inventive, donnant une véritable leçon aux plus jeunes de ses hommes.) Vous dites savoir quelle direction ils ont prise ?

— Par là, répondit un lieutenant en désignant l'est.

Gart jura de nouveau. Dans la prairie, les nomades avaient fait d'autres feux. Ils pouvaient être à une lieue comme à quinze ou vingt.

— C'était très drôle, dit Tuft Largeterre à Despaxas tandis qu'ils sirotaient de la bière chaude autour d'un feu. Et nous avons gagné vingt chevaux.

— Nous suivront-ils ?

— Bien sûr ! Ils nous voient aussi bien que nous les voyons… Mais ces Ergothiens n'ont aucun talent pour évaluer les distances. Ils vont attendre le matin, puis ils nous suivront avec des claquements et des craquements infernaux. Ce serait bien si quelques-uns finissaient au fond d'un trou, histoire d'éveiller un peu plus leur intérêt. Et s'il y en avait davantage à pied… Dieux ! Il doit être terrible de devoir marcher en armure. Mais ils ne jetteront même pas un gantelet, ce serait déshonorant !

Tuft eut un sourire carnassier.

— Tes hommes peuvent-ils continuer seuls ? demanda l'elfe. Sans toi, je veux dire.

— Evidemment, l'assura le Cobar. Il faut reconnaître une chose : question bêtise, on peut toujours compter sur les troupes impériales. Dans une situation comme celle-là, il leur faudra une semaine pour comprendre qu'ils sont menés par le bout du nez. Et ils seront à une semaine de l'endroit d'où ils sont partis. Mais pourquoi cette question ?

— Je t'ai promis une occasion d'observer l'armée de Derkin, tu te rappelles ? C'est le moment.

— Partir pour Tharkas ? J'avoue que j'aimerais savoir ce que fabrique ce grincheux de nain. Nous pourrions être là-bas dans deux jours.

— Non, maintenant, dit Despaxas. Zéphyr est là. Dans son plan d'existence, c'est un grand magicien. Il peut nous prendre à un endroit et nous déposer à un autre.

— Pas question ! s'écria Tuft. Je préfère être pendu plutôt que de laisser cette chose m'envelopper de ses ailes.

— Alors je nous transférerai moi-même. (L'elfe haussa les épaules.) C'est relativement simple.

L'homme lui lança un regard noir.

— J'ai entendu parler des sorts de transfert et je connais leurs effets secondaires.

— Ça ne dure qu'un instant.

— Je ne vais nulle part si ce n'est pas sur un cheval ! Marcher, c'est bon pour les Pillards et les Ergothiens.

Despaxas eut un sourire innocent.

— Va chercher ton cheval, dit-il.

En l'espace d'une journée, le col de Tharkas s'était transformé en ruche grouillante d'activité. Des milliers de nains travaillaient à l'ombre des montagnes, à deux lieues de la forteresse du seigneur Kane.

A l'endroit exact où un nain appelé Cale Œilvert avait marqué la frontière de Kal-Thax en enfonçant un pic dans le sol, les Elus bâtissaient un mur. Certains désassemblaient les pierres des murs d'enceinte et des bâtiments du camp de Tharkas et d'autres les amenaient sur le chantier avec des attelages de bœufs.

Dans le col, à l'endroit choisi par Derkin Mainmartel, les tailleurs de pierre retaillaient les blocs, qui étaient ensuite mis en place avec des treuils et fixés avec des « chevilles » en acier. Chaque pierre pesait entre un millier de livres et une tonne.

Avec des blocs de cette taille, des bâtisseurs humains auraient utilisé du mortier, comptant sur leur poids pour faire tenir l'ensemble. Mais les nains avaient une philosophie : si tu ne peux pas construire quelque chose correctement, ne le fais pas du tout.

Rien, à part peut-être un tremblement de terre, ne pourrait détruire ce mur.

A cet endroit, le col faisait soixante pieds de large. Le mur l'obstruerait entièrement, à l'exception d'une étroite porte fortifiée, au milieu.

Les maçons estimaient qu'ils pourraient monter jusqu'à vingt pieds avant d'être à court de pierres pré-taillées. Derkin n'avait pas prévu d'arrêter à cette hauteur, mais cela suffirait pour le moment. Dans une semaine, le col de Tharkas serait fermé. La porte en rondins renforcés par de l'acier ferait quatre pieds sur neuf. Quand le mur serait fini et la porte gardée, plus rien ne pourrait entrer. Le mur n'était pas imprenable – pas comme Thorbardin – mais il n'en constituerait pas moins un formidable obstacle.

Au coucher du soleil, les nains d'origine daewar, theiwar et klar cessèrent le travail et furent remplacés par des Daergars nyctalopes. Ainsi, ils pouvaient continuer de construire le mur sans interruption.

Ils déchargeaient la dernière caravane de pierres à la lumière des torches quand le chaos s'abattit sur le chantier.

Un cheval apparut entre deux bosquets d'épicéas, un homme accroché à sa selle. Sous les regards des nains, la bête continua un long moment de tourner sur elle-même, de se cabrer et de danser sur place. Se tenant au pommeau, l'homme essaya de reprendre le contrôle de sa monture. Remis de leur surprise, des dizaines de nains avaient saisi des armes et encerclaient l'humain quand une deuxième silhouette apparut près de la première. Elle regarda un instant le cheval et son cavalier, qui continuait de jurer, puis se tourna vers les nains et les salua de la main.

Les nains tirèrent leurs épées et firent tournoyer leurs frondes. Derkin Mainmartel avança et les arrêta.

— Ce ne sont pas nos ennemis ! cria-t-il.

— Salut, Derkin, dit le deuxième cavalier. Ça fait longtemps.

— Despaxas, souffla Derkin. Calan m'avait dit que tu viendrais. (Il désigna du doigt le cavalier en colère et son cheval.) Que leur arrive-t-il ?

— Les chevaux détestent les sorts de transfert, répondit l'elfe en haussant les épaules. Ils sont toujours un peu énervés à l'arrivée.

Il fallut une minute à l'homme pour calmer sa monture. Quand ce fut fait, il sauta à terre et pointa un doigt accusateur sur l'elfe.

— Tu savais que ça arriverait ! Pourquoi ne m'as-tu pas prévenu ?

Despaxas haussa les épaules.

— Tu as dit que tu n'irais nulle part sans cheval. Loin de moi l'idée de donner des conseils à un Cobar au sujet de sa monture…

L'homme riva sur l'elfe un regard noir. Puis il secoua la tête.

— Ces elfes sont fous, grommela-t-il.

Tuft balaya la foule du regard.

— Où sommes-nous ? demanda-t-il.

— Au col de Tharkas, répondit Despaxas. A l'endroit où un nain a jadis enfoncé dans la terre une borne délimitant le royaume de Kal-Thax.

— Et où est… (Ses yeux tombèrent sur le nain vêtu d'un manteau écarlate.) Derkin ? C'est toi ?

— Bonjour, Tuft Largeterre.

— Eh bien ! Tu as bigrement changé. J'ai failli ne pas te reconnaître.

— Nous avons tous changé. (Derkin jeta un coup d'œil à l'elfe.) Enfin, presque tous. Allez, venez. Notre camp est à l'extrémité sud du col, au bord de l'eau. Nous échangerons des nouvelles. Je crois comprendre que la guerre continue toujours, dans les plaines.

— Oui, répondit tristement Tuft.

— Allons manger. Ensuite, vous me raconterez ça. Demain, je vous montrerai les travaux.

Dans le camp, les nains dévisagèrent les étrangers avec suspicion jusqu'au moment où Derkin leur dit qu'ils étaient ses invités. Dès lors, ils s'empressèrent autour d'eux, apportant des plateaux de viande rôtie, du pain noir tout frais et des chopes de bière. Tuft s'émerveilla de les voir si bien approvisionnés.

— Comment fais-tu ? demanda-t-il à Derkin. Comment ton armée obtient-elle toute cette nourriture ?

— Un tiers de mon peuple seulement m'a accompagné. Nous avons des fermes et du bétail au sud-ouest d'ici. Les Elus ne sont pas une armée, mais une nation. La première année, nous avons accueilli les Neidars qui désiraient nous suivre. Puis nous avons peuplé de nouvelles terres. Les Neidars étaient un clan dispersé aux quatre vents, c'est pour ça qu'ils sont tombés en esclavage… Et parce que Thorbardin n'a pas joué son rôle. Mais ils ne sont plus dispersés. Et ils sont libres.

Helta Boisgris sortit d'un abri, apportant des couvertures pour qu'ils puissent s'asseoir. Tuft la salua en souriant.

— Je me souviens de toi, dit-il.

— Personne n'oublie jamais Helta, souffla Derkin.

— Elle ne porte aucun bijou, observa le Cobar. Ne l'as-tu donc pas encore épousée ?

— Non, dit Helta. Mais ce n'est pas faute d'avoir essayé de l'en convaincre. Il prétend ne vouloir s'engager avec personne tant qu'il n'aura pas repris Kal-Thax. Entre autres choses, il est très entêté.

Et stupide, pensa Tuft. A ses yeux, les naines n'avaient aucun charme, mais Helta était une exception. Une *magnifique* exception.

Le vieux Calan se joignit à eux ; ils étendirent leurs couvertures près d'un feu. Alors qu'il finissait un morceau de viande juteux à souhait, Tuft se tourna vers Derkin.

— J'aimerais voir tes villages des terres sauvages, dit-il. Vous avez dû y faire des miracles.

— Aucun humain n'est jamais entré sur ces terres, répondit calmement le nain, et aucun n'y entrera sans invitation. Mais si tu survis à ta stupide guerre, tu pourras voir le résultat de nos efforts. Nous comptons ouvrir des routes commerciales – à l'est, à l'ouest et au nord.

— Mais pas avant que tu n'aies repris Kal-Thax, dit le Cobar.

— Evidemment. C'est pour ça que nous construisons le mur.

— Les terres que tu conquiers – ou reconquiers –, Sakar Kane les considère comme les siennes, dit Despaxas. L'empereur les lui a données.

— Ces terres sont à nous. Il ne peut pas *donner* une chose qui ne lui appartient pas.

— Crois-tu qu'un mur arrêtera Kane ? demanda Tuft.

— Peut-être pas, admit Derkin. Les murs sont comme les barrières : ils vous protègent de vos voisins, mais ils n'empêchent pas un ennemi de pénétrer sur vos terres.

— Alors pourquoi le construire ?

— Parce que ça devrait ralentir Kane.

— Tu seras obligé de le combattre, dit l'elfe.

— J'en ai bien l'intention. Et je commence à comprendre pourquoi vous vouliez m'aider… Et pourquoi vous m'avez tellement… encouragé.

— Chacun sait que ce que tu fais ici nous aidera à remporter la guerre, répondit Despaxas.

— Mais je me demande si vous comprenez que je ne veux pas y participer.

— Tu ne voulais pas devenir un chef non plus, lui rappela Calan. Parfois, on n'a pas vraiment le choix au sujet de ces choses-là.

Derkin décida d'ignorer cette dernière remarque.

Mais il surprit le regard qu'échangèrent Despaxas et Calan et cela lui fit froid dans le dos. Le vieux nain et l'elfe connaissaient la vérité : Kane ne considérerait pas son mur comme une frontière, mais comme un défi. Et il le relèverait.

Dans la nuit, les tambours résonnèrent. Derkin avait appris à les fabriquer et à en jouer quand il était enfant, mais c'était l'elfe Despaxas qui lui avait enseigné une nouvelle chanson.

La Chanson de Balladine.

Les neuf mille Elus présents à Tharkas équivalaient à un tiers de la population de leur clan. Les autres étaient restés dans les terres sauvages, près de Haute Falaise, ou exploraient l'Ouest à la recherche de futurs territoires à peupler.

Ils étaient séparés dans l'espace, mais jamais par l'esprit. Et les tambours transmettaient leurs messages dans toutes les montagnes.

CHAPITRE XV

LE MAÎTRE DU COL

Sous le regard admiratif de Tuft Largeterre, les nains travaillèrent à la construction de leur mur pendant onze jours. Sauf quand il avait aidé Derkin Graindhiver à libérer les esclaves des mines de Tharkas, le Cobar ne s'était jamais associé à des nains.

Il était ébahi par leur énergie. Et par leur force physique. Il savait qu'un nain adulte pesait aussi lourd que lui et était plus fort. Mais cela ne l'empêchait pas d'être surpris chaque fois qu'il voyait une demi-douzaine de nains — parfois même quatre — faire basculer un bloc d'une tonne et le travailler.

Ils utilisaient toutes sortes d'outils d'une manière qu'il n'aurait jamais imaginée. Et même s'il était évident que certains étaient plus habiles que d'autres, ils semblaient pourvoir exécuter n'importe quelle tâche.

— Ils travaillent comme s'ils étaient nés des outils à la main, dit-il en présence de Despaxas.

— C'est presque ça. On prétend qu'un nain sait faire de l'escalade avant de marcher, tailler la pierre avant de parler et creuser un tunnel avant de quitter ses langes.

— C'est un peuple étonnant, concéda le Cobar. Mais savent-ils se servir aussi bien de leurs armes ?

— Tu le verras bientôt. Pour un nain, une arme est avant tout un outil. La seule différence, c'est son utilisation.

Tuft admira le mur auquel on ajoutait les dernières pierres prises à l'avant-poste de Tharkas. Des remparts avaient été aménagés au sommet et on y accédait par une rampe. Ça, c'était pour le côté sud. Le côté nord n'offrait pas la moindre prise. On n'y apercevait que la petite porte, aussi solide que le mur lui-même.

Il n'est pas infranchissable, songea le Cobar en l'étudiant. Des hommes pouvaient l'escalader avec des grappins et des cordes. Mais avec des défenseurs sur les remparts, le coût d'une telle opération serait astronomique.

Dire que les nains avaient bâti cette muraille en onze jours ! Il aurait fallu la moitié d'une année à des humains…

Le mur terminé, on dressa le camp à son pied.

Tuft vit les bâtisseurs se transformer en guerriers de Kal-Thax. Les nains rangèrent leurs outils et revêtirent leurs armures. Ainsi équipés, ils avaient l'air aussi farouches que Derkin Mainmartel.

Une centaine de livres de plastron, de heaume et de bouclier ne les gênaient pas. Même en tenue de combat complète, un nain semblait aussi à l'aise et agile qu'avec un kilt et une chemise. A pied ou à cheval, un guerrier nain portait son armure comme si elle faisait partie de lui.

Le Cobar étudiait les guerriers quand une voix profonde demanda :

— Qu'est-ce qui te fait sourire, humain ? Mon peuple, peut-être ?

Derkin était à côté de lui, les poings sur les hanches.

Il n'y avait pas la moindre trace d'amusement dans ses yeux pensifs.

— Non, répondit Tuft. Je me disais que tes guerriers ont fière allure.

— Alors pourquoi souriais-tu ?

Le Cobar montra du doigt un groupe de nains qui passaient.

— Même en armure, ils sont silencieux. Ça fait des années que mes hommes et moi combattons les soldats de l'empire. Ces lourdauds font tellement de bruit en se déplaçant qu'on les entend à un quart de lieue à la ronde.

— Si tu trouves ça amusant, tu auras bientôt l'occasion de te divertir, dit Derkin. Les tambours ont parlé. Le bataillon de cavalerie est revenu à Klanath. Il sera bientôt devant notre mur. (Il jeta un coup d'œil par-dessus son épaule et sourit :) Mes guetteurs disent que les cavaliers sont moins nombreux. Et que certains sont à pied.

Au matin, après avoir subi les foudres de Kane, le commandant Gart et ses hommes quittèrent Klanath avec de nouvelles montures. Un coup de tonnerre leur fit lever la tête, mais ils ne virent rien d'anormal et continuèrent leur chemin. Ils venaient d'entrer dans le col quand un des cavaliers de tête fit tourner bride à sa monture et approcha de son chef.

— Il y a quelque chose dans le col, dit-il. J'ignore ce que c'est.

— Première unité, allez voir ! ordonna Gart.

Trente cavaliers partirent en reconnaissance. Les autres attendirent un long moment. Puis un des éclaireurs revint au galop.

Les yeux écarquillés, il salua et dit :

— Un mur de pierres, commandant ! Il est immense ! Quelqu'un nous a dit de faire demi-tour et de ne jamais revenir.

— Qui ?

— Je l'ignore. Le reste de l'unité a continué d'avancer, pour essayer de le savoir. Le lieutenant m'a envoyé au rapport.

— Un mur ! grogna Tulien Gart.

Il fit signe à ses hommes de le suivre et éperonna sa monture.

C'était bien un mur, avec des remparts au sommet et une porte fermée au milieu.

Alors qu'il approchait, Gart entendit le lieutenant de la première unité crier :

— Vous ne pouvez pas construire un fichu mur au milieu du col sans en avoir reçu l'ordre du seigneur Kane ! Qui croyez-vous être ?

— Nous savons exactement qui nous sommes ! Et nous savons aussi qui vous êtes. Fichez le camp !

Jurant tout haut, Tulien Gart porta son cheval à la hauteur de celui du lieutenant et lui demanda :

— Qui est là-haut ? Vous, là-haut ! Identifiez-vous !

Une silhouette coiffée d'un heaume brillant se campa sur les remparts.

— Qui me demande ?

— Tulien Gart ! Je commande ce bataillon pour le seigneur Sakar Kane, prince de Klanath, sur ordre de notre illustre empereur Quivalin Soth V ! Maintenant, répondez-moi !

— Je m'appelle Mainmartel ! Et je suis ici parce que je l'ai choisi ! C'est la frontière de Kal-Thax et, comme vous le voyez, elle est fermée ! Partez !

— La frontière de quoi ? cria Gart. Ces terres appartiennent au seigneur Kane !

— C'est faux !

— Chef, dit un lieutenant, derrière vous, les hommes ont un bon angle de vue. Ce sont des nains.

— C'est exact ! Nous sommes des nains. Ce mur marque la frontière de Kal-Thax, le royaume des nains. Pour la dernière fois, partez !

Gart mit une main en visière, pour se protéger du soleil. Plusieurs heaumes étaient visibles, ainsi que les pointes de nombreuses armes.

Se retournant sur sa selle, le commandant appela :

— Archers ! En avant !

Une unité d'archers avança.

— Vous êtes sur le point de faire une grave erreur, commandant !

Ignorant le nain, Gart ordonna :

— Archers ! Nettoyez ce mur !

Une centaine d'arcs vibrèrent. Mais les heaumes avaient disparu derrière un rempart de boucliers. Puis, les frondes et les arbalètes naines canardèrent les archers. Plusieurs tombèrent. Beaucoup furent piétinés ou écrasés dans la panique qui s'ensuivit.

Tulien Gart n'avait pas bougé, ne quittant pas des yeux le heaume du nain qui disait s'appeler Mainmartel.

La voix profonde résonna de nouveau.

— Entendez la parole de Mainmartel, humains, et allez la répéter à votre maître ! Kal-Thax commence ici ! A partir de ce jour, ce territoire est fermé à vous et à vos congénères. Kal-Thax appartient aux nains, pas aux humains !

« Si vous nous laissez tranquilles, nous ferons de même ! Mais si vous nous attaquez, nous riposterons ! Partez et ne revenez plus !

A contrecœur, Gart fit volter sa monture et conduisit ses hommes à quelques centaines de pas – hors de portée des arbalètes et des frondes – mais pas plus loin. Quelques minutes plus tard, des humains revinrent à pied et avec des brancards. Ils s'attendaient à se faire tirer dessus, mais les nains se contentèrent de les regarder ramasser leurs morts et leurs blessés.

Sur les remparts, Tuft souffla à Derkin :

— Tu ferais bien de leur dire d'emporter leurs chevaux, ou ils vont les laisser là.

— Nous gardons les chevaux morts, déclara Derkin. Leur viande nous nourrira deux ou trois jours.

Le Cobar regarda le nain, à la fois étonné et choqué.

— Vous… vous mangez de la viande de cheval ?

— De la viande, c'est de la viande. Voilà le genre de chose qu'on apprend dans un enclos à esclaves.

Les humains s'éloignèrent, mais le bataillon ne fit pas mine de vouloir retourner à Klanath.

— Ils ne partent pas, dit Calan.

— Je n'ai jamais cru qu'ils le feraient, répondit Mainmartel. Leur commandant ne peut pas abandonner la partie si facilement.

Les humains s'activèrent toute la matinée.

— Ils fabriquent un bélier, dit dédaigneusement le vieux Calan.

— La porte résistera-t-elle ? demanda Tuft Largeterre.

— Fabriquer un bélier est une chose, dit Derkin. L'amener assez près en est une autre.

A plusieurs centaines de pas du mur, les soldats se placèrent le long du tronc fraîchement coupé et le soulevèrent avec des harnais. Sur un ordre de Tulien Gart, ils partirent au pas de course.

Les nains les laissèrent approcher à cinquante pas, puis pointèrent leurs arbalètes et leurs frondes. Voyant ses hommes hésiter, Gart se tourna vers un des clairons.

— Rappelez-les.

Soulagés, les soldats firent demi-tour.

— Il va essayer un bélier protégé, dit Derkin.

Une heure plus tard, les soldats revinrent avec des boucliers, lui donnant raison.

— Et maintenant, que vas-tu faire ? demanda Tuft.

— Regarde, répondit Derkin.

Alors que le bélier approchait, un panneau monté sur des charnières s'ouvrit en bas de la porte. Des arbalétriers se placèrent derrière. Voyant cela, les hommes hésitèrent. L'un d'eux trébucha, trois chancelèrent, puis tous tombèrent, entraînés par le poids du tronc d'arbre. Leurs boucliers s'écrasèrent sur le sol.

De l'ouverture, une voix cria :

— Levez-vous et fichez le camp ! Laissez le tronc, vous n'en aurez plus besoin !

Les soldats se débarrassèrent de leurs harnais et se remirent debout.

— Laissez vos boucliers ! Ils remplaceront les carreaux que nous avons perdus !

Les humains s'en allèrent.

— Dites-le à votre commandant : si vous êtes encore en vie, c'est parce qu'aucun de nous n'a été blessé ! cria Derkin dans leurs dos.

La porte s'ouvrit et des dizaines de nains sortirent, couverts par leurs camarades, sur les remparts. Ils ramenèrent de leur côté les chevaux et les boucliers avant que les soldats n'aient eu le temps de rejoindre leur bataillon.

Le soir, alors que les ombres s'épaississaient dans le col, des projectiles ricochèrent contre le haut du mur. Les soldats humains s'étaient faufilés sous les buissons et dans le bosquet de conifères et décochaient leurs flèches.

Accroupis derrière les remparts, Derkin et ses nains attendirent. Quand l'obscurité vint, les archers n'avaient pu toucher aucun de leurs ennemis.

Lorsque les attaquants se retirèrent, Derkin descendit parler à Vin l'Ombre.

— Tu sais ce que tu as à faire, lui dit-il.

— Nous pourrions les amocher davantage, répondit Vin.

— Non. (Derkin secoua vigoureusement la tête.) Tu as entendu ce que j'ai dit à leur commandant. Leurs flèches n'ont blessé aucun des nôtres.

Vin fit signe à une douzaine de Daergars. Ils enlevèrent leurs masques, révélant les yeux immenses propres à leur clan, puis prirent des torches, des flasques d'huile et du petit bois et sortirent. Quelques minutes plus tard, ils furent de retour...

Et le bosquet flambait.

Cela dura deux jours de plus, Gart essayant par tous les moyens de passer le col.

La nuit, il envoya des hommes escalader le mur, mais ils furent des cibles faciles pour les Daergars. Quand les humains envoyèrent un bélier porté par deux chevaux lancés au galop, les nains jetèrent sur leur passage des ballots de paille enflammés. Les dégâts qu'ils firent dans le camp humain furent spectaculaires.

Au matin du quatrième jour, quand la patrouille envoyée par Kane approcha du col, Gart songea qu'il était temps pour lui de retourner à Klanath. Le prince pourrait peut-être déloger les nains de Tharkas. Lui s'avouait vaincu.

Avant de partir, Gart monta sur son cheval et avança vers le mur.

— Mainmartel ! appela-t-il.

La silhouette coiffée du heaume brillant apparut.

— Je suis là, commandant.

— Je retourne à Klanath. Je communiquerai votre message au seigneur Kane, même si c'est la dernière chose que je dois faire. Mais par curiosité : qui diable êtes-vous ?

— Ça semble plutôt évident. Le Maître de Tharkas !

Alors que le commandant tournait bride et s'éloignait, la porte s'ouvrit pour laisser sortir les prisonniers humains de Tharkas. Sur le mur, les nains éclatèrent de rire en voyant la réaction de Tulien Gart, qui éperonna son cheval et s'éloigna le plus vite possible. Quoi qu'ils fassent, les pauvres sentiraient le gobelin pendant des semaines !

Derkin Mainmartel se tourna vers le Cobar, debout près de lui.

— Ce commandant est un bon soldat, dit-il.

— Je suis d'accord avec toi, fit Tuft. Tulien Gart est un vrai soldat. Je pourrais avoir de l'admiration pour lui. Il fait bien son boulot, mais il travaille pour le mauvais employeur.

QUATRIÈME PARTIE

LE MAÎTRE DE KAL-THAX

CHAPITRE XVI

LE TOURNANT DE LA GUERRE

La nouvelle que lui apporta le commandant de son troisième bataillon de cavalerie mit Sakar Kane dans une rage folle. Des nains refusaient l'entrée de *ses* troupes sur *ses* terres !

— Vous me dites qu'un bataillon entier n'a pas réussi à écraser une bande de nains stupides cachés derrière un simple mur ? cria le prince de Klanath, les yeux flamboyant de colère.

Au garde-à-vous, son heaume à cimier au creux du bras, Tulien Gart s'était depuis longtemps résigné aux conséquences de ses révélations. Les cernes de ses yeux lui donnaient un air fatigué... mais pas vaincu. Il soutint le regard brûlant de son seigneur.

— Oui, messire. J'ai tout essayé, sauf envoyer à la mort mon bataillon entier. Leur mur n'a rien de « simple ». Et quant aux nains qui le défendent, ils sont loin d'être « stupides ». Ils sont bien armés, disciplinés et prêts à tout pour ne pas céder de terrain.

— Mais ce « terrain » est à moi ! (Kane commença à arpenter la salle d'audience. Il se tourna vers le commandant, pointant sur lui un index accusateur.) Rappelez-moi ce que ce nain vous a dit.

— Oui, messire. Il s'appelle Mainmartel. Selon lui, son mur est la frontière de Kal-Thax...

— Kal-Thax ?

— D'après mes secrétaires, messire, c'est un terme nain signifiant « forge froide ». Mais il peut se traduire aussi par « terre des nains ».

— Continuez…

— Mainmartel a dit que le mur représentait la frontière de Kal-Thax et qu'il était fermé à tous sauf aux nains. Si nous fichons la paix aux nains, ils nous ficheront la paix. Mais si nous les attaquons, ils riposteront.

— Et avez-vous vérifié ses propos ?

— Cela m'a coûté quarante-neuf hommes, messire. Et pour ce que j'en sais, Mainmartel n'en a perdu aucun.

— Pour qui ce nain se prend-il ?

— Je lui ai posé la question, messire. Il a dit qu'il était le Maître de Tharkas.

Le seigneur Kane se tourna vers le commandant et lui jeta un regard noir.

— On dirait que vous admirez ce nain. Seriez-vous un traître, Tulien Gart ?

Gart pâlit sous l'insulte, mais son expression resta neutre.

— Non, messire. J'ai fait tout ce qui était en mon pouvoir pour servir loyalement et honorablement Votre Altesse.

— Allez au diable avec votre honorabilité ! Je veux que vous débarrassiez le col de ces nains ! J'entends les voir morts ou enchaînés ! Il faut que ce maudit mur soit réduit en miettes ! Et surtout, je veux la tête de Mainmartel au bout d'une pique, est-ce clair ? Obéirez-vous à mes ordres ?

— Je mettrai tout en œuvre pour ne pas vous décevoir, messire. Mais avec un seul bataillon, ce ne sera pas possible.

— Et pourquoi pas ?

— Il me faudrait une armée, messire, et de quoi assiéger le mur.

On frappa à la porte de la salle d'audience ; Kane se retourna au moment où un messager entrait.

— Si cette interruption n'est pas justifiée, cria le prince, je vous fais éviscérer sur-le-champ !

Le jeune homme écarquilla les yeux de terreur.

— Je…, déglutit-il. Je… euh…

— Vite !

— Votre Altesse, un… un émissaire exige d'être reçu immédiatement.

La porte s'ouvrit en grand et une silhouette encapuchonnée entra.

— Je délivrerai moi-même mon message, dit le nouvel arrivant en abaissant son capuchon.

Le seigneur Kane le regarda fixement.

— Dreyus…, souffla-t-il.

— Oui, Votre Altesse. (L'homme s'inclina distraitement.) J'ai chevauché douze jours et tué quatre chevaux pour arriver à Klanath, alors je n'attendrai pas que vous me donniez audience.

Le seigneur Kane regarda un long moment l'émissaire de l'empereur, puis il soupira. Comme tous les Ergothiens, Sakar Kane éprouvait une peur viscérale en présence de Dreyus. On murmurait que Quivalin Soth prenait garde à ne jamais le fâcher – même si personne ne les avait jamais vus ensemble. Même si Dreyus n'était pas un magicien reconnu, il avait indéniablement des pouvoirs. On le voyait peu à la cour, pourtant il savait toujours ce qui s'y passait. Et s'il n'avait pas de titre officiel, il représentait très souvent l'empereur.

Nul n'avait d'autorité sur lui, pas même Quivalin Soth.

Le prince de Klanath invita Dreyus à l'accompagner dans un coin du Grand Hall.

— L'éminent Dreyus est toujours le bienvenu à Klanath. Mais vous m'avez pris au dépourvu. Je vous croyais au côté de Giarna.

Dreyus secoua la tête.

— La campagne du général contre les elfes a été un échec et Giarna est… (Il marqua une pause, jetant un regard en coin à Tulien Gart.) Qui est-ce ?

— Personne, Eminence, répondit le seigneur Kane, d'un

ton signifiant qu'il avait oublié la présence de Gart. Veuillez disposer, commandant. Vous êtes consigné ici jusqu'à nouvel ordre.

— Bien, messire.

Gart salua, puis se dirigea vers la porte d'un pas raide. Le battant s'ouvrit devant lui. Les gardes de Kane l'attendaient. Le prince n'en avait pas encore fini avec lui et il resterait sous bonne garde.

Avant que la porte se referme, Gart entendit Dreyus dire à Kane :

— Giarna a perdu la campagne de l'Est. Nos légions ont été mises en déroute à Sithelbec et je…

Il n'entendit pas la fin de la phrase. La guerre était-elle finie ? Les paroles qu'il avait surprises le laissaient perplexe. Si le « jeune général » avait été vaincu, cela signifiait-il que l'empereur devait faire une croix sur ses rêves de conquête ? Un instant, le commandant fut soulagé. Puis il revint à la réalité. Non, Quivalin Soth ne renoncerait pas si facilement. Quoi qu'il arrive, la guerre reprendrait.

Dehors, Gart leva des yeux surpris. Quand il était entré, le soleil brillait et le ciel était bleu. Maintenant, il était obscurci par de gros nuages menaçants.

— Giarna est un grand général, dit Dreyus à Kane. Mais à la fin, il a manqué de discernement. Il a négligé de tenir compte de la ténacité des elfes, oubliant que tous ne sont pas des habitants des forêts. Les elfes occidentaux savent se battre comme les hommes des plaines. Ils contrôlent même les griffons, semble-t-il. Et le général a été trahi par une femme. Sa putain, Suzine.

— Suzine des Quivalin ? (Le seigneur Kane écarquilla les yeux.) Une parente de sa Majesté…

— Assez ! cria Dreyus. Cette femme n'a pas de famille ! Est-ce bien clair ?

— Très clair. La campagne…

— Elle continue. Giarna a échoué, mais pas l'empire. En

ce moment, les troupes éparpillées sont rassemblées dans les plaines pour attendre mon retour du Daltigoth. Ce qui m'amène à la raison de ma présence ici. Nous allons avoir besoin de vos services, *prince* Kane. Klanath devra jouer son rôle dans la campagne à venir.

— Je suis au service de l'empereur. Comme vous devez le savoir, j'ai réussi à garder les routes ouvertes et à améliorer le rendement des mines en dépit de quelques petits problèmes.

— Quelques *petits* problèmes, railla Dreyus. C'est comme ça que vous appelez le fait de perdre des milliers d'esclaves et de laisser des pillards attaquer les caravanes de l'empire ?

— J'ai réparé mes erreurs. Les coffres de l'empire n'ont pas souffert de la révolte des esclaves. Et quant aux raids…

Dreyus leva la main, coupant court à ses explications.

— Assez ! Je sais tout ça et je ne suis pas là pour vous blâmer. Vous avez prouvé que vous étiez un bon sujet impérial… ou un des plus chanceux. Peu importe ! Ce qui compte, c'est que vous participiez à mes conquêtes…

— *Vos* conquêtes ?

— Quand je reviendrai du Daltigoth, je prendrai la tête de nos armées et je mettrai un terme à la résistance des tribus barbares et des elfes. Je… *nous* ne confierons plus cette tâche à nos généraux.

— Je vois. (Kane frappa dans ses mains ; un serviteur apparut, leur servit du vin et se retira.) Et quel sera mon rôle, éminence ?

— Klanath sera mon quartier général pendant les opérations. Vous aurez le privilège d'être mon hôte. Une des erreurs de Giarna fut de se servir de Klanath comme dépôt et étape de repos pour ses renforts. Ça a donné un avantage considérable à nos ennemis. Je ne leur laisserai pas cette chance.

Dreyus prit son gobelet et le vida d'un trait. Il s'agissait d'un vin épicé rafraîchi avec des copeaux de glace provenant des sommets de Klanath. Mais l'émissaire de l'empereur le but comme une vulgaire bière.

— Peu après mon retour au Daltigoth, vous verrez arriver des caravanes avec ce qu'il me faut pour ma campagne. Je compte sur vous pour tout trouver intact quand je reviendrai.

Le seigneur Kane hocha la tête.

— Et vous allez fermer vos mines, ajouta Dreyus.

— Fermer les mines ?

— Oui. Vous ordonnerez que vos esclaves ramassent des pierres pour nous construire des quartiers. Ils devront être prêts pour notre retour, selon les plans que vous recevrez avec la première caravane. Est-ce bien clair ?

— Limpide, éminence. Et quand reviendrez-vous ?

— Au printemps. Au plus tard en été. Quand je serai prêt. Et vous serez prêt à me recevoir.

— A vos ordres.

— Pendant ma campagne, et ce jusqu'à ce que l'empire s'étende jusqu'à Silvanost, vous gouvernerez Klanath à ma convenance. Me suis-je bien fait comprendre ?

Le seigneur Kane était fou de rage, mais il réussit à parler d'une voix neutre. Tout ce qu'il avait entendu dire au sujet de Dreyus était vrai...

— Parfaitement, répondit-il.

— Je... sa majesté l'empereur et moi, vous tiendrons pour responsable. (L'affaire étant réglée, il se détendit.) Nous ne ferons pas deux fois la même erreur. Nous ne nous laisserons pas retarder par une chaîne de ravitaillement interrompue, par des traîtres dans nos propres lits, par des orages apparus de nulle part, par des griffons ou par des nains...

— Des nains ?

— A Sithelbec, une légion de nains a combattu aux côtés des elfes et des barbares. Encore une surprise pour Giarna.

Quand Dreyus fut parti, le seigneur Kane arpenta le Grand Hall, bouillant de colère. Fermer les mines ! Sans elles, sa fortune fondrait comme neige au soleil. Mais il n'avait pas le choix. Ce que Quivalin Soth voulait, il l'avait. Et nul doute que Dreyus était le porte-parole de l'empereur.

L'homme avait une forte présence. Un peu comme s'il était Quivalin Soth en personne.

Le pire, c'était que Dreyus avait exigé que la région de Klanath soit entièrement sous contrôle…

Des nains avaient combattu à Sithelbec. Maintenant, si on en croyait Tulien Gart, une armée de nains campait dans le col de Tharkas, à quelques lieues de Klanath. Il devait faire quelque chose, et vite.

Il se félicita d'avoir placé le troisième bataillon sous bonne garde. Ainsi, Dreyus n'entendrait pas parler de ce nouveau désastre. C'était à lui, et à lui seul, de régler le problème.

Dans une clairière, au sein du camp des Elus, Despaxas et Calan Orteildargent étaient assis face à face. Le vieux nain observait l'elfe pendant qu'il regardait dans son bol.

Le nain finit par s'impatienter.

— Alors, que dit-il ?

Despaxas leva un regard innocent.

— Il ne « dit » rien. Tu sais que ça ne fonctionne pas comme ça.

— Je me fiche de la manière dont ça fonctionne ! Je veux juste savoir ce que tu as appris.

— Kith-Kanan et ses alliés ont vaincu l'empire à Sithelbec.

— Tu m'as déjà dit ça il y a une semaine ! Qu'y a-t-il de nouveau ?

— Giarna est en disgrâce.

— Bien. Aucun homme ne mérite ce sort davantage que lui. Alors, la guerre est finie ?

— Non. L'empereur a nommé un autre général. C'est ça qui me laisse perplexe. Je sais que c'est fait, mais j'ignore qui c'est. Il y a quelqu'un… Mais c'est comme s'il n'y avait personne. Comme si la présence était… ailleurs.

— Ça n'a pas de sens.

— D'une certaine façon, si. Il y a trois ans, j'étais dans les Plaines Chantantes avec Kith-Kanan. Ses elfes fortifiaient un village. Giarna était à vingt lieues de là, avec son armée, et je suis allé l'espionner. Zéphyr m'a accompagné. Il y avait un autre humain, avec Giarna... Un émissaire de l'empereur appelé Dreyus. Je l'ai vu, mais Zéphyr en a été incapable. Pour lui, il n'y avait personne.

— De la magie, grogna Calan.

— Oui, de la magie. Mais pas une que je connais. Je me demande si le nouveau général des armées n'est pas Dreyus...

L'elfe plongea son regard dans le bol, puis le vida et le rangea.

— Je dois retourner auprès de Kith-Kanan, annonça-t-il.

De sa main unique, Calan le retint par la manche de son manteau.

— Attends un peu ! Tu veux dire que tu vas partir ? Comme ça ?

— On n'a plus besoin de moi ici. La situation est entre de bonnes mains. (Il regarda le moignon, seul vestige du bras de Calan.) Entre *une* bonne main.

Il posa la main sur l'épaule du vieux nain. Un instant, Calan crut lire de la tristesse dans les yeux de l'elfe, comme s'ils n'étaient plus appelés à se revoir.

Despaxas tourna les talons et s'éloigna.

Il dut traverser la moitié du camp pour trouver Tuft Largeterre.

— Va chercher ton cheval, humain. Il est temps de partir. Ton peuple doit avoir besoin de tes talents de chef... s'il s'est aperçu de ton absence.

— Tu es vraiment fou, répondit le Cobar. Ne devrions-nous pas dire au revoir à Derkin ?

— Pourquoi ? Il verra bien que nous sommes partis.

— J'aimerais lui souhaiter bonne chance. Et tu devrais faire pareil. Il a réalisé de grandes choses.

— La tâche de Derkin – ou son épreuve – ne fait que

commencer. Nous partons maintenant, humain. J'ai soulevé
le voile sur une partie de l'avenir. Mais je ne peux pas aider
Derkin Mainmartel. Il doit accomplir son destin.

— Si tu sais quelque chose qui pourrait l'aider, tu dois lui
en parler, dit le Cobar en fronçant les sourcils.

De nouveau, de la tristesse voila le regard de l'elfe, mais
elle fut très vite remplacée par une froide détermination.

— Fais-moi confiance, Tuft Largeterre. Nous devons
partir.

Le Cobar hésita. Despaxas avait le don de le déconcerter.
Mais il s'était déjà fié au drôle d'elfe dans le passé et il
n'avait jamais eu à le regretter.

— Très bien. Je vais chercher mon cheval. Mais que je
sois pendu si je suis en selle au moment où tu jetteras ton
sort !

CHAPITRE XVII

LA VENGEANCE DU SEIGNEUR KANE

Les Elus ne virent pas un seul soldat de l'empire dans le col de Tharkas pendant les semaines qui suivirent le départ du troisième bataillon.

Les guetteurs de Derkin postés sur les versants, autour de Klanath, rapportèrent une étrange activité. Les mines avaient été fermées. Les esclaves travaillaient désormais dans des carrières de pierre à la construction de nouveaux bâtiments. Des équipes de bûcherons faisaient des allers-retours entre la cité et les forêts, au nord, pour rapporter des centaines de troncs.

A croire que les humains construisaient une seconde forteresse.

Derkin Mainmartel dut admettre que tout cela le laissait songeur. Ce que les humains faisaient à Klanath ne le regardait pas, mais il était surpris qu'ils n'essaient pas de reprendre le col de Tharkas. Il n'était pas dans les habitudes de Kane d'ignorer le genre de défi que lui avaient lancé les nains. Cet homme ne savait pas perdre !

Les Elus étaient de plus en plus nerveux, ajoutant aux inquiétudes de Derkin. Depuis que le mur était en place, ils n'avaient plus rien à faire et se tournaient volontiers vers leur deuxième occupation favorite : se battre. Des bagarres avaient éclaté, simplement parce qu'ils s'ennuyaient.

Derkin avait hâte de laisser le mur derrière lui et de

retourner dans les montagnes avec ses nains. Là ils pourraient joindre leurs efforts à ceux de leurs congénères pour
chasser, planter, moissonner, garder le bétail et construire.

Le mur n'était qu'un symbole. Une manière de dire à
ceux qui voulaient franchir le col que les terres situées au-
delà appartenaient à quelqu'un. Ils avaient dû le bâtir et ils
avaient attendu avec impatience que les humains essaient de
le détruire.

Mais Derkin n'avait pas l'intention de passer des mois ou
des années à Tharkas. Il avait bien mieux à faire. Une
grande nation naine avait été fondée des siècles plus tôt dans
ces montagnes. Aujourd'hui, elle devait y être réunie.

Dans ses rêves, Derkin voyait un avenir où les Neidars de
Kal-Thax pourraient vivre en sécurité là où ils voulaient,
avec des champions prêts à venir à leur secours au moindre
danger. Les Elus ! Ils seraient l'armée de Kal-Thax et servi-
raient les nains comme les Holgars avaient juré de le faire.

Il avait peu d'espoir que Thorbardin rouvre ses portes et
redevienne le cœur de Kal-Thax. Dans la forteresse, les
Dunbarth Poucedefer et les Jeron Cuirrouge étaient rares.

Si Kal-Thax devait redevenir un royaume, c'était aux
Elus de s'en charger.

Mais ce silence était agaçant. Le seigneur Kane n'était
pas venu à la tête de son armée pour les essayer de les écraser… Il n'avait rien fait du tout !

Chaque soir, le vent qui s'engouffrait dans le col était
plus froid que la veille. Chaque matin, le sol était gelé.
L'hiver approchait à grands pas. Derkin et ses nains piaf-
faient d'impatience.

Enfin, quatre semaines après le départ du troisième
bataillon, les roulements de tambours prévinrent les nains
d'une arrivée imminente. Un petit groupe de cavaliers approchait de la frontière.

Derkin monta sur les remparts. Des soldats impériaux
avançaient sous la bannière de Klanath. Mais ils n'étaient
que douze.

Alors qu'ils approchaient, Derkin reconnut l'homme qui chevauchait en tête : Tulien Gart. Il décida de sortir pour le rencontrer – accompagné des Dix.

Voyant les nains ouvrir la porte et venir vers eux, Tulien Gart ordonna à son escorte de faire halte. Puis, levant la main droite, paume tournée vers l'extérieur, il continua seul.

— Je m'appelle Tulien Gart, dit-il. J'ai un message pour Mainmartel.

Le nain fit un pas en avant. Gart reconnut le heaume poli et le manteau écarlate.

— Je vous reconnais, dit-il de la voix que l'humain n'avait pas oubliée. Je suis Mainmartel.

— J'ai répété votre message à mon prince, le seigneur Kane. Il m'envoie avec sa réponse. Le seigneur Kane refuse de reconnaître vos droits sur les terres que lui a données l'empereur. Mais il ne souhaite pas non plus s'engager dans des combats. Donc il vous propose une trêve.

— Une trêve ? (Mainmartel fronça les sourcils ; Gart remarqua que les Dix, derrière lui, levaient leurs boucliers, comme s'ils s'apprêtaient à tirer leurs épées. Mais il leur fit signe de se détendre.) Quel genre de trêve ?

— Le seigneur Kane veut votre parole que vous resterez au sud de… euh… votre frontière et que vous ne marcherez pas sur Klanath. Au moins pas avant que vous ne soyez convié à des négociations.

— J'aimerais beaucoup m'entretenir avec le seigneur Kane, répondit Mainmartel. La possession de Kal-Thax n'est pas ouverte aux négociations, mais nous pourrions passer certains accords…

— Puis-je dire au seigneur Kane que j'ai votre parole d'honneur, vos nains ne franchiront pas votre frontière ?

— Qu'offre-t-il en échange ?

— Son Altesse vous donne sa parole d'honneur que ses hommes n'essaieront pas de franchir le col.

— Et quand les négociations auront-elles lieu ?

— Pas avant le printemps, répondit Gart. Le seigneur Kane a reçu des ordres de l'empereur et il est très occupé.

— L'ordre de bâtir une autre forteresse, peut-être ?

Gart cligna des yeux puis sourit.

— Vous savez donc ce qui se passe de notre côté de la frontière ? Oui, ça fait partie des ordres qu'il a reçus. Je ne peux pas vous en dire plus.

— Ça ne nous regarde pas…

— Si vous savez ça, c'est que vous avez des espions de notre côté. Or, la requête du seigneur Kane est claire : pas de nain au nord de la frontière… que vous avez vous-même tracée.

— Je respecterai ma parole, dit Mainmartel, aussi long-temps qu'il tiendra la sienne. (Il renvoya les Dix et approcha de l'homme. Quand il fut à quelques pas de lui, il s'arrêta et leva la tête.) Puis-je faire confiance au seigneur Kane, com-mandant Gart ? Lui faites-*vous* confiance ?

Gart hésita.

— Je vais reformuler ma question, commandant. Croyez-vous que le seigneur Kane tiendra parole ?

— Oui, répondit l'humain. Je le pense.

Mainmartel hocha la tête.

— Merci, dit-il. Vous ne vous fiez pas vraiment à l'homme pour qui vous travaillez, mais vous croyez qu'il tiendra parole, pour quelque raison que ce soit… Très bien.

« Dites au seigneur Kane qu'il a la promesse de Main-martel. Nous négocierons au printemps. Et je vais rappeler mes guetteurs. Ce que vous faites ne nous regarde pas.

Le nain tourna les talons et s'éloigna. Gart le regarda partir, se demandant comment il pouvait être aussi perspi-cace et faire aussi aveuglément confiance à un être qui le haïssait. Mainmartel allait-il vraiment rappeler ses espions ?

Si j'étais lui, le ferais-je ? se demanda Gart.

Le commandant espérait sincèrement que Kane tiendrait parole. Le nain ne se trompait pas : il se méfiait de Sakar Kane.

Calan Orteildargent n'en crut pas ses oreilles quand il entendit la promesse qu'avait faite Derkin.

— Tu ne vas pas vraiment rappeler nos guetteurs ?

— J'ai donné ma parole, répondit Derkin. Ils sont à deux lieues au nord des terres que *nous* revendiquons. (Il se tourna vers le tambour le plus proche.) Rappelle les sentinelles.

Alors que les roulements de tambours faisaient vibrer la pierre, Calan continua de protester.

— C'est une grave erreur, cria-t-il, le nez à deux pouces de celui de son chef. Tu ne peux pas faire confiance aux humains !

— Si j'attends de Kane qu'il tienne ses promesses, je dois tenir les miennes ! répliqua le Hylar. D'ailleurs, l'hiver approche. Ce col ne lui servira à rien avant le retour du printemps.

Le vieux manchot et les Dix sur les talons, le Maître de Tharkas traversa son camp. Où qu'il regardât, Derkin vit les traces du mécontentement de ses nains : là un nez cassé, là un œil poché, ici un bras en écharpe… Ils étaient inactifs depuis quelques semaines et ils se querellaient déjà au sujet de tout et de rien.

— Notre pire ennemi, c'est l'ennui, marmonna-t-il. Nous sommes comme ça. (Il se tourna vers son escorte.) Dites aux Elus de plier bagage. Je veux qu'ils soient prêts à partir dès le retour des guetteurs.

— Où allons-nous ? demanda Calan.

— A la maison, répondit Derkin. Nous rentrons à Forgepierre. Du travail nous y attend. Si nous restons ici plus longtemps, nous nous entre-tuerons.

— Et le col ? demandèrent en chœur Calan et Tap.

— Je resterai avec quelques hommes jusqu'aux premières neiges. Après, le col se gardera tout seul jusqu'au printemps. Vin l'Ombre ramènera les Elus à Forgepierre. Nous le rattraperons en route.

— Tu es fou, Derkin ! dit Calan.

— Je sais ce que j'ai à faire. Si nous restons là plus longtemps, les Elus ne se comporteront pas mieux que ces idiots de Thorbardin !

Avant que Tulien Gart revienne de Tharkas, les guetteurs de Klanath virent du mouvement dans les montagnes. Grâce aux longues-vues hylars prises au cours de leurs pillages, ils observèrent les nains. Ils repartaient vers le sud, empruntant des pentes terriblement escarpées.

— Mon messager a bien fait son travail, dit Sakar Kane quand il reçut le rapport. Les nains ont rappelé leurs espions. (Il traversa la pièce et ouvrit la porte.) Capitaine !

Le capitaine de sa garde personnelle entra.

— Préparez les engins, Morden. Nous avançons sur Tharkas.

— Les nains ont cru à votre trêve ?

Le visage balafré de Morden se fendit d'un sourire mauvais.

— Je savais que mon plan fonctionnerait. Quand Gart m'a décrit leur chef et m'a dit que c'était un Hylar, je me suis rappelé que ces imbéciles avaient de grotesques principes chevaleresques et une conception de l'honneur aussi stupide que celle de nos chevaliers. C'est pour ça que j'ai envoyé Gart avec mon message. Il croit à ces fadaises… et il s'imagine que je tiendrai mes promesses.

— Le commandant aura une attaque quand il verra les engins de siège.

— Je crois me rappeler que c'est à Gart que vous devez votre balafre.

— Et il me paiera ça !

— Ce jour est peut-être arrivé. Gart ne m'est plus d'aucune utilité.

Il n'y avait plus que six cents nains au col de Tharkas quand les engins de siège apparurent entre les flancs des montagnes et s'arrêtèrent à cent pas du mur. Derkin avait envoyé les Elus vers le sud, à Forgepierre. Les Dix, la compagnie de rouges et gris et une cinquantaine de volontaires étaient restés avec lui.

Trois bataillons de soldats humains et un millier de fantassins sortirent de la brume.

— Je t'avais prévenu !

— Le messager était sincère, répondit Derkin.

— Peut-être, mais pas son maître ! lança Tap.

Les humains mirent leurs catapultes en position pendant que d'autres faisaient avancer les chariots qui transportaient les pierres. Sur le mur, les frondes et les arbalètes naines sifflèrent. Seuls quelques humains tombèrent, ce qui ne fit pas une grande différence.

La première catapulte tira. Deux cents livres de pierre fendirent l'air en sifflant et s'écrasèrent contre le haut des remparts. L'impact arracha des éclats au mur et fit tomber plusieurs nains.

— Descendez ! cria Derkin. Tout le monde à l'abri au pied du mur !

Tous les nains obéirent. Un autre projectile s'écrasa contre le mur. Derkin remercia les dieux d'avoir donné à son peuple l'amour des constructions bien faites. Les catapultes pouvaient abîmer leur frontière, mais elles ne la feraient pas tomber.

Des archers avaient pris position entre les engins de siège. Ils décochèrent leurs flèches sur les quelques nains restés en haut des remparts. La plupart des traits ricochèrent sur la pierre, mais ils durent lever leurs boucliers pour se protéger des autres.

— Baisse-toi ! supplia Tap Tolec, prenant Derkin par le bras. C'est toi qu'ils visent !

— Que la rouille les ronge ! Regarde, là-bas, derrière le deuxième engin, c'est Kane en personne !

Derkin emprunta son arbalète à un des Dix, l'arma et visa le chef des humains. Le cavalier placé derrière lui eut la gorge transpercée par une flèche.

— Manqué, grogna Derkin. Donnez-moi un…

— Mainmartel, rugit Tap Tolec. Attention !

Trop tard. Une énorme pierre passa en sifflant au-dessus du mur…

Derkin Mainmartel s'écroula.

Sakar Kane leva le poing.

— Et voilà ! cria-t-il. Leur chef est mort !

Le capitaine Morden plissa les yeux pour mieux voir ce qui se passait, puis il se tourna vers son chef.

— Ils sont protégés, mon seigneur, dit-il. Nos pierres ricochent sur leur mur.

— Alors tirez par-dessus ! cracha Kane. Comme ça, elles écraseront ceux qui sont tapis derrière !

— Oui, mon seigneur.

— Quand vous aurez expédié suffisamment de projectiles pour avoir entamé leurs défenses, envoyez des hommes avec des grappins et des cordes. Il ne doit rester aucun survivant !

Un vent froid soufflait dans les vallées et de lourds nuages cachaient les sommets quand l'arrière-garde de la colonne des Elus entendit derrière elle un cheval lancé au galop. Un cavalier solitaire apparut. Les nains virent qu'il portait les couleurs de la garde personnelle de Mainmartel.

Tap Tolec se laissa glisser du dos de sa monture fourbue. Il avait le bras droit en écharpe et le côté gauche de son visage était couvert de sang séché.

— Faites venir Vin l'Ombre !

Les tambours appelèrent le Daergar. Le Premier des Dix s'assit pour l'attendre.

Vin arriva quelques minutes plus tard.

— Que s'est-il passé, Tap ?

— Cette histoire de trêve était une ruse. Vous n'étiez pas à une demi-journée de marche quand ils nous ont attaqués avec des… catapultes. Nous n'avions pas la moindre chance.

— Et Derkin ? Est-il…

— Nous retournons au col ! ordonna Tap.

CHAPITRE XVIII

LE TEMPS DE LA VENGEANCE

Quatorze nains se serreraient autour d'un feu de camp, partageant les couvertures de trois chevaux fourbus, dans une clairière saupoudrée de neige, à quatre lieues de Tharkas. Certains étant blessés, les autres leur avaient fait des pansements de fortune.

La joue recouverte d'un emplâtre de mousse et de boue, Helta Boisgris était assise sur une pierre. La tête de Derkin Mainmartel sur les genoux, elle lui nettoyait le front et la tempe droite avec un linge humide. Son heaume était tout cabossé, mais il lui avait sauvé la vie. Il avait repris connaissance après être resté inconscient des heures.

Serres Barbechêne, le Troisième des Dix, s'accroupit près d'eux et dit, d'une voix lasse :

— Helta t'a sauvé. Nous sommes tombés et nous étions plus ou moins sonnés. En rampant, je suis passé de l'un à l'autre, pour voir qui avait survécu et essayer de me souvenir de ce qui s'était passé. Quelqu'un a dit que tu étais mort. Alors, Helta et une autre femme ont fendu la foule. Et j'ai vu ton manteau rouge. Tap Tolec était avec elles. J'ai voulu aller les aider, mais une pierre est tombée du ciel. Elle a frôlé Tap, l'envoyant au tapis. La vieille femme a eu moins de chance.

Derkin leva les yeux vers Helta. Une grosse larme roula sur la joue de la jeune fille et disparut dans son cataplasme.

— La pierre est tombée sur Nadeen et l'a écrasée.

— Ce fut la première pierre, mais pas la dernière, dit Serres. Les humains ont visé plus haut et une pluie de rochers s'est abattue sur nous. Je me souviens… (Sa voix se brisa. Il s'éclaircit la gorge.) Tous nos nains essayaient de se serrer contre le mur, montant les uns sur les autres. Alors que j'aidais Tag à se relever, j'ai regardé autour de moi. Helta t'avait tiré cinquante pas en arrière, par un bras. C'était… (De nouveau, sa voix se brisa.) Tap, Cuivre Boissombre et moi avons essayé de vous rejoindre. Cuivre n'est jamais arrivé. Quelques nains montés sur des chevaux nous ont hissés au passage. Nous entendions les pierres continuer de tomber derrière nous. Tous ces morts… Mais nous ne pouvions rien faire.

— Combien s'en sont sortis ? demanda Derkin.

— Ceux qui sont là, répondit Serres, étouffant un sanglot de rage. Nous, et Tap. Il est parti prévenir Vin et les autres. Il a dû les retrouver, maintenant.

— Juste… ceux qui sont là ? souffla Derkin, regardant autour de lui.

— Oui. (Serres secoua tristement la tête.) Nous avions dépassé les cèdres quand j'ai entendu cesser la pluie de pierres. J'ai vu les humains déferler par-dessus le mur et achever les survivants.

Derkin regarda autour de lui.

— Tous les rouge et gris… et Nadeen… Et Calan Orteil-dargent ?

— J'ai vu une pierre l'écraser, répondit Helta.

— Et toi…

Derkin leva la main et retira doucement le pansement qui lui recouvrait la joue. Tressaillant malgré lui, il le remit en place. Helta Boisgris, la plus jolie naine qu'il ait jamais vue, resterait balafrée. Un éclat de pierre lui avait ouvert la joue.

— Kane n'a pas tenu parole, murmura Derkin.

Au même moment, le vent leur apporta le bruit de mil-

liers de nains en marche. Quelques minutes plus tard, Tap et
Vin arrivèrent près de leur chef.

— Mainmartel se remettra, dit Helta. Son heaume l'a
sauvé.

— Son heaume et sa femme, souffla Serres.

Derkin réussit à s'asseoir, puis à se mettre debout. Un instant, il chancela. Finalement, il recouvra son équilibre et, les
poings sur les hanches, regarda son peuple.

— Le seigneur Kane n'a pas tenu parole, dit-il. (Il resta
un long moment perdu dans ses pensées tandis que tous se
rassemblaient autour de lui.) Dorénavant, il y aura trois lois
pour les Elus et une pour nos ennemis. Aucun Elu ne men-
tira à un autre Elu. Aucun Elu n'agira injustement envers un
autre Elu. Aucun Elu ne prendra à un autre Elu ce qui lui
appartient.

— Qu'il en soit ainsi, répondirent des milliers de voix.

— Telles sont nos lois, dit Tap. De bonnes lois, si vous
voulez mon avis. Entre nous pas de mensonge, ni de triche-
rie, ni de vol. Et la quatrième loi, Mainmartel ? Celle pour
nos ennemis ?

— Qu'ils sachent que nous nous vengerons ! Si l'un de
nous est trahi ou tué, ou bien si on pénètre sur notre territoire sans autorisation... Chaque fois qu'on s'attaquera au
peuple de Kal-Thax, nous serons là pour le venger !

— Et comment leur ferons-nous savoir ça ? demanda un
nain.

— Par l'exemple ! répondit Derkin.

Mainmartel laissa deux mille nains dans les montagnes :
les femmes, les enfants, les blessés et quelques guerriers
pour assurer leur protection. Le reste de son armée et lui
firent route vers le nord sous un ciel plombé. Adieu les couleurs vives et les armures soigneusement polies ! Ils avaient
préparé des teintures et des peintures avec de la résine, de la
cendre et de l'essence minérale et portaient tous des tenues
de combat noires, brunes ou grises – les couleurs de leur
colère et de leur détermination.

Dans le col de Tharkas, ils ne trouvèrent aucun survivant. Il ne restait que les corps mutilés et gelés des défenseurs nains. En silence, ils les mirent en terre au pied d'une falaise. Puis Derkin pria Réorx – et tous les dieux dignes de ce nom – d'accueillir ces braves guerriers. Après la cérémonie, des tailleurs de pierre escaladèrent la falaise et la firent s'ébouler sur la fosse.

Derkin remit son heaume, rajusta son armure et monta sur son cheval. Il fallut trois heures à l'armée de nains pour franchir la porte. Le jour commençait à toucher à sa fin quand l'arrière-garde la ferma derrière elle. Les bourrasques glaciales charriaient de la neige.

Derkin n'était pas surpris que les humains aient quitté le col. L'hiver approchait et ils redoutaient les montagnes en cette saison. De plus, Kane était persuadé de s'être débarrassé des nains.

En chemin, Derkin conféra avec ses officiers et avec les sentinelles jadis postées autour de la ville humaine. Au crépuscule, ils arrivèrent sur le plateau qui, de jour, était une des places les plus vivantes de la cité. Comme ils s'y étaient attendus, l'endroit était désert. Par une nuit si froide, les habitants de Klanath se serraient au coin du feu.

Les gardes étaient à leur poste. Mais il n'y en avait aucun sur le Plateau des Abattoirs, où il n'y avait rien à garder.

Baissant les yeux sur la ville, de nombreux nains furent saisis d'un doute. Coin Pierretaillée, un jeune guerrier récemment promu membre des Dix, marmonna :

— C'est si grand… Comment attaquer une telle ville ?

— De la même manière que n'importe quelle grande créature, répondit Serres. On ignore le corps et on vise la tête.

Des ordres circulèrent ; une centaine de Daergars, avec Vin l'Ombre à leur tête, s'avancèrent. Tous avaient été esclaves dans les mines de Klanath et se souvenaient des mauvais traitements qu'ils avaient subis. Ayant retiré leurs masques et enveloppé leurs bottes avec des chiffons pour étouffer le bruit de leurs pas, ils saluèrent Derkin Mainmartel avec leurs épées en acier noir.

Derkin leur rendit leur salut, puis se tourna sur sa droite ; des nains étaient prêts à renverser un sablier géant.

— Une heure de sable, dit-il. Après, nous vous suivrons.

— Ça ira, répondit le Daergar. Avec l'aide de Réorx, ou sans elle, nous aurons dégagé le chemin.

— Pour Kal-Thax, dit Derkin.

— Pour Kal-Thax.

Aussi silencieux que des ombres, les Daergars se faufilèrent vers Klanath.

— Je n'aimerais pas être un garde humain dans une ville obscure, souffla Coin Pierretaillée. On raconte qu'un Daergar peut voir dans l'obscurité la plus totale.

— As-tu remarqué leurs lames ? demanda Serres. Leurs épées noires et incurvées ? Où les ont-ils eues ?

A quelques pas de là, Derkin se retourna :

— Ils les ont toujours eues, enveloppées et dissimulées sur eux. Ce soir, ils les portent à la vue de tous, en l'honneur du seigneur Kane.

— En l'honneur d'un humain ?

— C'est une très ancienne coutume daergar que de porter ces épées. Elles sont aussi légères que des dagues, mais très tranchantes. Une fois qu'elles ont été dégainées, elles ne peuvent pas regagner leurs fourreaux sans avoir fait couler le sang.

— Non, je n'aimerais pas être un garde à Klanath ce soir, marmonna Coin.

Alors que le sable coulait lentement, Klanath continuait de dormir. Aucun clairon ne sonna l'alarme. Rien ne trahissait la présence des Daergars qui sévissaient au cœur de la cité.

Quand le sablier s'arrêta, Derkin sauta en selle puis fit signe aux fantassins de se mettre en marche.

Ils déferlèrent sur la ville sans pousser de cris de bataille.

Mainmartel leur ayant ordonné de garder le silence, les Elus lui obéissaient.

Derkin attendit qu'ils aient atteint les ruelles menant à la forteresse, puis il fit signe aux cavaliers qui descendirent sans précipitation. Quand ils arrivèrent aux abords de la ville, Derkin fit trotter son cheval.

Quelques portes et fenêtres s'ouvrirent et se refermèrent en claquant. Les habitants de Klanath ignoraient ce qui se passait et ils ne voulaient pas y être mêlés.

Derkin aperçut les corps de deux gardes baignant dans leur sang. Plus loin, il en vit une douzaine d'autres. Aucune vapeur ne montait de leurs gorges ouvertes ; ils étaient déjà froids. Les Daergars n'avaient pas perdu de temps.

Plus ils approchaient de la forteresse, plus ils découvraient de cadavres.

— Au galop ! rugit Mainmartel, éperonnant sa monture.

Les trois compagnies franchirent les cent derniers pas, empruntant des rues parallèles, et se rejoignirent devant l'enceinte. Déjà, les fantassins franchissaient les hautes portes. Les cavaliers se penchèrent sur leurs selles, chacun aidant un fantassin à monter en croupe.

Des centaines de soldats sortaient de partout. S'ils n'avaient pas eu le temps de se vêtir, tous brandissaient au moins une épée et un bouclier. Mais face aux nains, des humains encore ensommeillés ne faisaient pas le poids. Une trompette sonna, puis une autre. Des torches furent allumées sur les remparts.

Laissant ses nains s'occuper des soldats, Derkin prit la tête de la charge contre la forteresse. Les gardiens essayèrent de fermer la porte, mais il était trop tard.

Les cavaliers franchirent la herse et pénétrèrent dans la cour.

La garde personnelle de Kane sortit au même moment. Ces soldats, mieux entraînés que les autres, réussirent à tenir plus longtemps contre les nains, leur opposant une farouche résistance.

Derkin était au milieu de la cour quand un garde lança sa pique sur lui. Il sentit le nain assis derrière lui glisser de sa monture. Rétablissant son équilibre, le Hylar flanqua un coup de marteau sur le crâne du piquier.

Puis Derkin regarda autour de lui. Enfin, il vit ce qu'il cherchait. Un groupe d'humains reculait vers une arche de pierre, en bas d'une des tours. Criant aux Dix de le suivre, il fit avancer sa monture puis sauta de sa selle.

— Prenez la porte ! cria-t-il aux Dix.

Mainmartel et sa garde se précipitèrent vers l'arche de pierre. Occupés par les cavaliers, les soldats s'avisèrent de leur présence au moment où ils commencèrent à se frayer un chemin dans leurs rangs. Profitant de leur élan, les onze nains à pied atteignirent la porte en chêne, qui faillit leur claquer au nez. Mais un guerrier se jeta en travers, l'empêchant de se fermer. Derkin vit une épée jaillir ; du sang nain gicla sur le battant.

Derkin n'eut pas le temps de voir qui s'était sacrifié. Les Dix et lui se jetèrent sur la porte, l'ouvrant à la volée, et entrèrent dans un hall brillamment éclairé.

Paniqués, les humains s'égaillèrent dans toutes les directions. Il s'agissait surtout de secrétaires et de serviteurs, qui n'étaient pas armés.

Les quelques soldats tirèrent leurs épées.

Derkin les regarda les uns après les autres, cherchant son ennemi. Il n'avait pas souvent vu Sakar Kane, mais il était certain de le reconnaître.

Mainmartel recula et s'agenouilla près du cadavre resté en travers de la porte. C'était Coin Pierretaillée, le jeune nain si fier de rejoindre les Dix.

Derkin se releva et tira le cadavre de son garde du corps à l'intérieur du hall. Puis il ferma la porte, étouffant les fracas et les clameurs de la bataille. Le claquement de la barre, quand il la mit en place, ne présagea rien de bon.

Bouclier et marteau au poing, Derkin Mainmartel s'avança dans le hall. Décontenancés et rendus nerveux par sa détermination, les gardes hésitèrent, puis reculèrent. Le Hylar balaya encore une fois la salle du regard, puis il demanda :

— Où est Sakar Kane ?

Personne ne lui répondit.

Les gardes firent un pas en avant.

— Lequel de vous a tué Coin Pierretaillée ?

De nouveau, personne ne lui répondit.

Mais Derkin connaissait déjà le coupable. Un des hommes tenait une épée à la lame rougie par du sang nain. Le Hylar l'observa un instant puis attaqua.

Le marteau quitta sa main et fracassa le crâne de l'homme. Son cadavre n'avait pas touché le sol quand Derkin tira son épée, imité par ses neuf gardes, et chargea.

CHAPITRE XIX

LES FUMÉES DE KLANATH

Sakar Kane resta introuvable.

Au matin, les nains contrôlaient le palais et son enceinte. L'attaque avait pris les humains par surprise. Beaucoup étaient morts. Les survivants avaient été désarmés et enfermés dans le donjon. Les autres membres de la maison de Kane – cinquante femmes, secrétaires, portiers, et cuisiniers – étaient prisonniers en haut d'une tour.

A l'aube, Derkin ordonna une fouille complète de la forteresse. Des centaines de nains passèrent au peigne fin les salles, les chambres, les couloirs et les cages d'escaliers. En vain. L'homme que Mainmartel était venu chercher n'était nulle part.

Des nains couverts de sang séché lui amenèrent un secrétaire tremblant de peur. L'homme lui apprit qu'un messager de l'empereur avait attendu le retour de Son Altesse du col de Tharkas. Kane était resté le temps de confier le commandement du troisième bataillon de cavalerie au capitaine de sa garde personnelle, puis il était parti.

Derkin s'était approprié le trône de Kane, se moquant bien que ses pieds pendent à six pouces du sol. Il écouta le secrétaire puis il riva sur lui son regard froid.

— Où est-il allé ?
— Je l'ignore. Pour autant que je le sache, il n'a rien dit.
— Il a bien dû parler à quelqu'un !

— Il a… il l'a peut-être dit au capitaine… au *commandant* Morden. Son Altesse lui a laissé la ville. Je suppose qu'il lui a confié… euh… où il allait.

— Morden ? (Derkin fronça les sourcils.) Qui est-ce ?

— L'officier que Son Altesse a promu avant de partir. Il était capitaine de sa garde personnelle et responsable des catapultes. Aujourd'hui, il est à la tête des troupes et du troisième de cavalerie.

— Pourquoi ?

— Son Altesse voulait le récompenser pour son succès… au col de Tharkas… (Comme Derkin ne disait rien, il continua :) Le troisième de cavalerie n'avait plus de chef après la disparition de Gart, alors…

— Le commandant Tulien Gart ?

— Oui. Il n'est… jamais revenu de Tharkas.

— Décrivez-moi Morden.

— C'est un homme mince, de taille moyenne, mais très fort. Et il a une balafre… (D'un index tremblant, l'humain dessina une ligne qui allait de sa pommette gauche au coin droit de son menton.) … comme ça.

— C'est l'homme qui commandait les catapultes, marmonna Derkin. Celui qui eu l'idée de diriger les tirs plus haut.

— J'ai vu un homme correspondant à cette description, dit Serres Barbechêne. Un officier. Il était dans l'enceinte au moment de l'attaque.

— Est-il mort ?

— S'il ne l'est pas, il est dans le donjon.

— Emmenez le secrétaire. Si Morden est encore en vie, je veux que vous me l'ameniez.

Derkin se leva et s'approcha d'une fenêtre. Dans la cour, les guerriers nains s'affairaient.

— Je veux Sakar Kane, grommela le Hylar. Pour lui enseigner la loi de Kal-Thax.

Quelques minutes plus tard, une compagnie de nains entra dans le hall et salua.

— Il n'y a aucun Morden dans le donjon.

— Tous les combattants survivants y sont ?

— Tous. Nous avons posé la question aux chefs d'unité et aux Daergars de Vin. Aucun humain n'a quitté la forteresse.

Un jeune guerrier nain passa la tête dans l'embrasure de la porte et dit :

— Un homme à nos portes ! Il veut te voir, Mainmartel.

— Qui est-ce ? gronda Derkin.

— Un soldat. Il dit s'appeler Gart.

— Amenez-le-moi.

L'homme qui entra dans la salle ne portait pas d'arme. Des emplâtres recouvraient son torse. Il était pâle et affaibli, mais Derkin n'eut aucun mal à le reconnaître. C'était bien Tulien Gart.

Sans préambule, il lança :

— Je me rends à vous, Mainmartel ! Faites de moi ce que vous voulez, mais je demande une faveur.

— Prenons les choses dans l'ordre. Savez-vous où est Sakar Kane ?

— Il n'est pas ici ?

— Son secrétaire dit qu'il est parti juste après avoir manqué à sa parole…

— Trahison… murmura Gart. Ce qu'il a fait est déshonorant. Si j'avais su ce qu'il complotait, je n'y aurais pas pris part.

— Alors, quand vous avez découvert la vérité, vous avez décidé de disparaître.

— J'étais dans une maison, en ville. C'est là que j'ai fait soigner mes blessures. On m'a laissé pour mort. Mais j'ai réussi à ramper jusqu'ici pour trouver de l'aide.

— Qui a essayé de vous tuer ?

— Un autre officier. Le capitaine de la garde de Son Altesse.

— Morden ?

— Vous le connaissez ? Est-il vivant ?

— Nous ne l'avons pas encore retrouvé.

— La faveur que je vous demande, c'est de me laisser régler mes comptes avec lui.

— Vous n'avez pas l'air en état de le faire, dit Derkin. Vous tenez à peine sur vos jambes.

— Je peux me charger de Morden. C'est un lâche. Il faudrait que je sois mort pour qu'il puisse me vaincre.

Derkin se tourna vers ses nains.

— Avez-vous cherché partout ?

— Partout où on aurait pu trouver un soldat.

— Mais pas où pourrait se terrer un lâche, corrigea le Hylar.

Il traversa la salle en compagnie de Serres, à qui il donna ses instructions à voix basse. Pendant que le Troisième des Dix transmettait ses ordres, Derkin revint vers le trône. Ecartant les tentures, il sortit le bloc de pierre qu'il avait caché dessous et le tira derrière le siège.

— Vous pouvez vous reposer là en toute sécurité, dit-il à Gart. Mais ne vous montrez pas.

Une demi-heure plus tard, les nains revinrent avec les femmes, les secrétaires, les portiers, les serviteurs et les cuisiniers. Les voyant entrer, Derkin s'installa sur le trône et ordonna :

— Faites avancer les civils !

Les nains obéirent. Mainmartel dévisagea les humains l'un après l'autre, puis son regard se posa sur le secrétaire qu'il avait interrogé.

— Vous ne m'êtes d'aucune utilité, dit-il. Je vais donc vous laisser partir. Mes nains vous escorteront aux portes de la ville. Avant, je veux que vous me juriez que vous ne prendrez jamais les armes contre mon peuple.

Le secrétaire hocha la tête.

— Je vous en fais le serment. Sur l'honneur de mon père. Puis-je partir, maintenant ?

— Je veux tous vous l'entendre dire, l'un après l'autre.

A contrecœur, les humains s'exécutèrent.

Un portier s'agenouilla et inclina la tête.

— Je vous en fais le serment.

— Relevez-vous, grommela Derkin. Je ne suis pas un prince humain !

Le portier se releva et répéta son serment. Derkin lui fit signe de céder la place. Le suivant était une femme voilée.

— Je…, commença-t-elle.

— Retirez votre voile, coupa Derkin.

— Ou… oui… votre… Grâce…

— Ne vous embarrassez pas de titre. Contentez-vous de me donner votre parole.

— Je vous en fais le serment.

Derkin lui fit signe de s'écarter.

— Pas de voile ! Je veux voir votre visage au moment où vous vous tiendrez devant moi.

L'humain suivant avança ; au même moment, une femme voilée se précipita vers la porte. Mais Serres Barbechêne était sur ses gardes. Il plongea et la plaqua au sol. Puis il lui ramena les bras derrière le dos et s'assit sur elle.

L'un après l'autre, les civils prêtèrent serment. Quand le dernier eut fini, Mainmartel se leva, les poings sur les hanches.

— Vous avez donné votre parole ! Je vous suggère de la respecter, au contraire de Sakar Kane. Quand vous aurez quitté la forteresse, dites aux gens que vous croiserez de faire leurs bagages et de quitter la ville.

Les humains sortirent sous bonne escorte. Quand ils furent tous partis, Derkin fit signe à Serres de se lever. Le nain obéit et recula.

— Relevez-vous, dit-il. Et cessez de gémir. Vous n'êtes pas blessée.

Quand l'humaine eut obéi, les nains l'amenèrent devant le trône et lui retirèrent son voile.

— Eh bien…, dit Mainmartel. Ce n'est pas une femme. Je crois deviner que votre nom est Morden.

La cicatrice qui barrait le visage de l'homme parut encore plus noire quand il blanchit.

— Laissez-moi partir, dit-il. Laissez-moi… partir avec les autres. Je ne vous ennuierai plus, je le jure.

Derkin ignora ses supplications.

— Vous commandiez les catapultes au col de Tharkas. C'est vous qui avez tué mes nains.

— Pitié ! (Morden tomba à genoux.) J'ai suivi les ordres de mon prince !

— J'ai apporté une de vos pierres, dit Mainmartel. Avec l'intention de la jeter sur vous d'une hauteur.

— Pitié ! sanglota Morden. Pitié, je…

— Mais avant, je veux savoir une chose. Où est Sakar Kane ?

— Il m'a seulement dit qu'il était convoqué par Dreyus. Il devait…

Morden se tut. Les yeux écarquillés, il regardait derrière le nain.

— Je vous avais bien dit que c'était un couard, lâcha Tulien Gart, qui se tenait près du trône.

— Vous êtes mort ! cria Morden.

Il bondit sur ses pieds, arracha son javelot à un nain, leva son arme… et fut transpercé par une douzaine d'épées.

Baissant les yeux sur le cadavre, Tulien Gart lâcha :

— Je me demande lequel de nous il a voulu tuer.

— Nous ne le saurons jamais. Tout comme je n'aurai jamais la réponse à ma question.

— Je suis navré… Si le seigneur Kane a été convoqué par Dreyus, il doit être au Daltigoth. Dreyus parle au nom de l'empereur. Avez-vous réellement apporté une pierre pour la jeter sur lui ?

— Vous étiez assis dessus.

Les jours qui suivirent la prise de Klanath, des escadrons de nains sortirent de la forteresse. Rue après rue, maison après maison, ils invitèrent – parfois en employant la force –

les habitants à partir. Ils étaient suivis par des équipes chargées d'incendier ou d'abattre les maisons.

Quand les feux furent éteints, Derkin fit amener les prisonniers hors de la ville. Sans arme, sans but et sans maître, ils n'étaient plus vraiment dangereux. Certains rejoindraient peut-être l'armée impériale dans les plaines, pour continuer cette guerre qui semblait ne jamais devoir finir.

Quand les alentours de l'ancienne forteresse de Kane ne furent plus que des ruines, Mainmartel rassembla ses lieutenants.

— Enterrez toutes ces saletés avant que le sol ne gèle. Ensuite, nous irons aux mines de Klanath.

— Vous voulez exploiter les mines ? demanda Vin l'Ombre.

— Non. Nous allons les fermer. Définitivement. Je ne veux pas que les humains viennent travailler si près de Kal-Thax.

— Ça nous prendra tout l'hiver, dit Serres, songeur. Ça pourrait être drôle ! (Il se tourna vers la forteresse de Kane.) Qu'allons-nous en faire ?

— Comme tout le reste, décida Derkin. Quand nous quitterons cet endroit, il n'y aura plus trace de Klanath. Comme si Sakar Kane n'y était jamais venu.

— Ça, ce sera drôle !

— Et ça nous occupera un moment, confirma Vin. Mainmartel a raison. Quand nous travaillons, nous nous montrons sous notre meilleur jour.

— J'aimerais voir la tête que ferait Sakar Kane s'il revenait ici et découvrait qu'il n'est plus le prince de rien, dit Serres. (Puis il demanda à Derkin :) Crois-tu qu'il reviendra ?

— Je l'ignore. S'il ne se montre pas, j'irai le chercher. (Il traversa la cour, les autres sur les talons, et regarda les montagnes.) Nous laisserons une pierre debout, une seule, à deux lieues du col de Tharkas. Et dessus, nous graverons :

« Chaque fois qu'on s'en prendra à nous, nous nous vengerons. »

— J'ai un nouveau nom pour Derkin, dit Vin à Serres. Il a fait connaître la loi à nos ennemis d'une manière qu'ils n'ont pas pu ignorer. J'ai suivi Derkin Graindhiver, puis Derkin Mainmartel. Désormais, je suivrai Derkin Faiseur de Loi. Avec fierté !

CHAPITRE XX

L'HIVER DE LA DÉMOLITION

Quand la neige commença à tomber au nord de Tharkas, il ne restait presque plus trace de la cité. Le bois et les pierres de construction ayant été transportés ailleurs, les nains enterrèrent les cendres et les gravats. Au printemps, l'herbe recouvrirait tout. Il suffirait de quelques saisons pour effacer le souvenir de l'occupation humaine.

Les nains baptisèrent cette opération « le Grand Nettoyage », car Derkin y avait fait référence en ces termes.

Condamner les mines de Klanath fut une tâche longue et difficile, mais les nains s'y attelèrent avec enthousiasme. Comme leur chef, beaucoup y avaient été esclaves et ils se réjouissaient à l'idée de provoquer l'effondrement des galeries et de reboucher les puits.

Quand ce fut fait, des centaines de foreurs escaladèrent le versant de la montagne. Les maîtres furent les premiers à grimper, pour « reconnaître » la pierre – autrement dit, pour la tester, la goûter, en marquer les contours et les particularités et repérer ses défauts. Ils apposèrent dans le granit leurs runes et leurs marques.

Les foreurs les remplacèrent ensuite, travaillant sur des plates-formes à flanc de pic. Quand ils commencèrent à enfoncer les mèches en acier à grands coups de marteaux, leur chant résonna à des lieues à la ronde.

Les haches des bûcherons neidars, qui travaillaient dans

la forêt, se joignirent gaiement à ce chœur. Ils coupèrent les arbres nécessaires à la fabrication des longs traîneaux de transport.

Le démantèlement de la première cité prit trois semaines. Quand l'hiver arriva, il ne restait plus que la somptueuse forteresse de Kane. Elle servait de quartier général à l'armée occupée à anéantir Klanath.

Des chevaux et des bœufs tirant leurs traîneaux, les nains emportèrent le matériel de construction à la frontière de Kal-Thax.

Les chefs d'équipe durent reconnaître que le marché conclu par Derkin – auquel beaucoup de nains avaient encore du mal à croire – les aida beaucoup. Il n'y avait pas un seul nain parmi les centaines d'esclaves qu'ils avaient libérés, mais un échantillon de toutes les races connues : humains, gobelins, elfes et même deux ogres.

Alors que les anciens esclaves s'en allaient, Derkin rappela les ogres. Sous les regards médusés de plusieurs dizaines de nains armés, dont les Dix, il les invita à le suivre dans la salle d'audience.

Ils s'appelaient Goath et Ganat.

Nul autre que Derkin, les ogres et les Dix ne sut ce qui s'était dit, ce jour-là, entre le Maître de Kal-Thax et deux représentants d'une race comptant parmi les ennemis ancestraux des nains. Mais on murmurait que Derkin leur avait promis cinquante vaches laitières et un taureau pris aux troupeaux du seigneur Kane.

Il avait promulgué une loi concernant les ogres : s'ils touchaient à un nain, autrement que pour l'aider, il leur arracherait le cœur.

Goath et Ganat ne mettaient pas en doute la parole de Derkin, même s'il était deux fois plus petit qu'eux. Quand ils sortirent de la salle, il apparut que les deux ogres respectaient leur employeur.

Au début, les nains furent horrifiés à l'idée de travailler avec des ogres. Mais au fil des semaines, les Elus comprirent que Derkin avait eu raison. Ces géants pouvaient tirer autant de pierres, en une journée, que deux ou trois équipes de nains.

Faiseur de Loi n'émit qu'un commentaire à ce sujet : « Les ogres ne sont pas nécessairement mauvais. Bornés, certes, mais pas mauvais. Et ils ne puent pas, contrairement aux gobelins. »

Les nains continuèrent d'éviter Goath et Ganat. La nuit, les ogres faisaient leur feu à l'écart et dormaient isolés du reste du camp. Seul Derkin approchait d'eux.

Deux ou trois fois, Helta et quelques femmes allèrent leur apporter du pain frais, pour accompagner leur viande.

A l'approche du milieu de l'hiver, Derkin Faiseur de Loi – il avait accepté ce nouveau nom – monta au sommet de la plus haute tour et balaya le plateau du regard. Ses yeux s'attardèrent sur un groupe de nains, à l'entrée du col de Tharkas, occupés à graver sur une pierre levée la « quatrième loi de Kal-Thax ».

— Nous aurons fini au printemps, dit-il. Alors, nous retournerons à Kal-Thax.

— A Forgepierre ? demanda Tap Tolec.

Depuis que son bras était guéri, il avait repris sa place de Premier des Dix.

Derkin secoua la tête.

— Certains d'entre nous, mais pas pour y vivre... Pas avant longtemps. Il nous reste encore beaucoup à faire à la frontière.

Tap jeta un coup d'œil au Hylar, se demandant ce qu'il avait derrière la tête. Mais il ne posa aucune question, écoutant le chant des marteaux et les voix joyeuses de centaines de nains au travail.

— Tu as raison, dit-il à Derkin. L'inactivité fait ressortir ce qu'il y a de pire en nous.

— C'est notre nature...

— A Thorbardin il ne reste que la colère et la méfiance.

Je ne m'y suis pas senti à l'aise, et pourtant, je pense que je pourrais y vivre.

Derkin se retourna.

— Pourquoi ?

— Je ne sais pas… Je n'ai jamais vécu sous terre. Je sais que certains de mes ancêtres étaient des Theiwars, mais mon peuple a toujours été les Neidars. Nous vivons sous le soleil. Et pourtant, parfois j'ai besoin d'être… entouré. Comme si mon cœur était celui d'un Holgar.

— J'ai souvent le même sentiment. Quelques-uns de mes ancêtres étaient des Neidars, mais la majorité sont des Holgars. Je suis né à Thorbardin. J'en suis parti parce que je n'aimais pas ce que la forteresse était devenue. Mais je me dis parfois que j'y retournerais… Si je pouvais changer les choses.

— Changer les choses ? grommela Tap. Ces nains sont tellement obtus qu'il serait impossible de leur dessiller les yeux ! A combien de bagarres avons-nous assisté, pendant que nous étions là-bas ?

— Des dizaines, soupira le Hylar. Ils n'ont rien de mieux à faire. Rappelle-toi l'état d'esprit des Elus quand nous étions derrière notre mur. C'est pour ça que j'avais renvoyé la majorité vers le sud.

— Aujourd'hui, ils sont occupés et ils sont heureux. Moi aussi, même si je rêve parfois d'avoir une montagne au-dessus de la tête. Peut-être suis-je un Holgar, après tout… comme toi, Derkin.

Derkin haussa les épaules puis descendit l'escalier en colimaçon. Il avait du pain sur la planche – des milliers de petits détails à régler. Depuis qu'il s'était évadé de Klanath, on l'avait manipulé pour qu'il devienne un chef et on l'avait forcé à tenir ce rôle. Au début, l'idée lui répugnait. Puis il s'était pris au jeu. Pour être franc, il aimait relever les défis qui jalonnaient sa route : commander une armée, faire les plans d'une ville, négocier un traité, orchestrer la construction d'un mur et la destruction d'une cité. Son travail – être

le chef – était le plus difficile de tous. Ses responsabilités
pesaient très lourd sur ses épaules. Mais ce fardeau lui était
devenu familier.

Il se souvint d'un texte qu'il avait lu sur un vieux parchemin hylar : « Vivre, c'est trouver ce qu'on sait faire le
mieux et s'y investir à fond. Ne pas faire cela, c'est ne pas
vivre du tout. »

Les commentaires de Tap sur Thorbardin lui avaient rappelé de vieux souvenirs. Il avait cru entendre le Theiwar-
Neidar dire tout haut ce que lui-même pensait. Il n'aimait
pas Thorbardin, écœuré par la vie qu'on y menait. Et pourtant, dans son cœur, Derkin Graindhiver… Mainmartel…
Faiseur de Loi… appartenait à Thorbardin.

Tap avait toujours été un Neidar, mais son cœur était celui
d'un Holgar. Derkin avait essayé de devenir un Neidar, mais
son propre cœur était demeuré celui d'un Holgar. Au fond, il
désirait retourner à Thorbardin et vivre de nouveau à l'abri
de la montagne…

Helta l'attendait au pied de l'escalier avec son repas de
midi. Elle l'accompagna au Grand Hall. Sur une impulsion,
Derkin lui demanda :

— Pourrais-tu vivre à Thorbardin, Helta ?

— Si c'est avec toi… Quand vas-tu te décider à m'épouser ?

— Thorbardin est un endroit sinistre, dit Derkin, ignorant
volontairement la question.

— Ce ne serait pas le cas si tu étais à sa tête.

Agacé, il se dirigea vers le trône et s'assit. C'était le seul
meuble humain qui restait dans la forteresse et Derkin
l'avait modifié, lui sciant les pattes. Helta lui tendit son
assiette de viande et de pain et s'assit sur un banc.

Derkin mangea un peu, puis il regarda sa compagne. La
cicatrice qui barrait sa joue était bien visible. Mais elle ne
l'enlaidissait pas. Helta était toujours la plus belle naine du
monde.

Détournant les yeux, il continua son repas.

— Assez parlé de Thorbardin. La forteresse n'a jamais eu un chef unique.

— C'est peut-être ça, le problème. Et si elle avait besoin d'un roi ?

— Eh bien, je ne suis pas roi, fit Derkin. Et je ne veux plus parler de Thorbardin !

— C'est toi qui as commencé, pas moi !

Helta se tut, mais son sourire semblait dire : « Tu n'es pas mon époux, Derkin Quel-que-soit-ton-nom, mais un jour, tu le seras. Et qui sait ce que tu seras d'autre ? »

Quand toutes les pierres de la ville eurent été emmenées à la frontière de Kal-Thax, Derkin confia à ses nains la destruction de la forteresse. Au fil des semaines, celle-ci rapetissa à vue d'œil. Et les foreurs continuèrent de travailler sur le versant.

Puis le temps changea. Des nuages menaçants envahirent le ciel, poussés par le vent d'ouest. A midi, il faisait aussi sombre qu'au crépuscule. Quand le vent tomba, la couverture nuageuse s'installa sur les pics et descendit peu à peu. Au bout d'un moment, les marteaux se turent et les foreurs quittèrent leurs plates-formes.

— Le brouillard est trop dense, dit l'un d'eux à Derkin. Nous ne voyons pas assez bien pour travailler.

Le soir, les nuages noirs furent assez bas pour que la pierre lancée par un nain curieux les atteigne.

L'étrange couverture nuageuse continua de descendre. Hors des cercles de lumière des feux de camp, la nuit était d'un noir d'encre.

A minuit, le brouillard couvrait le col. Dans ces conditions, même les Daergars étaient aveugles.

Tap et les Dix vinrent réveiller Derkin. Des volutes de brume s'étaient glissées dans sa tente ; la lumière de leur chandelle sembla fantomatique.

— Nous n'aimons pas ce temps, dit Tap à son chef. Il n'est pas normal.

Derkin se frotta les yeux et jeta un regard noir à son ami.

— Tu me réveilles pour me parler du climat ? Je ne peux rien faire à ce sujet. Que veux-tu ?

— Ce n'est pas normal, insista le Premier des Dix. Nous savons à quoi ressemble un orage de printemps, mais ça n'en est pas un.

— Alors, c'est peut-être un orage d'hiver.

— Non ! Enfile tes bottes et sors avec nous. Il se passe quelque chose de bizarre.

— Toi et ton intuition theiwar, ronchonna Derkin.

Mais il suivit son ami à l'extérieur de la seule aile de la forteresse encore debout. Dehors, le silence régnait et il faisait très noir. La flamme de la chandelle ne parvenait pas à percer l'obscurité.

— Une nuit brumeuse, constata Derkin.

— Attends, dit Tap. Attends et regarde.

Une minute passa, puis une autre ; soudain ils furent comme encerclés par un éclair. Cela dura une seconde, pas plus.

— C'est ça qui nous inquiète, dit Tap.

— Un éclair ? Depuis quand as-tu peur de…

— Chut… Ecoute.

Derkin obéit. Les autres l'imitèrent.

Puis Tap souffla :

— C'est ce que je voulais dire.

— Quoi ? Je n'ai rien entendu !

— Nous non plus, triompha le Premier des Dix. Ça fait des heures que ça dure. Nous voyons des éclairs, mais nous n'entendons pas le tonnerre.

Un nouvel éclair déchira l'obscurité.

Derkin comprit soudain.

— De la magie !

— C'est ce que nous pensons, dit Serres. Mais qui ? Et pourquoi ?

— Trouvez un tambour, dit Derkin. Sonnez l'alerte. L'aube est proche. Le brouillard va peut-être se lever. Je veux que tout le monde soit prêt au combat. Si c'est bien de la magie, ça ne me dit rien qui vaille.

Prenant une chandelle, il retourna dans ses quartiers pour finir de s'équiper.

La petite flamme de sa bougie se refléta sur son plastron et son heaume brillant. Après la prise de Klanath, les nains avaient recommencé à porter leurs couleurs vives car les autres leur fichaient le cafard.

— Nous nous exprimons à travers nos couleurs comme les elfes à travers leurs chansons, dit tout haut Derkin.

Le brouillard ne se leva pas. Sous le ciel plombé, les nains rejoignirent leur poste.

Quand la brume disparut enfin, Derkin Faiseur de Loi et son armée découvrirent pourquoi elle leur avait été envoyée. Des légions d'humains avaient pris position autour d'eux, sous les bannières du Daltigoth, de l'empire d'Ergoth et de l'empereur Quivalin Soth V.

— Maudite rouille ! marmonna Derkin. Ils sont plus nombreux que nous. Et ils nous encerclent…

CINQUIÈME PARTIE

LE MAÎTRE DES MONTAGNES

CHAPITRE XXI

LA ROUTE DE L'EMPEREUR

Les deux forces s'observèrent longuement. Puis des clairons sonnèrent et un petit groupe de cavaliers se détacha des lignes humaines. Leur bannière flottant au vent, ils franchirent la moitié de la distance qui les séparait de l'armée ennemie, puis ils s'arrêtèrent.

Derkin Faiseur de Loi les étudia un instant, puis il se tourna vers Tap Tolec.

— Mon cheval, dit-il.

Flanqué par les Dix, Derkin fit avancer sa monture et approcha des humains. Leur chef leva la main.

— Etes-vous le chef de ces nains ? demanda-t-il.

— C'est ce qu'ils disent, répondit Derkin. Qui êtes-vous et que voulez-vous ?

— Mon nom est Coffel. Je suis sergent-major dans les lanciers de Sa Majesté l'Empereur. En son nom, je vous offre la clémence de l'empire, à condition que vos nains et vous déposiez les armes.

— Et qu'est-ce que ça signifie ?

L'homme redressa le menton, méprisant.

— Si vous vous rendez, vous ne serez pas tués. Vous aurez le privilège de servir l'empereur.

— En devenant ses esclaves ? dit Derkin, avec un rictus méprisant. Mes nains et moi avons déjà goûté à l'esclavage.

Nous n'avons pas aimé. C'est Sakar Kane qui vous envoie ?
Est-il là ?

Un instant, l'homme sembla hésiter. Il se pencha pour
souffler quelques mots à l'oreille du cavalier placé sur sa
droite. Celui-ci fit tourner sa monture et retourna vers le
gros de l'armée. Derkin le vit s'approcher d'un homme au
manteau sombre monté sur un cheval noir, puis revenir
donner sa réponse à Coffel.

— On me permet de vous dire que Sakar Kane n'est plus
au service de l'empereur et qu'il n'a plus ses faveurs, dit
Coffel à Derkin. Kane a disparu.

— Alors, qui commande, ici ?

— Vous pouvez me donner votre réponse… Déposerez-
vous les armes ?

— Je refuse de vous parler. (Le nain désigna le cavalier et
son cheval noir.) C'est à lui que je veux m'adresser.

Coffel se retourna et fronça les sourcils.

— Vous n'êtes pas en position d'avoir des exigences !

Sur un geste de Derkin, les Dix saisirent leurs arbalètes,
les armèrent et visèrent les négociateurs.

— Et vous, vous n'êtes pas en position de retourner sain
et sauf auprès de vos amis. Alors, cessez de discuter et faites
venir votre chef !

Pâle de colère, Coffel chuchota quelque chose à son messager, qui repartit au galop. Cette fois, il ne revint pas seul ;
l'homme au manteau sombre l'accompagnait. Ignorant les
arbalètes, il riva sur Derkin des yeux semblables à deux
petits miroirs obscurs au milieu d'un visage de brute.

— Je m'appelle Dreyus, dit-il. Vous devez être le nain
Derkin. Tout l'hiver, des réfugiés sont arrivés au Daltigoth,
racontant comment vous avez pris Klanath. Ils disaient que
vous aviez brûlé la cité. Mais vous avez fait bien davantage.

— Pourquoi êtes-vous ici ? demanda Derkin.

— Ceci est la route de l'empereur et je suis venu en son
nom, répondit Dreyus. Ce que je veux, c'est que tout soit

remis en ordre, ce que vous commencerez à faire dès que vous aurez déposé les armes.

— Je vous verrais d'abord griller sur des charbons ardents.

— Vous êtes tel qu'on me l'avait dit ! Très bien, vous ne me verrez plus. Vous ne verrez plus rien du tout.

Il pointa son index sur Derkin et psalmodia dans une langue inconnue.

Se rappelant ce qu'il avait lu dans de vieux manuscrits hylars, Derkin baissa la tête et ferma les yeux. Une lumière aveuglante jaillit du doigt de l'homme. Mais au lieu de frapper les yeux du nain, il ricocha sur son heaume poli comme un miroir et atteignit le sergent-major. Coffel porta les mains à ses yeux et tomba à la renverse. Il ne fut pas le seul à être aveuglé. Tous les autres cavaliers et leurs chevaux s'éparpillèrent en criant de douleur.

Dreyus resta imperturbable.

— Ne refaites jamais ça, l'avertit Derkin. La prochaine fois, mes nains vous cribleront de carreaux.

— Je suppose que vous refusez de vous rendre ?

— Bien sûr ! Nous sommes des nains libres et nous le resterons, ou nous mourrons. Klanath ne sera pas rebâtie. Aucun humain ne s'établira si près de Kal-Thax.

« Une chose encore : ce n'est pas la voie de votre empereur. Si vous voulez continuer d'ennuyer les peuples, à l'est d'ici, il vous faudra trouver une autre route. Celle-ci est fermée.

— Fermée ? ricana Dreyus. Vous ne pouvez pas nous empêcher d'emprunter la Crevasse de Rocrouge.

— Nous n'en aurons pas besoin, dit Derkin. Elle n'existe plus. Je l'ai fait combler. Vous pouvez passer à pied, mais aucun cheval ne vous suivra.

— Vous mourrez ! cria l'humain.

— A ce propos, continua Derkin, pouvez-vous me dire où est Sakar Kane ? J'ai un compte à régler avec lui.

Dreyus dévisagea le nain.

— Vous êtes fou, dit-il.

Furieux, il tourna bride.

— Pourquoi ne le transperçons-nous pas de quelques carreaux ? demanda Tap.

Derkin secoua la tête.

— Il n'a encore rien fait contre nous, dit-il.

Il regarda l'homme retourner au sein de son armée. Un instant plus tard, deux cavaliers partirent vers l'est au galop.

— Il n'a pas cru ce que je lui ai dit au sujet de Rocrouge, dit Derkin. Quand il découvrira que la route n'existe plus, il repartira peut-être.

— S'il décide de rester, renchérit Tap, nous mourrons sans doute tous ici. Ils nous encerclent et ils sont deux fois plus nombreux que nous.

— Alors, nous mourrons, dit Derkin.

Il balaya du regard son armée, avec ses compagnies de différentes couleurs, placées au centre de ce qui avait été Klanath.

Les compagnies d'infanterie et de cavalerie attendaient, en formation. Sans aucune fortification pour la dissimuler, l'armée de Derkin était impressionnante.

— Ils nous tueront peut-être jusqu'au dernier, dit Faiseur de Loi, mais ça leur coûtera très cher.

Il était midi quand les guetteurs nains virent revenir les messagers envoyés à l'est par Dreyus. Ils transmirent la nouvelle avec leurs tambours.

Derkin rassembla ses lieutenants autour de lui.

— L'humain sait désormais que Rocrouge n'est plus praticable. Il va attaquer ou partir. (Le Hylar se tourna vers Tulien Gart.) Qu'en pensez-vous ?

Tulien secoua la tête.

— Un officier ordinaire tournerait bride, dit-il. Oh, il y mettrait les formes. Il vous invectiverait à distance, il ferait décocher quelques flèches, mais il verrait à quel point livrer bataille est inutile.

« Mais nous n'avons pas affaire à un officier ordinaire.
C'est Dreyus. Or, il déteste être contrarié.

— Vous êtes libre de partir, dit Derkin. Ils vous laisseront
passer. Vous êtes humain.

— Non. Dreyus saurait que j'ai choisi de rester ici et que
c'est librement que je vous ai enseigné la stratégie impériale.

« Si je dois mourir, je veux que ce soit une fin rapide et
honorable. Je refuse de tomber sous les coups des bourreaux
de l'empereur.

Derkin haussa les épaules.

— Armez-vous, alors. Et trouvez un cheval qui vous
convienne. (Il se tourna vers ses lieutenants.) Etes-vous
prêts ?

Ils acquiescèrent.

— Aussi prêts que possible, dit l'un d'eux.

Tap Tolec flanqua un coup de coude à Derkin et montra
quelque chose du doigt. Helta Boisgris venait d'apparaître.
Elle avait revêtu une armure et un heaume trop grands pour
elle et portait une épée et un bouclier.

— Veux-tu que je la ramène avec les femmes ?

— Ça ne servirait à rien, soupira Derkin. Elle est décidée
à se battre. Amène-la ici, que je puisse garder un œil sur
elle.

Des clairons sonnèrent ; l'armée humaine commença à
avancer sur les nains.

Dreyus avait pris sa décision. Des compagnies d'infanterie approchèrent, accompagnées de nombreux archers.
Quand ils ne furent plus qu'à soixante-dix pas, les fantassins
s'arrêtèrent. Les archers se déployèrent devant eux, formant
un double rang, et mirent un genou à terre.

— D'abord ils décochent leurs flèches, murmura Derkin,
comme s'il récitait un passage d'un livre. Tambours !

Les tambours jouèrent et les nains levèrent leurs boucliers.
L'armée entière sembla couverte d'une chape en acier.

Les archers humains décochèrent leurs flèches ; une pluie

de métal tomba du ciel. Au même moment, de petites unités de nains chargèrent. Les archers n'eurent pas le temps de tirer une seconde fois ou de battre en retraite ; les nains étaient déjà sur eux.

Armés de leurs arcs inutiles et de leurs dagues, les soldats tombèrent par dizaines. Quand des fantassins arrivèrent, ils ne virent que le dos des attaquants.

Peu de nains avaient été touchés, mais quelques-uns gisaient à terre, morts ou blessés.

— Arbalètes et frondes ! cria Derkin.

Les tambours transmirent son ordre. Un nain sur deux mit un genou à terre et arma son arbalète. Les autres firent tournoyer leurs frondes. Quand les projectiles atteignirent les soldats, des cris retentirent.

— Premier assaut, première riposte, marmonna Derkin.

Il se mit en selle et prit Helta en croupe. Les Dix l'imitèrent et prirent position autour de lui.

— Il va engager encore une fois son infanterie, se dit Derkin. Javelots !

Comme s'ils avaient lu dans ses pensées, les clairons humains firent écho aux tambours nains ; des piquiers et des porteurs de masse d'armes avancèrent. Les nains du périmètre s'agenouillèrent derrière leurs boucliers et se tinrent immobiles. Les soldats chargèrent.

— Lancez et foncez ! ordonna Derkin, les tambours reprenant ses paroles.

Comme un seul nain, tout le périmètre se leva, visa, lança un premier javelot, puis un second. Alors que le premier tir faisait des ravages dans les rangs humains et que le second était dans l'air, un nain sur deux chargea en poussant des cris de guerre.

Cette tactique inventée par les Elus était d'une efficacité redoutable. Trébuchant sur les cadavres de leurs compagnons, pris au dépourvu, les piquiers et les massiers visèrent trop haut… Les lames naines s'abreuvèrent de sang humain, les marteaux et les boucliers écrasant tout sur leur passage.

Les nains se retirèrent après leur attaque éclair. Quand ils rejoignirent leurs lignes, celles-ci se resserrèrent, compensant ainsi l'absence des guerriers qui n'étaient pas revenus.

Les forces humaines commençaient à se poser des questions. Dreyus avait ordonné l'assaut classique réservé à un ennemi encerclé. Mais les nains n'avaient pas joué leurs rôles. Loin de fuir sous leurs volées de flèches, ils avaient chargé et massacré les archers. Au lieu de se regrouper pour repousser la charge des fantassins, ils avaient lancé des javelots. Et au lieu de tomber sous les coups des piques et des masses, ils avaient contre-attaqué.

Au son des clairons, les humains reprirent leurs positions, certains en courant.

Derkin fit approcher sa monture de celle de Tulien Gart.

— Merci, dit-il.

Gart leva sur lui un regard assombri par le doute.

— Ce n'était que le premier assaut.

— Ils ont perdu des centaines d'hommes et ils vont quand même revenir à la charge ?

— Un officier ordinaire ne le ferait sans doute pas. Mais vous avez humilié Dreyus et il va vouloir vous le faire payer.

Derrière Dreyus, Helta se pencha pour demander :

— Qui est Dreyus ?

— Je l'ignore. Personne ne le sait. Certains murmurent qu'il s'agit de Quivalin Soth, dans un autre corps. Deux hommes se partageant le même esprit. Je ne sais pas si c'est possible.

— Que vont-ils faire, maintenant ? demanda Derkin.

— Les lanciers montés vont attaquer, suivis par l'infanterie. C'est une tactique de circonstance. Quivalin Soth n'est pas un soldat. S'il est vrai que Dreyus et lui partagent le même esprit, il n'en est pas un non plus. Il suivra les conseils de ces tacticiens.

— Une charge de cavalerie, dit Derkin, songeur. Nous l'avions prévu. Et si cette tactique échoue ?

— Dans ce cas, Dreyus pourrait véritablement prendre le commandement. Il est assez imprévisible.

Les nains profitèrent de la retraite des humains pour aller chercher leurs morts. N'ayant pas le temps de les enterrer, ils recommandèrent leurs âmes à Réorx.

Puis les compagnies de cavaleries humaines avancèrent, suivies par l'infanterie.

CHAPITRE XXII

LE DERNIER JOUR

Les lanciers chargèrent sur trois fronts – sud, nord-ouest et nord-est –, baissant leurs lances en arrivant sur la défense naine. Alors que la distance entre les deux forces diminuait, les clairons sonnèrent ; les fantassins se précipitèrent.

Les nains ne bougèrent pas, comme s'ils avaient pris racine dans le sol. Portées par l'élan et la puissance des grands coursiers, les pointes meurtrières visaient les boucliers nains.

Au dernier moment, les boucliers basculèrent, les défenseurs se laissant tomber sur le dos.

Devant ces obstacles imprévus, les chevaux ralentirent, firent demi-tour, se cabrèrent ou sautèrent. Des humains vidèrent les étriers, mais la plupart pénétrèrent dans le camp ennemi. Si quelques nains avaient été piétinés dans la manœuvre, les autres se relevèrent et tirèrent leurs épées.

Des centaines de lanciers tirèrent sur leurs rênes et voulurent faire demi-tour, mais la défense naine s'était déjà refermée sur eux. Quelques rares lances firent mouche. Les humains étaient attaqués sur tous les fronts à la fois – semblait-il – par la cavalerie naine. Les nains, à deux par monture, tenaient chacun un bouclier et une arme.

Les chevaux de guerre nains revenaient sans cesse à la charge. Protégés par le même acier que leurs cavaliers, ils ne laissèrent pas la moindre chance aux bêtes et aux soldats humains, dont les protections étaient plus légères.

Parmi les lanciers qui pénétrèrent la défense naine, aucun ne regagna ses rangs. Certains déposèrent les armes et se rendirent. Mais des nains étaient morts au cours de l'assaut et le signal de Derkin – pouce droit vers le bas – était explicite : pas de quartier !

La quatrième loi de Derkin fut appliquée à la lettre.

Derkin resta à l'écart pendant la charge et les combats qui suivirent. Il se contenta de regarder ses nains combattre et d'écouter les tambours, Helta toujours en selle derrière lui.

Quand ce fut fini, il leva les yeux vers le ciel qui s'obscurcissait et sentit le vent glacé. Alors, il sut ce qu'il devait faire. Des centaines de ses nains étaient morts et des centaines d'autres blessés. Leur entêtement leur avait permis de ne pas être écrasés tout de suite, mais tôt ou tard, les Elus succomberaient sous le nombre.

— L'ennemi se retire pour la nuit, dit Derkin à Tap. Nous nous sommes défendus toute la journée. Il est temps de passer à l'attaque. Fais venir les maîtres foreurs et demande à Vin de me rejoindre.

Tulien Gart approcha, menant son cheval épuisé par la bride. L'homme était couvert de sang et d'égratignures. Une lance l'avait blessé à la cuisse, mais il se tint très droit devant le chef nain.

— Je croyais que résister à une telle charge était impossible, avoua-t-il. Les humains n'auraient jamais eu le courage de se coucher sous les sabots des chevaux.

— S'ils avaient goûté à l'esclavage, ils auraient agi comme nous, répondit Derkin. (Il sauta à terre et aida Helta à descendre de cheval.) Emmène le commandant Gart à l'abri. Panse ses blessures et fais-lui une place près du feu. La nuit sera fraîche.

Derkin rassembla autour de lui les foreurs, plus Vin et ses Daergars.

— Le forage du versant est-il terminé ? demanda-t-il.

— Oui, Faiseur de Loi, dit le maître foreur.

Derkin se tourna vers Vin.

— Nous avons préparé le versant qui surplombe les puits pour créer un éboulement et les combler. C'est la dernière chose que nous voulions accomplir avant de retourner à Kal-Thax. Mais ça doit être fait ce soir. Malheureusement, les foreurs sont d'origine daewar et ils ne peuvent pas escalader la montagne de nuit. Pouvez-vous vous en charger ?

Vin retira son masque ; ses grands yeux brillaient et un sourire flottait sur ses lèvres.

— Pour nous, il y a suffisamment de lumière, dit-il. Expliquez-nous ce que nous devrons faire.

— Les foreurs ont fait des trous tout le long d'une faille dans le granit. Ils vous diront ce que vous devrez chercher et comment casser la roche. Leur matériel sera à votre disposition.

— Cet éboulement nous aidera-t-il à regagner Kal-Thax ? demanda Vin.

— C'est possible. (Derkin haussa les épaules.) Le vent est froid. Nos guetteurs ont rapporté que les soldats ont fait des feux dans les puits, à l'abri des bourrasques. Il est possible que Dreyus soient avec eux. S'il disparaissait, les humains survivants s'en retourneraient chez eux.

— Alors espérons que Dreyus se chauffe au coin du feu, ce soir, dit Vin, souriant toujours de toutes ses dents.

— Que Réorx te protège, Vin l'Ombre, souffla Derkin. Quand vous aurez fini, passez par-dessus le pic. Si nous survivons, nous nous reverrons à Forgepierre. Si nous mourons, transmets à notre peuple nos quatre lois.

Il flanqua une tape sur l'épaule du Daergar, puis se détourna et s'éloigna, suivi par les Dix.

— Crois-tu que Dreyus est dans un des puits ? demanda Tap.

— Qui sait ? Si Tulien Gart a raison, Dreyus ne sent probablement pas le froid. Mais nous avions prévu de combler les puits et nous le ferons.

« C'est une question de loi. Les humains nous ont attaqués et de nombreux nains sont morts. Nous devons nous venger.

Sous le couvert de l'obscurité, les éclaireurs nains essayèrent de trouver une faiblesse dans les rangs ennemis qui pourrait leur permettre de s'échapper. Mais leurs rapports confirmèrent ce qu'avait deviné leur chef : si les combats continuaient, ils étaient tous condamnés.

Vers minuit, Derkin entra pour la dernière fois dans l'aile de la forteresse où il avait ses quartiers. Il y trouva Helta Boisgris et s'assit avec elle près du feu.

— Je voulais t'épouser dès notre retour à Kal-Thax, dit-il. Je désirais me marier en terre naine, c'est pour ça que j'attendais.

— Allons-nous mourir demain, Derkin ? demanda-t-elle.

— Il reste une chance que les humains se retirent. Sinon…

Il n'eut pas le courage de finir sa phrase.

Helta prit sa main entre les siennes.

— Dès cet instant, tu es mon époux, dit-elle. Je nous souhaite une longue vie, si c'est possible. Mais si ça ne l'est pas, nous mourrons comme un seul être.

Soudain, la terre trembla et le « tonnerre » gronda. Toujours main dans la main, ils sortirent. Le vent froid avait poussé les nuages et les étoiles étaient visibles. Au sud, au-delà du campement humain, tout le versant de la montagne était en mouvement. Des milliers de tonnes de pierre dégringolaient sur une largeur d'un quart de lieue, de plus en plus vite, écrasant tout sur leur passage. En quelques secondes, l'éboulement atteignit les pentes basses, véritable mur de rochers qui fondait sur les puits de Klanath.

Malgré le bruit assourdissant, les nains entendirent les humains hurler.

Le glissement de terrain percuta les puits, les recouvrit et continua sa course sur plus de cent pas, emportant une partie du camp impérial. Quand le grondement se tut, de gros nuages de poussière s'élevèrent, charriés par le vent.

Vin l'Ombre avait rempli sa mission. Ses cinquante mineurs daergars et lui avaient terminé le travail commencé par les foreurs daewars. Les puits de Klanath n'étaient plus qu'un souvenir.

Alors qu'il regardait voler la poussière, Derkin sut que l'homme qui se faisait appeler Dreyus – et qui était peut-être Quivalin Soth V dans un autre corps – avait survécu.

Dès le lendemain, il renverrait son armée à l'attaque.

Les yeux aussi froids et sombres que la nuit, Derkin se tourna vers Tap.

— Réveille le camp. Nous partons.

— Mais il n'y a aucune issue, protesta Serres. Nous sommes encerclés.

— Nous passerons par là. (Derkin désigna l'éboulement.) Là, dos à la montagne, nous pourrons venger nos morts.

L'obscurité et la vitesse étaient les deux dernières alliées des nains. Avant que les soldats, à l'est et à l'ouest de l'éboulement, aient pu refermer la brèche, le camp nain se transféra sur l'étendue de pierres, au pied de la falaise nouvellement formée.

Pendant que son peuple s'installait, Derkin se souvint d'une dette d'honneur. A la lisière de l'éboulement, Tulien Gart essayait de faire avancer son cheval rétif. Confiant aux Dix le soin d'organiser leur défense, le Hylar rejoignit l'humain.

— Vous avez fait tout ce que vous avez pu, dit-il. Dreyus est toujours en vie et si vous restez ici, vous mourrez. Prenez ce cheval et suivez le nuage de poussière. Dans l'obscurité et la confusion, qui pourra repérer un cavalier seul ?

Un instant, Gart hésita. Puis il acquiesça. Il ne pouvait rien faire de plus ici. Le nain remboursait sa dette en lui offrant la vie. Eloignant sa monture de la mer de pierres, Tulien Gart s'inclina respectueusement.

— Adieu, Derkin Faiseur de Loi. Que le dieu de ton choix te protège.

Il se mit en selle et se dirigea vers l'est, suivant le nuage de poussière.

Derkin se détourna, puis hésita. Il sentait qu'il n'était pas seul, mais ne vit personne.

Soudain, un visage éclairé par les étoiles apparut.

Helta l'avait suivi !

— Tu as donc gardé le manteau elfique, dit-il. Je croyais que...

Un bruit de pas et des murmures excités l'interrompirent.

— C'est leur chef ! Prenez-le !

— Derkin ! cria Helta. Attention !

Mais il était trop tard. Quelque chose le heurta à la tempe. Tout devint noir.

Sonné, incapable de bouger et d'émettre un son, Derkin vit une torche s'allumer. Des humains l'entouraient. Une patrouille ! Une fronde lâcha son projectile, qui fendit l'air en sifflant. L'homme qui tenait la torche hurla et la lâcha. Dans l'obscurité, Derkin sentit qu'on étendait quelque chose sur lui. Puis les voix retentirent de nouveau.

— C'est qu'une jeune naine ! s'écria un des soldats. Où t'as vu un « chef », Cooby ?

— Je jure qu'il était là ! Au moins, je *pensais* l'avoir vu...

— Eh ben, il y a personne sauf cette fille. Hé ! Attrapez-la ! Ne la laissez pas s'enfuir !

— C'est bon. Je l'ai. Aïe ! Aidez-moi. Elle est aussi forte qu'un bœuf !

Derkin entendit les soldats humains emmener Helta. Il commençait à se sentir mieux, mais les humains étaient loin et il ne pouvait rien faire.

Soudain, un des hommes cria :

— Oh, dieux, non !

Derkin entendit des bruits sourds et des craquements. Il se força à bouger. Roulant sur lui-même et se relevant tant bien que mal, il fit tomber le manteau d'invisibilité. Le monde semblait tanguer mais il s'efforça de l'ignorer. Devant lui quelque chose avait bougé. Il plissa les yeux… et poussa un petit cri.

Helta Boisgris venait vers lui.

— Tu es vivant ! s'écria-t-elle. Oh, j'ai eu si peur.

Il regarda derrière elle, découvrant deux grandes silhouettes.

Helta jeta un coup d'œil par-dessus son épaule.

— Goath et Ganat nous regardaient. Ils m'ont sauvée.

— La jolie fille est la compagne de Derkin, grogna un des ogres. Gentille petite naine. Les humains étaient méchants avec elle.

— L'embêteront plus jamais, renchérit l'autre. Nous les avons corrigés.

A l'aube, les soldats humains s'avisèrent de la disparition du camp nain.

Il ne leur fallut pas bien longtemps pour le retrouver.

Un bataillon entier d'humains était mort dans un gigantesque glissement de terrain, pendant la nuit. Les nains s'étaient réfugiés au milieu des rochers.

Hors de portée des frondes et des arbalètes, Dreyus et ses commandants se rassemblèrent au pied de l'éboulement et regardèrent ce qui restait de l'armée naine.

— Messire, nous avons perdu près de deux mille hommes en une journée et une nuit, dit le commandant en chef. Les nains ne peuvent pas gagner. Ils sont acculés contre la falaise, encerclés de toute part. Mais ils sont encore des milliers et ils se battent avec ardeur. De nombreux hommes risquent de mourir, aujourd'hui. Puisque la route est fermée, cela en vaut-il la peine ?

— Je parle au nom de l'empereur, répondit Dreyus. Ces nains ont osé ruiner les plans de l'empire. Pas de quartier. Nous ne faisons aucun prisonnier. Nous allons tous les détruire.

Plusieurs nains apparurent à une soixantaine de pas des hommes. Dreyus reconnut Derkin et grogna. Le nain était en pleine vue, les poings sur les hanches, balayant l'armée humaine du regard, comme s'il comptait les têtes.

— Je veux tous les voir morts, siffla Dreyus. Et contempler la tête de leur chef au bout d'une pique !

— Oui, messire, dit le commandant en chef. Nous allons nous rassembler. Leur nouvelle position exige des changements de tactique.

— Combien de temps cela prendra-t-il ?

— Quelques heures, messire, pas plus.

— Je veux que tout soit fini au crépuscule !

Le commandant parla un instant avec ses lieutenants, puis il salua de nouveau Dreyus.

— A vos ordres, messire.

Une escarmouche éclata sur leur gauche. Pendant de longues minutes, les versants résonnèrent du fracas des armes. Une compagnie de lanciers et plusieurs centaines de fantassins arrivèrent en courant.

— Des nains ! cria leur chef. Il y en a au moins un millier ! Ils nous ont pris à revers !

Les Elus aussi avaient entendu les combats. Ils essayèrent de voir ce qui se passait. Une centaine d'entre eux grimpèrent à des postes d'observation. Une petite armée de nains déferlait sur l'éboulement, venant de l'est. Ces guerriers laissaient sur leur passage de nombreux cadavres humains.

Sans plus de cérémonie, ils rejoignirent les Elus. L'un d'eux, un Daewar à la barbe blonde, avança.

— Où est Mainmartel ? demanda-t-il.

Contournant un gros rocher, Derkin et les Dix apparurent.

— Je suis ici. Qui êtes-vous ? (Il s'arrêta, clignant des yeux.) Lustre ? Par l'arrière-train rougi de Réorx !

— C'est moi. (Le Daewar sourit.) Et j'ai amené des amis. (Il désigna Hylar à la barbe noire.) Je vous présente Culom Vand, le fils de Dunbarth Poucedefer. Nous vous cherchions depuis l'automne dernier. Il y a une semaine, Culom a fait un rêve étrange…

— J'ai rêvé d'appels de tambours, expliqua le jeune Hylar. Et j'ai entendu une voix me dire que nous devions aller au col de Tharkas.

— Et nous sommes venus, acheva Lustre. Sais-tu que le col est encombré par des tas de pierres ? Il y en a assez pour construire une cité !

— Pourquoi me cherchiez-vous ? demanda Derkin. Le Conseil des Chefs a-t-il changé d'avis ? Dans ce cas, c'est un peu tard.

— Eh bien, pas exactement. Mais les chefs ont reconsidéré la question après la victoire de Sithelbec.

— Sithelbec ?

— Oh, tu n'es pas au courant… Il y a eu une grande bataille, là-bas, entre les elfes et les forces de l'empire. Avec Dunbarth, nous sommes allés donner un coup de main aux elfes. Après ça, Dunbarth et mon père ont eu une conversation animée avec Batteur Basto.

Derkin regarda le jeune Daewar.

— Basto ? Le chef des Theiwars ?

— Le seul et l'unique, confirma Lustre. Les Theiwars renégats qu'il a toujours défendus se sont acoquinés avec l'empire. Basto a prétendu n'être au courant de rien, mais mon père n'en est pas convaincu.

« En parlant de guerre, tu en as une belle sur les bras. Pouvons-nous nous joindre à vous ?

— C'est déjà fait, non ? Mais vous allez sans doute le regretter. Nous n'avons pas beaucoup de chance de survivre jusqu'à demain.

Culom Vand avait grimpé sur une hauteur et balayait le panorama du regard.

— Je vois ce que tu veux dire. Qui sont nos ennemis ?

— L'armée de l'empereur, répondit Derkin.

— L'armée entière ? s'exclama Lustre. (Il leva son épée, posant un regard critique sur la lame.) Eh bien, Mainmartel, puisque nous sommes là, avons-nous la permission de nous joindre à ton armée ?

— *Faiseur de Loi*, grogna Tap Tolec, Mainmartel, c'était avant, à Kal-Thax.

Les Elus et leurs nouveaux alliés observèrent les mouvements des légions impériales pendant toute la matinée. Ils savaient que leur situation était désespérée, malgré l'arrivée de huit cents nains venus de Thorbardin.

— Il n'y aura plus de charge de cavalerie, dit Derkin. Vous voyez ? Les compagnies montées sont à l'arrière. Impossible de faire la guerre à cheval sur un terrain aussi accidenté.

— Si nous avions gardé les catapultes du seigneur Kane, soupira Tap. Elles nous auraient été bien utiles.

L'armée impériale acheva ses manœuvres peu avant midi. Derkin n'avait pas besoin de Tulien Gart à ses côtés pour prévoir la suite. Des milliers de fantassins étaient prêts à déferler sur les Elus et leurs alliés. Pour chaque humain qui tomberait, il y en aurait dix pour le remplacer. Rien ne les arrêterait.

Les trompettes sonnèrent et la première vague d'assaut se mit en marche. Les milliers de soldats humains en armure, épaule contre épaule, avancèrent sans se presser.

Les nains se préparèrent à les affronter.

— Faites-leur payer cher cette attaque ! ordonna Derkin. Qu'ils se souviennent toujours des nains de Kal-Thax… et de Thorbardin !

CHAPITRE XXIII

LE JOUR DU JUGEMENT

Les premiers fantassins qui pénétrèrent sur l'éboulement furent accueillis par des javelots lancés avec une précision mortelle.

Avant de mourir, les victimes humaines eurent ainsi droit à une dernière leçon : au lancer du javelot, la précision était une seconde nature chez les nains. Il leur avait servi à escalader, forer, exploiter les mines et traverser les gouffres bien avant de devenir une de leurs armes favorites. Un foreur pouvait planter un javelot dans une crevasse d'un pouce de large à cinquante pas, l'enfonçant assez pour qu'il soutienne une cordée.

Alors que les premiers rangs de soldats humains avançaient sur eux, les nains prouvèrent une fois de plus leur habileté. Une fente de visière, une gorge dénudée, un peu de jeu entre le plastron et la cotte de mailles… Il suffisait qu'il y ait l'espace nécessaire…

Quatre-vingts soldats tombèrent avant que les défenseurs ne soient à court de javelots. Cinquante autres furent tués par les carreaux et les pierres des arbalétriers et des frondeurs.

Mais la marée humaine continua d'avancer.

Derkin et les Dix étaient partout à la fois, renforçant une défense ici, protégeant une retraite là, attaquant et contre-attaquant partout où le besoin se faisait sentir. Dès qu'ils

pénétraient dans le labyrinthe de rochers, les soldats per-
daient tout contact avec leurs officiers. Chaque fois que des
humains étaient séparés de leurs compagnons, ils le
payaient de leur vie.

Les tambours résonnaient sans cesse, orchestrant la stratégie et les mouvements des nains de Derkin. Une heure
durant, puis deux, il sembla qu'ils pourraient défendre leur
position. Mais alors que Derkin reprenait espoir, les tambours annoncèrent un second assaut.

Au moment où le soleil de Krynn commençait à décliner,
l'éboulement était devenu un champ de bataille où se
livraient des combats sans merci.

Acculé entre deux parois, Derkin luttait contre trois
humains. A l'extérieur de la crevasse, les Dix – ou ce qui en
restait – se battaient contre une dizaine de soldats. Quand
cinq attaquants de plus se joignirent à la mêlée, Derkin com-
battit dos à dos avec un de ses congénères. N'ayant que son
marteau et son bouclier pour résister, le Hylar comprit qu'il
allait mourir bientôt.

— Pour les Elus ! cria-t-il. Pour Kal-Thax !

Derrière lui, une voix profonde renchérit :

— Pour Thorbardin. Everbardin, accueille ce nain.

Derkin sut alors qui se battait avec lui. Le fils de
Dunbarth Poucedefer, Culom Vand.

Derkin para un coup d'épée et riposta. Son marteau fit
une bosse dans le plastron de son adversaire ; l'humain
s'écroula, mais ses compagnons continuèrent le combat.

Faiseur de Loi entendit un petit cri et le bruit caractéris-
tique qu'émet un poumon percé. Mais l'acier continua de
répondre à l'acier ; il sut que Culom était toujours là et que
c'était un humain qui avait péri.

Deux lames jaillirent en même temps, une en bas, l'autre
en haut. Baissant son bouclier, Derkin s'attendit à subir la
morsure de celle du haut. Culom interposa son bouclier.

— Merci, dit Faiseur de Loi d'une voix rauque.

Derrière lui, Culom répondit :

— Mon père désire te parler… de préférence dans ce monde-ci.

Soudain, les tambours battirent une autre chanson. Un soldat détourna la tête une fraction de seconde. Mal lui en prit : Derkin lui fracassa le crâne avec son marteau.

— C'est ce que j'ai entendu dans mon rêve ! cria le jeune Hylar. Qu'est-ce que ça signifie ?

Derkin se baissa pour éviter une épée, puis frappa son adversaire avec son bouclier. L'homme se plia en deux ; le nain le souleva et l'envoya sur un de ses congénères.

Tendant l'oreille, Derkin ouvrit des yeux effarés.

— Ça veut dire que nous avons des renforts ! cria-t-il. Sortons d'ici !

— Je te suis, répondit Culom.

Alors que des hommes en armure se jetaient sur eux de part et d'autre, les nains se laissèrent tomber sur le sol. Les soldats se percutèrent et tombèrent à la renverse.

— Grimpe !

Derkin fit la courte échelle à Culom, qui le hissa en haut de la crevasse. Sous eux, trois soldats un peu sonnés essayaient de se relever. Serres et Tap ne leur en laissèrent pas le temps.

Les tambours battaient à un rythme effréné ; dans le lointain, des clairons se firent entendre.

Derkin Faiseur de Loi regarda, bouche bée. On ne se battait plus seulement sur l'éboulement, mais aussi en bas. Les cavaliers et les fantassins impériaux se tournaient dans un sens puis dans l'autre, ne sachant plus où donner de la tête.

Des elfes jaillissaient par milliers des forêts de l'Est, précédés par les flèches mortelles qu'ils décochaient sans s'arrêter de courir et de bondir. Leurs cheveux aussi pâles que des rayons de lune flottant au vent et leurs visages imberbes exprimant une détermination farouche, ils prirent l'armée impériale à revers et commencèrent à se frayer un chemin dans ses rangs.

Les elfes étaient accompagnés par des centaines de guerriers cobars, facilement reconnaissables aux plumes de couleurs vives qu'ils portaient dans les cheveux.

Derkin monta en haut du rocher le plus haut qu'il put trouver puis, levant son marteau au-dessus de sa tête, il rugit :

— A l'attaque !

Avant que les soldats de l'empereur aient pu se remettre de l'attaque surprise des elfes et reformer leurs rangs, les nains déferlèrent sur eux. Certains soldats se défendirent bravement, d'autres tournèrent en rond, hébétés et confus. D'autres encore s'enfuirent.

Derkin et les Dix – qui étaient désormais les Six – taillaient en pièces tout ce qui portait les couleurs du Daltigoth. Derrière eux, les Elus se battaient sans cesse de chanter au rythme des tambours. Sur leurs flancs, plusieurs centaines de Daewars et de Hylars joignirent leurs voix aux leurs.

Derkin se retrouva face à face avec un elfe. Abaissant son capuchon en arrière, Despaxas lança :

— Salut, Derkin ! Les elfes de Kith-Kanan et les forestiers sont arrivés à la rescousse !

— J'avais remarqué, grommela le Hylar. Vous auriez pu venir un peu plus tôt !

— Nous serions là depuis deux jours si nos amis cobars avaient pu passer par la Crevasse de Rocrouge. (L'elfe lui fit un de ses sourires faussement innocents.) Mais ils ont dû faire un détour.

— C'est ce que tu as toujours voulu, n'est-ce pas ? Depuis le début, tu t'es servi de moi – et de mon peuple – pour empêcher les soldats de l'empereur de passer à l'est.

— Nous nous sommes servis les uns des autres, répondit Despaxas. Utiliser et être utilisé en retour est le fondement de l'amitié. C'est ce qui fait les alliances. L'alternative, c'était la domination de l'empire et l'esclavage.

Une flèche à l'empennage aux couleurs du Daltigoth

arriva sur Derkin. Sans détourner les yeux de l'elfe, le nain
leva son bouclier et la dévia. Derrière Despaxas, un elfe
vêtu de peau de daim tira, tuant l'archer humain.

Autour d'eux, la bataille faisait rage.

Serres Barbechêne arriva, monté sur son cheval préféré. Il
menait d'autres montures par la bride. Parmi elles se trouvait celle de Derkin, que chevauchait Helta Boisgris. La
jeune naine fit de la place au Hylar. Quand il baissa les yeux
pour regarder l'elfe, il avait disparu.

Despaxas avait dit tout ce qu'il avait à dire et s'en était
allé.

D'autres compagnies montées naines participaient aux
combats. Derkin choisit une zone du champ de bataille et
fonça…

Une heure plus tard, la bataille était presque terminée. Le
soleil était sur le point de se coucher. Derkin aperçut un
étrange nuage noir qui se formait au-dessus de ce qui restait
de la forteresse de Klanath. Il galopa dans cette direction,
zigzaguant pour flanquer ici et là quelques coups de marteau, puis tira sur ses rênes. Droit devant lui, un homme
grand et fort se tenait sur son cheval noir et le regardait, les
yeux pleins de haine.

— Dreyus, souffla Derkin.

Helta s'accrochant à lui, et ce qui restait des Dix sur les
talons, il éperonna sa monture. Mais l'étrange nuage noir se
transforma en un cône tourbillonnant et descendit. Un instant, il sembla se poser sur le sol… Quand il remonta,
Dreyus avait disparu.

Au moment où le nuage recommençait à s'élever, une
ombre ressemblant à une raie y entra.

— De la magie, fit Derkin en se détournant.

Despaxas apparut près de lui. L'elfe regarda l'endroit où
le « nuage » avait disparu.

— Oui, de la magie, admit-il. Une magie étrange, mais
Zéphyr la comprenait.

— Zéphyr ? Ton ombre ? A-t-il aidé Dreyus à faire ça ?

— Non, Dreyus s'est débrouillé tout seul. Zéphyr s'est contenté de profiter de l'occasion pour retourner dans son plan.

— Je suis désolé, dit Derkin.

— Sois content pour lui, répondit Despaxas. Voilà longtemps que Zéphyr cherchait le moyen de rentrer chez lui. Je ne pouvais pas l'aider, mais il a finalement trouvé quelqu'un… Bizarre que la personne qui l'a libéré soit la seule qu'il n'ait jamais pu voir.

Derkin aurait bien voulu se battre encore, mais il n'y avait plus de combat à livrer. Sur le champ de bataille, les soldats jetaient leurs bannières et se débarrassaient de leurs armures pour courir plus vite. Les voyant fuir, les nains, les elfes et les Cobars se lançaient à leur poursuite. Derkin crut reconnaître Tuft Largeterre, mais le grand guerrier était trop loin pour qu'il puisse en être certain. Mais il identifia un autre humain : Tulien Gart, qui se battait au côté des Cobars.

Tap Tolec approcha sa monture de celle de Derkin.

— Nous sommes à court d'ennemis, dit-il. Que faisons-nous ?

— Nous rentrons chez nous. Il nous reste juste assez de lumière pour regagner Kal-Thax.

Profitant des dernières lueurs du jour, les Elus et les volontaires de Thorbardin se frayèrent un chemin au milieu des tas de pierres et passèrent la frontière. La guerre étant finie, Derkin Faiseur de Loi laissait aux elfes et aux humains le soin de nettoyer le champ de bataille. C'était leur terre, pas la sienne.

Les nains avaient ramassé leurs morts et les avaient emportés. Demain, ils les enterreraient près de l'endroit où Cale Œilvert avait enfoncé dans le sol un objet symbolisant la frontière de Kal-Thax. Pour l'heure, ils allaient faire du feu, soigner leurs blessures et se reposer.

Derkin regarda le peuple qui avait fait de lui son chef et

éprouva un étrange sentiment d'humilité. Leur camp s'étendait sur une demi-lieue au sud du col de Tharkas. De nombreux nains l'avaient suivi pour prendre Klanath et déposer Sakar Kane. Deux sur trois seulement étaient revenus.

Comme si elle lisait dans ses pensées, Helta Boisgris apparut à côté de lui et prit sa main dans la sienne.

— Si tu décidais de repartir dans la seconde et de tout recommencer, ils te suivraient. Ces gens sont ton peuple, Derkin Faiseur de Loi. Ils t'aiment.

— Je n'ai jamais compris pourquoi…

— Et je pense que tu ne le pourras jamais. Mais moi, je comprends.

Aux environs de minuit, un des gardes postés à la porte vint réveiller Faiseur de Loi.

— Il y a des gens à la porte, dit-il. Ils demandent à te parler.

— Quels gens ? grogna Derkin.

C'était la première fois depuis des semaines qu'il dormait bien et voilà qu'on venait l'interrompre !

— Ce ne sont pas des nains. L'un d'eux est l'elfe qui a déjà été parmi nous. Il n'est pas seul.

Pas vraiment réveillé, Derkin se fraya un chemin jusqu'au mur à la lueur de la première lune. La porte était ouverte, mais des nains la défendaient. Ils s'écartèrent en voyant arriver leur chef.

Despaxas était là, accompagné par plusieurs hautes et minces silhouettes. Des elfes !

Derkin jeta un regard noir à l'elfe.

— Que veux-tu ?

— Nous avons ce que nous désirions, dit Despaxas. La route de montagne entre l'empire humain et les plaines centrales est fermée. Il est possible que Quivalin Soth ne renonce pas à ses tentatives de conquêtes, mais il ne pourra plus lancer de raids éclairs ni soutenir un siège.

« C'est à toi que nous le devons, Derkin Faiseur de Loi et nous t'en remercions.

— Bien… Et maintenant, si vous le permettez, je retourne
me coucher…

— Quand ton arrière-grand-oncle a posé cette borne,
l'accord avait été signé entre ma mère, Eloeth, et lui, insista
Despaxas, ignorant la mauvaise humeur du nain. Entre une
elfe et un nain !

— Et alors ?

— Désormais, les terres situées au nord appartiendront
aux elfes. Ce sera le Qualinesti.

— Parfait, grommela Derkin. Vous voulez sans doute que
je retire mes pierres de construction de vos terres, c'est ça ?

— Je suggère que tu les emploies à la construction d'une
ville, ici, dans le col de Tharkas. Mon chef, Kith-Kanan,
voudrait que ton peuple et le mien signent un traité qui défi-
nisse la frontière entre vos terres et les nôtres. Si elle est
symbolisée par une cité, nous pourrions la bâtir ensemble.

— Ensemble ? Tu veux dire… des nains et des elfes,
ensemble ? (Il bâilla.) Ne pourrions-nous pas en parler
demain ? Je suis fatigué.

— Il n'y a rien à ajouter. Je t'ai présenté nos remerciements et soumis notre suggestion.

— Très bien. Je vais dormir dessus.

Despaxas leva la main et murmura quelque chose que
Derkin ne comprit pas. Soudain, le nain se sentit reposé,
content… et plus sage.

— Qu'as-tu fait ?

— Je t'ai offert deux cadeaux. L'un d'eux est de la part
de ma mère, l'autre du peuple du Qualinesti. Il t'assure une
longue vie – à condition que tu ne te fasses pas tuer, bien sûr
– et te confère un peu plus du talent spécial que tu as acquis
au cours des ans. Tu avais le don, ou la malédiction, du commandement, Derkin. Tu découvriras que tu l'as désormais
davantage.

— De la magie. (Le nain haussa les épaules.) Je n'aime
pas… Oh, je suppose que je te dois des remerciements !

Avec un petit hochement de tête et l'ombre d'un sourire,

Despaxas tourna les talons, aussitôt imité par ses compagnons. Derkin les regarda s'éloigner, puis appela :

— Attends une minute ! N'as-tu pas dit que tu me faisais deux cadeaux ? Quel est le deuxième ?

— Si tu as un jour besoin de savoir, tu le sauras, répondit Despaxas. Adieu Derkin Graindhiver-Mainmartel-Faiseur de Loi. Te connaître fut très instructif.

— Tu ne reviendras pas ?

— Qui sait ce que nous réserve l'avenir ?

— *Qui sait ce que nous réserve l'avenir ?* marmonna Derkin, irrité. Si quelqu'un le sait, c'est bien toi, fichu elfe !

Le nain se sentit soudain étrangement seul – comme si un ami venait de lui dire au revoir.

Helta l'attendait près du feu. En le voyant arriver, elle ouvrit de grands yeux et eut un mouvement de recul.

— Derkin, souffla-t-elle, montrant du doigt un point au-dessus de sa tête.

— Quoi ? demanda-t-il en levant les yeux.

— Euh… rien. Un instant, il m'a semblé voir quelque chose sur ta tête.

— Il n'y a rien ! Qu'as-tu donc cru voir ?

— Une couronne, répondit Helta. Une couronne en or incrustée de pierreries.

CHAPITRE XXIV

UNE VILLE, DEUX NATIONS

Il n'avait fallu qu'un hiver aux Elus pour rassembler et emporter le matériel de construction récupéré à Klanath, mais le rendre réutilisable prendrait des années. Quand Derkin avait donné l'ordre de démonter la cité humaine pierre par pierre et de la transporter à la frontière, il n'avait songé qu'à deux choses : occuper ses nains une saison ou deux et empêcher les hommes de l'empereur de rebâtir. En secret, il avait espéré que Sakar Kane reviendrait. Mais celui-ci s'était volatilisé. Personne – pas même les elfes – ne savait ce qu'il était advenu de lui.

Alors que le printemps faisait verdir les pâturages au sud de Tharkas, Derkin envoya une équipe de nains dans le nord pour terminer « le Grand Nettoyage ». Mais ils ne trouvèrent rien à faire. Les elfes à qui appartenaient désormais ces terres avaient terminé la tâche que les nains avaient commencée. A l'exception du monument de quartz noir érigé par les Elus, il ne restait plus de trace indiquant qu'une ville se dressait là moins d'un an plus tôt. Disparus les restes de la forteresse, des mines et les vestiges de la grande bataille ! Le sol était couvert d'herbe et de trèfle.

De retour parmi les leurs, les nains rapportèrent que la forêt semblait plus proche, comme si elle avançait vers la frontière pour recouvrir les pentes dévastées. Seule une forêt enchantée pouvait pousser aussi vite. Ils dirent aussi avoir vu une bande d'elfes, qui les avaient salués de loin.

Les elfes n'avaient pas touché à la pierre de la loi de Derkin. Elle se dressait, noire et austère, au milieu des herbes folles et des fleurs sauvages, avec son avertissement : « ... Toujours nous nous vengerons. »

Derkin avait eu l'intention de ramener son peuple à Forgepierre – le village neidar dans les montagnes occidentales, près de Haute Falaise – mais les semaines se transformèrent en mois et il remettait toujours leur départ. Les nains s'étaient mis au travail dans le col. Ils avaient agrandi le mur, puis en avaient construit un deuxième, et enfin un troisième.

— Donne à un nain un travail qui lui plaît, dit un jour Derkin à Helta, et il trimera aussi longtemps qu'il vivra. C'est dans la nature de notre peuple.

— Ils partiront quand tu le décideras, répondit Helta. Si tu leur dis de retourner à Forgepierre, ils le feront. C'est ton peuple, Derkin Faiseur de Loi.

— Mais ils n'ont pas envie de rentrer. La plupart préfèrent rester ici et construire des murs plutôt que de retourner à Forgepierre. Tu le sais aussi bien que moi.

— Mais ce que tu veux, ils...

— La construction de Forgepierre est achevée, coupa Derkin. Il y a des champs, des fermes, des fonderies, des forges, des boutiques, du bétail... C'est une petite ville neidar. Rien ne la différencie des autres, sinon qu'elle est plus grande. Les nains que nous avons laissés là-bas y trouvent leur compte, parce que ce sont des Neidars.

« Les Elus sont différents, Helta. La plupart ont été des esclaves, et tous furent des guerriers. Aujourd'hui, ils ont trouvé une occupation qui leur plaît et qui pourra combler plus d'une génération.

— Construire des murs ?

— Ce ne sont pas de simples murs, corrigea le Hylar, mais les fondations d'une grande cité, la plus fière et la plus belle au monde. Que dis-je, c'est plus qu'une cité. Si nous ne les arrêtons pas, nos nains imagineront un nouveau mode de vie pour notre race.

— Cette cité que les elfes appellent Pax Tharkas.

— Pax Tharkas, oui. Pour le moment, seuls les nains la construisent. C'est aussi bien. Ce que les elfes savent de la maçonnerie pourrait se résumer en trois runes…

« Plus tard, les elfes viendront. Et nous signerons un traité avec eux. Bien sûr, il faudra parvenir à s'entendre sur des milliers de petites choses et tomber d'accord sur les principales. Mais quand il sera prêt, le Traité de Pax Tharkas pourrait bien signifier que deux races garderont désormais leurs épées aux fourreaux.

« Ce ne sera pas facile. J'ose à peine imaginer des elfes et des nains vivant dans la même cité, mais notre peuple croit que c'est possible. Et d'une certaine façon, je le pense aussi.

Derkin paraissait si sûr de lui que Helta pouvait presque partager sa vision. Néanmoins, quelque chose la troublait. En dépit de l'enthousiasme qu'il affichait, la jeune naine voyait bien que le cœur du Hylar était ailleurs.

Elle avait remarqué que c'était Serres Barbechêne qui présidait souvent les réunions où se prenaient les décisions. Derkin soutenait la création de Pax Tharkas, mais l'idée était née dans le cœur du Neidar. Pour lui, c'était l'œuvre de toute une vie.

Des mois durant, alors que la grande crevasse de Tharkas résonnait du boucan produit par des centaines de nains travaillant dans la joie et la bonne humeur, Derkin et Serres durent être partout. Ils conférèrent avec les tailleurs de pierre, dessinèrent des diagrammes et discutèrent avec les maçons…

Serres s'était découvert un talent inné pour la conception et la construction d'une citadelle. Derkin avait un autre talent : celui de commander. Mais les nains qui avaient fait de lui leur chef avaient choisi une vie qui ne lui convenait pas vraiment.

Helta souhaitait que Derkin délègue le projet à Serres et

cesse de s'inquiéter. Mais le printemps puis l'été passèrent et Derkin restait toujours à Tharkas.

Les renforts venus de Thorbardin étaient encore là. Avec une franchise toute hylar, Culom Vand avait dit à Derkin qu'il ne rentrerait pas à Thorbardin sans lui.

— Thorbardin a besoin de tes talents, lui avait-il confié. J'ai promis à mon père et à Jeron Cuirrouge de te trouver et de te ramener. Si tu ne veux pas me suivre pour l'instant, j'attendrai.

Depuis, Culom n'en avait plus reparlé. Hylar jusque dans sa dignité, il attendait. Mais les membres de son clan et lui s'étaient trouvé une occupation. Les installations du lac artificiel, par-delà le Camp de Tharkas, étaient restées à l'abandon pendant toute l'occupation humaine. C'était un défi digne de l'efficacité et de l'ingéniosité hylars. Ils avaient pris sur eux de nettoyer et d'améliorer les canaux et d'installer un système de pompes.

— Les verriers de Thorbardin seraient en mesure de nous fournir des lentilles pour produire de la vapeur, dit Culom à Derkin. Nos fonderies fabriquent des roues actionnées par la vapeur qui pourraient apporter l'eau dans ta cité.

— Ce n'est pas ma cité, répondit Derkin. C'est celle des Elus.

Contrairement aux Hylars, Lustre Cuirrouge et les autres Daewars participèrent à l'édification des fondations et des murs de la grande cité. L'idée d'une citadelle servant deux nations les enchantait.

— Pensez à toutes les possibilités commerciales ! dit Lustre un soir d'automne, après un festin de sanglier rôti, de pain noir et de bière. (Les yeux illuminés par l'amour que les Daewars portaient au commerce, il faisait les cent pas, les mains derrière le dos.) L'artisanat elfique aux portes de Thorbardin ! Une fortune à se faire ! Nous produirons du verre et de l'acier pour les elfes et nous importerons l'artisanat elfique à Thorbardin, pour le revendre dans le monde entier.

— Comment comptes-tu commercer à travers des portes closes ? demanda Derkin.

— Comme tu l'as dit toi-même. Nous construirons des villes commerciales sur toutes nos frontières, où toutes les races seront les bienvenues.

— J'ai dit ça ?

Derkin fronça les sourcils.

— Tu as dit que tu voulais construire une cité appelée Trocville, lui rappela le Daewar. Je me contente de développer le concept…

— C'est une idée pour Kal-Thax, dit le Hylar d'un ton cassant, pas pour Thorbardin !

— Mais Kal-Thax, c'est Thorbardin !

— Pas tant que les portes de la forteresse resteront fermées. J'ai prévenu le Conseil des Chefs.

Culom Vand était venu s'asseoir près d'eux pendant ce dialogue.

— Si tu m'accompagnais à Thorbardin, Derkin, tu pourrais y remédier, dit-il.

Derkin le regarda.

— A trois contre deux ? demanda-t-il, cynique.

— Par décret, si tu étais roi.

— Il n'y a jamais eu de roi à…

— Il est peut-être temps que ça change, dit Lustre. Le Pacte de la Forge n'est qu'un document, après tout. Il peut être amendé.

Helta Boisgris posa son plateau et, se plaçant derrière Derkin, lui ébouriffa les cheveux.

— C'est ce que j'essaie de faire comprendre à ce balourd depuis des lustres ! dit-elle.

Derkin grogna, puis il se leva et s'éloigna. Quand les Dix firent mine de vouloir le suivre, Helta leur fit signe de rester assis.

— Il a besoin de réfléchir.

Cette nuit-là, Derkin monta sur un pic déchiqueté et garda

les yeux levés vers les nuages changeant sans cesse à la lumière des deux lunes.

— Je veux rentrer chez moi, dit-il. Helta le sait, Tap aussi. Peut-être le savent-ils tous. Mais si j'emmène les miens loin d'ici, ils devront abandonner leur rêve. La plupart ne sont plus des Neidars ou des Holgars. Comme l'a dit Tap, ils sont une nouvelle race de nains. Pax Tharkas est leur destin. Mais est-ce le mien ?

Derkin Faiseur de Loi leva les mains et implora :

— Réorx… fais-moi un signe.

Un nuage se détacha des autres. Un instant, il sembla prendre la forme d'un coin – où d'une pointe de flèche – pointé vers le sud.

Derkin baissa les bras et soupira.

— C'est peut-être le signe que j'attendais.

Au loin, les rayons de lune illuminaient les constructions qui occupaient le col de Tharkas. Là où s'était dressé le « Mur de Derkin » – vingt pieds de pierre servant à la défense d'un col de montagne – s'élevaient désormais les fondations d'une cité qui un jour comblerait le gouffre entre deux mondes.

Au-dessus du col, les nuages semblèrent dessiner un visage nain barbu qui paraissait changer d'un instant à l'autre alors que la brise murmurait des noms depuis longtemps oubliés :

— Colin Danpierre… Willen Ereintefer… Damon Prédestiné… Cort Mêlefeu… (Fasciné, Derkin écouta le vent lui souffler les noms de ses ancêtres.) Harl Lancepoids…

Quand le visage de son père apparut, Derkin crut entendre sa voix dans la brise.

— Thorbardin… Personne n'a jamais régné sur Thorbardin, mais ton destin, mon fils, est de la gouverner.

Le vent tomba et les nuages redevinrent de simples nuages. Derkin savait désormais ce qu'il devait faire et se sentait en paix avec lui-même. Il ne subsistait qu'un murmure dans sa tête.

— Ton destin…

Il n'avait qu'un seul regret, avoir manqué à la promesse qu'il avait faite à son peuple : Sakar Kane avait disparu et il ne pourrait jamais se venger de lui.

— Si j'étais sûr qu'il ne reviendra jamais, dit-il à voix haute.

Derkin savait qu'il était seul. Il n'y avait personne à un quart de lieue à la ronde, pourtant, la voix profonde et musicale de Despaxas lança :

— *Chapak !*

Aussitôt, Derkin se retrouva dans un endroit sombre et puant, aux murs de pierre luisant d'humidité et rongés par les moisissures. Ce qui restait du cadavre d'un homme mort depuis des mois était suspendu à un mur. Derkin sut alors qu'il était dans une des cellules du donjon, dans le palais de l'empereur, au Daltigoth. Ce qu'il voyait, c'était le corps en décomposition de Sakar Kane.

L'unique chandelle qui illuminait la scène était tenue par un homme… qui semblait en être deux. Chaque fois que la flamme tremblotait, il changeait d'apparence, devenant tour à tour un gaillard trapu à la barbe nattée et un costaud vêtu de noir aux bottes poussiéreuses.

Derkin connaissait un de ces deux visages : celui de Dreyus, l'homme qu'il avait affronté dans le nord. L'autre, même s'il ne l'avait jamais vu, devait être celui de Quivalin Soth V, empereur du Daltigoth et de l'Ergoth.

Puis Derkin fut de retour sur sa montagne. A côté de lui, alors qu'il n'y avait personne, il entendit la voix de Despaxas :

— C'est le cadeau que te fait ma mère, Derkin. Savoir que tu n'as pas échoué.

Derkin se retourna, puis secoua la tête.

— De la magie, marmonna-t-il. Un fichu sort…

Après un dernier regard au ciel, il redescendit. En chemin, il s'arrêta pour parler avec quelques-uns de ses congénères,

dont Culom Vand. Quand il passa la porte de ses appartements une foule le suivait.

Helta Boisgris et les Dix l'attendaient. Il supposait les
découvrir morts d'inquiétude – ils ne le quittaient jamais
tous du regard en même temps – et ne s'était pas trompé.

Il les regarda, les poings sur les hanches.

— Crois-tu pouvoir vivre n'importe où avec moi ?
demanda-t-il à Helta.

— Oui, affirma-t-elle.

— Alors viens à Thorbardin. (Il tourna la tête vers Tap
Tolec.) Rêves-tu toujours d'être un Holgar ?

Tap leva un sourcil. Son expression ironique lui donna
plus encore l'air d'un Theiwar.

— Oui. Sans doute autant que toi.

— Te sens-tu de taille à devenir le chef d'un clan ?

Tap cligna des yeux, surpris par cette question.

— Ceux de ma lignée disent qu'un de nos ancêtres était
le chef de notre clan, il y a bien longtemps, au temps de la
gloire de Thorbardin. Il s'appelait Glissade Tolec.

Derkin hocha la tête et se tourna vers Serres Barbechêne.

— Et toi, Serres ? Te sens-tu l'âme d'un chef ?

— Je n'appartiens à aucun clan. (Serres haussa les
épaules.) Mes ancêtres ont toujours été des Einars, puis des
Neidars. De quel peuple pourrais-je être le chef ?

— Des Elus, dit Derkin. Si je te proclame leur chef
demain, feras-tu le serment d'être un bon dirigeant ?

Serres regarda fixement Faiseur de Loi, en croyant à
peine ses oreilles.

— Je ferai de mon mieux, répondit-il.

Faiseur de Loi ne réussit pas à partir avant le retour du
printemps. Il fallut prévenir tout le monde, débattre du sujet
et prendre les décisions qui s'imposaient. Des serments
furent prêtés et reçus de bonne grâce.

Certains Elus décidèrent d'accompagner Derkin. Certains,
comme Tap Tolec, mettraient sans doute un peu plus de

temps que les autres à s'habituer à ce que le Hylar avait prévu pour eux.

Oui, il y eut beaucoup de choses à faire avant que Derkin Graindhiver-Mainmartel – Derkin Faiseur de Loi – ne puisse retourner à Thorbardin pour accomplir son destin.

ÉPILOGUE

LE PREMIER ROI

Au printemps de l'Année du Nickel, la dernière de la Décennie de la Cerise et du Siècle de la Pluie, les guetteurs postés sur les versants du pic Fin du Ciel virent une caravane arriver du nord. Les tambours transmirent la nouvelle à la Porte Nord de Thorbardin, d'où des messagers partirent avertir tous les clans.

Les habitants de la forteresse souterraine attendaient ce jour depuis qu'ils avaient reçu le message de Culom Vand, des mois plus tôt : Derkin Faiseur de Loi, Maître des Montagnes, rentrait à Thorbardin. Et cette fois, il avait prévu d'y rester. Pas comme un simple citoyen, mais en tant que régent.

Cinq ans avaient passé depuis la première visite de Derkin – quand les nains de Thorbardin avaient redécouvert les vertus du commerce.

Cette fois, la caravane de Derkin était plus petite. Seuls ceux qui avaient désiré devenir des Holgars l'avaient suivi. Et ils n'établirent pas leur camp au pied de la Porte Nord, qui s'ouvrit toute grande pour les laisser entrer.

Escortés par la Garde, les nains de Faiseur de Loi s'arrêtèrent d'abord à Theibardin. Ils y passèrent deux jours. Puis le vieux Batteur Basto annonça qu'il prenait sa retraite et Tap Tolec devint le nouveau chef des Theiwars. Son premier acte fut d'accorder le pardon à Batteur et à ses partisans pour leurs intrigues passées et leur implication dans les Guerres des Etendues Sauvages. Le second fut une promesse : si un Theiwar s'avisait encore de déshonorer la nation naine en s'acoquinant avec un empereur ou un général humains, il le donnerait lui-même à manger aux vers tracteurs.

Quittant Theibardin, ils allèrent à Daebardin, où Jeron Cuirrouge prêta serment au nom des siens de soutenir la régence de Derkin. Il fallut deux jours au chef des Daewars et à ses conseillers pour signer un traité commercial avec les elfes du Qualinesti.

Ils allèrent ensuite dans la cité Klar, où Derkin reçut le serment de Trom Thule. Puis ils s'arrêtèrent à Daebardin. Vin l'Ombre passa des heures avec le chef de son clan, Falaise Cache-Yeux, pour lui parler de la richesse du minerai qu'on trouvait près de Tharkas. Le chef des Daergars prêta serment à Derkin, avant de s'empresser de monter une expédition minière.

Histoire de respecter la plus élémentaire politesse, ils firent halte dans les puits de graviers, sous Daebardin, où vivaient les Aghars – quand ils réussissaient à en retrouver le chemin. Derkin se présenta à Grimble I. Le roi ne comprenant pas pourquoi ils l'avaient accosté, Vin lui posa la main sur l'épaule et dit, montrant Derkin :

— C'est le nouveau chef de la forteresse.

Grimble sembla réfléchir un instant, puis il haussa les épaules.

— Ça me va, dit-il.

Le sujet étant clos, le grand chef des Aghars de Thorbardin tourna les talons et s'éloigna.

Secouant la tête en souriant, Vin lança à Derkin :

— En matière de serment, je crois que c'est tout ce que tu obtiendras de lui !

A Hybardin, la cité Hylar bâtie à l'intérieur de l'Arbre de Vie, Derkin rencontra Dunbarth Poucedefer.

— Comme ton fils a dû te le dire, j'ai posé certaines

conditions avant d'accepter de devenir régent de Thorbardin.
L'une d'elles est que tu acceptes d'être le chef des Hylars.

— Mais je n'ai jamais voulu ça ! protesta Dunbarth.

— Et moi, je n'ai jamais voulu devenir régent, répliqua
Derkin. Mais je le deviendrai… à condition de pouvoir me
fier au chef des Hylars. Or, j'ai confiance en toi, Dunbarth.

Poucedefer écarta les mains, résigné.

— C'est déjà fait, dit-il. J'ai accepté le poste de chef
parce que tu l'as demandé.

— Ai-je ton serment d'allégeance ?

— Tu l'as. Je te souhaite la bienvenue dans ton royaume,
Derkin Faiseur de Loi.

— Je n'ai pas accepté de couronne, précisa Derkin. Je
veux bien être régent… ou, comme l'a précisé un de mes
ancêtres, chef des chefs.

— Et pourquoi pas roi ? (Dunbarth le regarda, perplexe.)
Thorbardin est prête à plier les genoux devant toi.

— Je ne serai pas le roi d'une nation divisée ! Je veux
bien gouverner Thorbardin, mais pas régner. Pas avant que
Kal-Thax et la forteresse soient réunis… Et que je sache,
dans mon cœur, que je saurai régner avec sagesse.

— Alors, sois le chef des chefs, concéda Dunbarth. C'est
mieux que rien.

Pour la première fois en cinq ans, le Grand Hall était
plein à craquer quand le Conseil des Chefs s'y réunit. Et
pour la première fois en un siècle, des applaudissements
saluèrent chaque décision qui fut prise. Tap Tolec devint
membre du Conseil et le titre de Dunbarth Poucedefer fut
rectifié sur les parchemins, passant de « représentant » à
« chef des Hylars ».

Alors, l'ancien parchemin du Pacte de la Forge fut
déroulé devant tout le monde et lut à voix haute. Quand ce
fut fini, Jeron Cuirrouge proposa un amendement. Le document d'origine prévoyait qu'il ne pouvait y avoir de « gou-
vernement par décret » qu'en cas de force majeure. Il fallait

changer cela pour permettre à Thorbardin de nommer un régent… ou de couronner un roi.

La proposition ayant été votée à l'unanimité, Derkin Faiseur de Loi fut nommé régent de Thorbardin sous les applaudissements et les hourras de la foule. Helta Boisgris choisit ce moment pour entrer, suivie par plusieurs nains vêtus de manteaux aux couleurs vives portant le fauteuil en bois qui avait appartenu au prince humain Sakar Kane.

Helta fit placer le fauteuil au milieu de l'estrade. Puis elle se détourna, soudain embarrassée de sentir tous ces regards posés sur elle.

— C'est… euh, le siège de Derkin, expliqua-t-elle. Il s'y est attaché, alors je l'ai fait apporter.

Un peu surpris, Derkin et les chefs sourirent. Comme la foule, perplexe, gardait le silence, Helta lui jeta un regard noir. Puis, posant ses poings sur ses hanches, comme le faisait souvent son époux, elle dit d'un ton sec :

— Un régent ne peut pas tout faire en restant debout, vous savez !

La régence de Derkin Faiseur de Loi dura trente-six ans. Pendant ce temps, la guerre que livrait l'empereur daltigothien aux elfes et aux humains se termina sans qu'il y ait de vainqueur. Si elle ne se déroula plus en territoire nain, des nains y participèrent. Pour défendre l'honneur de Thorbardin, bafoué par Than-Kar, le rebelle theiwar, Dunbarth Poucedefer fit avec ses guerriers de nombreuses apparitions sur les champs de bataille.

A la fin de la guerre, les elfes occidentaux avaient déjà développé une nouvelle culture – en fait, une véritable nation – sur les terres du Qualinesti. Et des milliers d'entre eux avaient rejoint les nains pour finir de bâtir Pax Tharkas.

Au cours de la trente-sixième année de sa régence, Derkin Faiseur de Loi quitta Thorbardin pour aller à Pax Tharkas. Il y rencontra le chef elfe Kith-Kanan. Ensemble, ils ratifièrent le traité entre leurs deux races. Les deux administrateurs en chef de Pax Tharkas se joignirent à eux : l'elfe Sélanas Prill et le nain Serres Barbechêne.

Le traité officialisait l'alliance entre les elfes et les nains, dont Pax Tharkas était le symbole vivant – et un monument à la mémoire de tous ceux qui étaient morts pour elle.

Le traité reçut le nom de « Parchemin du Fourreau ».

Ce fut la dernière fois que Derkin Faiseur de Loi quitta sa forteresse.

Cinq ans plus tard, il devint roi de Thorbardin, qui n'était plus seulement une forteresse souterraine, mais une puissante nation qui allait de Pax Tharkas aux pics du Tonnerre et du mont Fin du Ciel à la chaîne des Enclumes. Une nation peuplée de Holgars et de Neidars, dont la capitale était la forteresse elle-même.

Derkin Faiseur de Loi régna cent vingt-trois ans. Son petit-fils, Damon Danpierre, lui succéda. Ce fut lui qui décida que tous les rois seraient désormais connus sous leurs propres identités et sous un « nom de couronnement » glorifiant le premier souverain.

Il choisit Derkin, bien entendu…

PÉNÉTREZ DANS LE MONDE
IMAGINAIRE DE
CASUS BELLI

FUNK YOUR SOUL !!

Abonnez vous
pour 1 an
195 F seulement

Nom : _____

Prénom : _____

Adresse : _____

Code Postal _____ Ville : _____

Date et signature obligatoires : _____

☐ 1 an (6numéros) :195 F (Règlement par chèque à l'ordre de Casus Belli)

À retourner ou à recopier sur papier libre, accompagné de votre règlement sous enveloppe affranchie à Arkana Press Service des abonnements —32, bd de Ménilmontant 75020 Paris

*Pour toute commande d'anciens numéros,
contactez le service abonnements au 01 44 62 89 85
ou par mail : abonnements@casusbelli.com*

Découvrez Casus Belli, le magazine référence du jeu de rôle, jeu on line et cultures de l'imaginaire. Il rassemble tous les passionnés du jeu et de l'imaginaire : BD, romans, cinéma,...

Connectez-vous dès à présent sur www.casusbelli.com et découvrez Casus Belli, Le Site.

Achevé d'imprimer sur les presses de

BUSSIÈRE
GROUPE CPI

*à Saint-Amand-Montrond (Cher)
en novembre 2001*

FLEUVE NOIR
12, avenue d'Italie
75627 Paris Cedex 13
Tél. : 01-44-16-05-00

— N° d'imp. 15838. —
Dépôt légal : novembre 2001.

Imprimé en France